Suzy Zail

Was dir bleibt, ist dein Traum

cbj

DIE AUTORIN

Suzy Zail wurde 1966 in Melbourne geboren, wo sie Jura studierte und als Anwältin arbeitete. Ihr erstes Buch erzählte die Lebensgeschichte ihres Vaters nach, der als Jugendlicher ins Konzentrationslager Auschwitz kam und nach dem Krieg nach Australien emigrierte. Von seinen Erlebnissen während des Krieges hatte er ihr erst erzählt, als bei ihm eine schwere Krankheit festgestellt wurde. Neben zahlreichen Artikeln für Zeitungen und Zeitschriften verfasste sie preisgekrönte Kinderbücher und auch einige Bücher für Erwachsene.

Von Suzy Zail ist bei cbj außerdem erschienen:

Der Klang der Hoffnung (15990)

Suzy Zail

Was dir bleibt, ist dein Traum

Aus dem Englischen von
Petra Koob-Pawis

cbj

cbj

Kinder- und Jugendbuchverlag
in der Verlagsgruppe Random House

MIX
Papier aus verantwortungsvollen Quellen
FSC® C014496

Verlagsgruppe Random House FSC® N001967
Das für dieses Buch verwendete FSC®-zertifizierte Papier
Salzer Alpin wird produziert von UPM, Schongau
und geliefert von Salzer Papier, St. Pölten, Austria

1. Auflage
Erstmals als cbj Taschenbuch Dezember 2015

Die Originalausgabe erschien 2014
unter dem Titel »Alexander Altmann A10567«
bei black dog books, einem Imprint von Walker Books Australia
Übersetzung: Petra Koob-Pawis
Umschlaggestaltung: *zeichenpool, München
unter Verwendung der Bilder von © Shutterstock
(Kudryashka, sergografik, Nataliya Hora, jumpingsack,
Miloje, aarrows, Ysbrand Cosijn)
MP · Herstellung: ReD
Satz: KompetenzCenter, Mönchengladbach
Druck: GGP Media GmbH, Pößneck
ISBN 978-3-570-40312-9
Printed in Germany

www.cbj-verlag.de

Für Fred Steiner, A10567

Kapitel 1

Alexander Altmann stand auf dem staubigen grauen Platz und schwitzte. Ein Blick zur Sonne sagte ihm, dass es ungefähr Mittag war. Sein Magen knurrte. Zu Hause würde seine Mutter ihn jetzt zum Essen hereinrufen. Bei dem Gedanken daran brannten seine Augen. »Schluss damit«, sagte er halblaut zu sich. »Schluss mit dem Selbstmitleid!« Er wischte sich mit dem Ärmel über die Nase und wartete darauf, dass seine Nummer aufgerufen wurde. Er musste nicht erst auf seinen Arm schauen. Er kannte die Zahl, die in seine Haut eingeritzt war. A10567.

Seinen richtigen Namen hat er vor fünf, vielleicht sechs Wochen zum letzten Mal gehört. Er hatte seine Mutter fast nicht erkannt, als sie ihn damals gerufen hatte. Ihr Kopf war kahl geschoren gewesen, und sie hatte zwei verschiedene Schuhe und ein abgetragenes Kleid angehabt, das ihr viel zu weit war. In diesem Moment war ihm zum ersten Mal klar geworden, dass auch er so aussah.

»Alex!«, hatte sie gerufen und dabei den Stacheldrahtzaun umklammert, der das Männerlager von den

Frauenbaracken trennte. »Alex! Ich bin's!« Sie hatten ihre Finger mit Gewalt vom Zaun weggezerrt, und Alexanders anfängliche Freude war gewichen, als er begriffen hatte, dass seine Schwester nicht bei ihr war.

Alexander versuchte seitdem die Erinnerung daran aus seinem Kopf zu verbannen und an gar nichts zu denken. Er war blauen Himmel und grüne Felder gewöhnt, wiehernde Pferde und das Rascheln der Blätter im Wind – nicht das Knallen von Gewehren. Er lauschte, versuchte das Pfeifen des Windes und das Summen von Insekten zu hören, aber als er die Augen aufschlug, war der Himmel über Birkenau immer noch schmutzig grau von Rauch, und das einzige Geräusch, das er vernahm, waren barsche Männerstimmen und das Bellen der Hunde.

»Mützen runter!« Ein SS-Mann löste einen Gummiknüppel aus seinem Gürtel. Alexander zog die Mütze vom Kopf und fluchte innerlich.

»Mützen auf!«

Alexander setzte die blau-weiß gestreifte Mütze wieder auf und grummelte leise. *Welchen Sinn hatte es, den Gefangenen mit endlosem Drill jegliche Kraft zu rauben?* Im selben Moment kollabierte ein Junge zwei Reihen weiter, und Alexander begriff, dass genau das der Zweck dieser Schikane war.

»Mützen runter!« Der Wachmann blieb vor einem alten Mann stehen, der die Hand gegen den Magen presste. »Mütze runter!«, brüllte er. Der Mann hob den knochendürren Arm, aber der Soldat war schneller und schlug ihm die gestreifte Kappe vom Kopf. Alexander sah, wie der Alte sich bückte, um die Mütze aufzuheben. Grinsend zückte der Soldat seine Pistole. Alexander ballte die Fäuste und grub die Fingernägel in die Handballen, bis der Schmerz alle anderen Gedanken ausblendete. Als er das erste Mal mit ansehen musste, wie ein Mann erschossen wurde, war er zuerst vor Angst wie gelähmt gewesen. Dann hatte er sich weggedreht. Sein Herz hatte so laut gehämmert, dass er fürchtete, der Wachmann würde es hören.

Später an jenem Tag hatte er gesehen, wie ein Soldat einen Mann zu Boden trat, weil dieser nicht schnell genug marschierte, und seine Angst hatte sich in Wut verwandelt. Wut war besser, aber sie war auch gefährlich. Alexander blickte auf den zusammengesackten blutenden alten Mann, der dalag wie ein Sack Getreide, und er nahm seinen Zorn und verschloss ihn zusammen mit all den anderen gefährlichen Gedanken, die für ihn den Tod bedeuten konnten.

Ich muss unempfindlicher werden, sagte er sich. *Nein, nicht unempfindlicher, sondern härter. Gefühlloser.* Stark zu sein, reichte nicht aus. Nicht, wenn die Soldaten Pistolen und Peitschen hatten. Er musste immer damit rechnen, dass einer ihm die Waffe an den Kopf hielt und abdrückte. Und es gab nichts, was er dagegen tun konnte. Er war machtlos, ganz egal wie stark er war. Alexander blickte auf seine nun schmalen Arme. Früher war er stark gewesen. Fast so stark wie sein Vater, den mit seinen kräftigen Beinen nichts aus dem Gleichgewicht bringen konnte. Alexander wischte mit dem Handrücken den Schweiß von seiner Stirn und fragte sich, ob er seinen Vater noch erkennen würde, wenn er ihm begegnete. Er blickte auf seine Stiefel. Sie hatten seinem Vater gehört. Nachdem die ungarische Polizei seinem Vater die Hände auf den Rücken gebunden und ihn vom Hof geführt hatte, war Alexander in den Stall geflohen. Die Stiefel des Vaters standen neben der hinteren Tür. Für einen Zehnjährigen waren sie viel zu groß gewesen, deshalb hatte er sie in eine Schachtel gelegt und sie ganz weit hinten im Schrank versteckt. Vier Jahre später waren sie immer noch zwei Nummern zu groß, aber als die Polizei ein zweites Mal auf den Hof gestürmt war, hatte er sie hervorgeholt und angezogen. Seither hatte er sie immer getragen. Nachts legte er sie neben den Kopf, damit sie nicht gestohlen wurden. Das abgetragene Leder roch immer noch nach seinem Vater und nach dem Stall und so fühlte er sich nicht ganz so allein.

»A10567.«

»Jawoll.« Alexander trat vor. Er war schon Dutzende Male mit seiner Nummer gerufen worden, seit er nach Birkenau gekommen war, aber es versetzte ihm immer noch einen Stich. Der Wachmann mit dem Klemmbrett, der ihn aufgerufen hatte, blickte nicht einmal hoch, sondern fuhr mit anderen Nummern fort.

Die Kapelle stimmte die Instrumente. Als der erste Arbeitstrupp durchs Haupttor ins Lager kam, klopfte der Dirigent mit seinem Stab auf den Notenständer. Der Mann hatte eine verschlissene Mütze auf, und ihm fehlte ein Zahn, aber seine Augen waren hell und seine Bewegungen flink. Alexander hatte gehört, dass die Mitglieder der Kapelle in Betten mit Strohmatratzen schliefen und Extrarationen erhielten. Dass sie zum Brot Käse aßen und Wasser tranken, wenn sie Durst hatten. Alexander konnte eine Kuh aus fünfzig Metern Entfernung mit dem Seil einfangen und ein Pferd in vollem Galopp zügeln, aber Geige spielen konnte er nicht, selbst wenn sein Leben davon abhinge. Er starrte den Dirigenten an und versuchte, ihn nicht zu hassen. *Ich muss arbeiten,* dachte er. *Wenn ich den Nazis von Nutzen bin, dann geben sie mir zu essen.*

Ausgemergelt und mit gesenktem Kopf trotteten die zurückkehrenden Häftlinge zu den Klängen der Musik durch das Tor. Die kräftigeren trugen die Toten. Sie stapelten die Leichen wie Holz übereinander und kehrten in die Reihe zum Abzählen zurück. Niemand betrauerte die Toten. Alexander fragte sich, ob die Männer, die ganz nah bei den leblosen Körpern standen, die Toten ansahen oder ob sie überlegten, welche Taschen sie leeren und von welchen Füßen sie die Stiefel ziehen konnten. Vielleicht waren sie einfach nur gefühllos geworden. Vielleicht konnten überhaupt nur jene Häftlinge in Birkenau überleben, die kein Herz hatten.

Ein deutscher SS-Mann in einer schwarzen Uniform forderte sechzig Männer an, die jene Steinbrucharbeiter ersetzen sollten, die an diesem Tag gestorben waren. Freiwillig meldete sich niemand, denn die Arbeit im Steinbruch überlebten die meisten nicht länger als eine Woche. Die Soldaten wählten die kräftigeren unter den Häftlingen aus und schickten sie zum Steinbruchtrupp. Der Mann in der schwarzen Uniform blickte von seinen Papieren hoch und wies die Wachleute an, einen Koch, zwei Schneider und einen Maurer herbeizuschaffen, um an den entsprechenden Stellen Männer zu ersetzen, die den Tag nicht überlebt hatten. Hände wurden hochgestreckt, aber Alexander ließ den Arm unten. Wenn er bloß etwas älter und ein Buchhalter oder ein Schreiner wäre, wenn er kochen, nähen oder schweißen könnte, dann würde er dem Steinbruch entgehen und einen Platz in den Einheiten ergattern, die nicht im Freien arbeiteten.

Alexander wollte arbeiten. Er war an Arbeit gewöhnt. *Mach dich nützlich,* hatte sein Vater immer gesagt, und Alexander war dann vom Wohnhaus zum Stall gelaufen, um auszumisten oder die Pferde zu tränken. Wasser.

Alexander fuhr sich mit der Zunge über die Lippen. Sie waren aufgesprungen und trocken und schmeckten nach Blut. Er brauchte dringend Wasser. Alexander blickte auf seine schmutzigen Hände und seine staubige Hose. Er hatte seit fünf Wochen nicht mehr geduscht.

Nicht seit seinem allerersten Tag in Birkenau. Er schauderte, als er an das kalte Wasser dachte, das aus den rostigen Rohren getropft war, und an das Lachen der nackten Männer, die sich gegenseitig auf die Wange geküsst hatten, als der erste Tropfen fiel. Er hatte ihre seltsame Reaktion erst am Abend in der Baracke verstanden, als er den Blockführer gefragt hatte, wohin denn die Kinder aus den Waggons geschickt worden waren.

»Ich habe eine Schwester.« Das letzte Wort hatte er fast nicht mehr hervorgebracht, denn der Wachmann hatte ihn beim Kragen gepackt und zur Tür geschleift.

»Es gibt zwei Arten von Duschen hier in Birkenau«, hatte der Mann gesagt und dabei das Gesicht verzogen. »In der, wo du warst, wird man nass, und in der anderen ...«, er hatte auf ein graues Backsteingebäude hinter einem Kiefernwäldchen gedeutet, »... wirst du's nicht.«

»Ich verstehe nicht«, hatte Alexander gesagt und im selben Moment seine Worte bereut.

»Gas.« Der Blockführer hatte damals das Wort förmlich in Alexanders Gesicht gespuckt. »Sie benutzen Gas.«

Als Alexander und die übrigen Männer zurück zu ihrer Baracke marschiert waren, wartete davor eine neue Waggonladung Ungarn auf sie, obwohl dort bereits kein Platz mehr war. Alexander zwängte sich an ihnen vorbei, um sich für die Abendessensausgabe vor ihrem Block anzustellen. Er hatte seit dem Mittag nichts mehr gegessen, und die wässrige Suppe, die verteilt worden war, hatte das Hungergefühl in seinem Magen nur noch verstärkt. Er hörte eine Stimme hinter sich fragen: »Wo kommst du her?«, aber er drehte sich nicht um.

»Ich komme aus Medzev«, sagte ein Junge beharrlich. Alexander verdrehte die Augen. Die Neuen waren doch alle gleich. Sie suchten nach einem Verbündeten, nach jemandem, der ihnen half, sich in der Furcht einflösenden Umgebung zurechtzufinden. Aber es gab nichts, was er sagen konnte, das diesen Ort begreifbar gemacht hätte. Die SS wollte sie alle tot sehen. Das ergab zwar keinen Sinn, aber sie hatten Waffen, und die gaben ihnen offensichtlich das Recht dazu.

Alexander ließ den Jungen stehen. Er löste seinen Gürtel und nahm die Schüssel, die daran befestigt war. Sein Hunger war mörderisch. Als die Reihe an ihm war, hielt er die Schüssel hin, und der Blockführer ließ einen Kanten Graubrot und eine Scheibe Wurst hineinfallen.

Alexander setzte sich etwas abseits der Schlange im Schneidersitz auf den Boden. Der Blockführer verteilte die letzten Brotreste und wandte sich dann an die Männer.

»Ich bin euer Blockführer«, begrüßte er die Neulinge. »Man nennt mich den blutigen Mietek.«

Alexander hatte diese Ansprache schon Dutzende Male gehört, aber es kam ihm jedes Mal so vor, als spräche der Blockführer zu ihm persönlich.

»Ihr werdet schon noch herausfinden, warum«, stieß Mietek hervor. Er war ein kleiner, hässlicher Mann mit lehmfarbenen Augen und einer schiefen Nase, und Alexander fragte sich, ob seine sadistische Art etwas mit seinem zerfetzten Ohr zu tun hatte. Alexander nahm an, dass es ihm in einem Kampf abgerissen worden war.

»In meiner Baracke sind nur zwei Dinge wichtig«, sagte Mietek und fletschte seine gelben Zähne. »Erstens: Ihr tut, was ich euch befehle. Zweitens: Versucht gar nicht erst zu fliehen. Der einzige Weg von hier weg ist durch den Kamin.« Der Junge aus Medzev sah verwirrt aus, und einen Moment lang tat es Alexander leid, dass er so abweisend gewesen war, und er überlegte, ob er den Jungen später beiseitenehmen und mit ihm reden und von den Gasduschen und dem Rauch aus den Öfen erzählen sollte. Aber dann würde der Junge denken, dass Alexander sich mit ihm anfreunden wolle, und Alexander wollte keine Freunde. Nicht hier, wo man am nächsten Tag aufwachte und die Freunde nicht mehr da waren.

Als sie alle nach dem Essen in ihre Baracke gegangen waren, warf der blutige Mietek den Neuen Nadeln, Faden und ein Kleiderbündel hin und wies sie an, sich zwei farbige Stoffdreiecke und ein Viereck mit ihrer Häftlingsnummer an ihre Jacken zu nähen. Die Dreiecke waren gelb. Juden trugen zwei gelbe Dreiecke, die zum Davidstern zusammengenäht wurden. Alexander war bereits zu Hause gezwungen worden, diesen Stern zu tragen. Es gab auch andere Farben im Lager – rosa, schwarz, lila. Auf dem Hemd des Mannes, neben dem Alexander noch vor einer Woche geschlafen hatte, war ein rotes Dreieck gewesen. Er hatte Alexander vor den Männern mit grünen Dreiecken gewarnt. Das waren echte Verbrecher: Diebe, Brandstifter und Mörder. Mietek trug ein grünes Dreieck.

»Willkommen in eurem neuen Zuhause.« Der Blockführer ließ den Männern einen Moment Zeit, sich umzuschauen. Die Häftlinge sahen die dreistöckigen Etagenbetten mit Holzpritschen. Es gab keine Matratzen, nur etwas Stroh, das nach Dung roch, und ein paar dünne graue Decken. Die Wände waren kahl, der Boden war verdreckt. Ein Ofenrohr lief an der Wand entlang bis zur Kammer des Blockführers. Auf der gegenüberliegenden Seite befanden sich Behälter, die mit Exkrementen verschmiert waren.

»Ich wünsche allen einen schönen Aufenthalt.« Der Blockführer ergriff ein Holzbrett, das neben der Tür lehnte. »Und jetzt raus mit euch.« Er schwang das Brett gegen den Häftling, der direkt neben ihm stand. Alexander hechtete zur Tür. Auch andere versuchten, außer Reichweite zu gelangen, und rempelten sich bei ihrer Flucht nach draußen gegenseitig an. Alexander rannte zur Latrinenhütte, zog die Hose runter und setzte sich auf die Betonbank mit den Löchern. Sogar im Sommer war der Boden schlammverschmiert und die Hütte war feucht.

»Scheißen!«, befahl Mietek und ließ das Brett sinken. Es war schwierig, auf Befehl zu scheißen und dabei Schulter an Schulter mit anderen verängstigten Männern zu hocken. Besonders wenn der Magen leer war. Aber sie würden erst wieder in ein paar Stunden auf die Latrine gehen dürfen, daher strengte Alexander sich an.

»Noch nicht fertig?« Ein Mann starrte Alexander an und machte Anstalten, ihn wegzustoßen. Alexander versetzte ihm einen Tritt. Der Mann rieb sich das Schienbein und ging weiter in der Reihe. Es waren achtundfünfzig Latrinenlöcher im Beton, und man hatte nur fünf Minuten Zeit, und das bei Hunderten von Männern. Es kam zu Rangeleien und die Stärkeren trugen den Sieg davon. Der Mann, der Alexander wegschubsen wollte, drangsalierte jetzt einen älteren Mann, der drei Sitze weiter auf der Betonbank hockte. Alexander hielt sich die Ohren zu, um nicht das Geschrei zu hören und die Geräusche der Männer, die krampfhaft versuchten, ihren Darm zu entleeren, und das Bellen der Hunde draußen und die Schüsse. Er sehnte sich nach Stille, aber im Lager gab es keinen Ort, wo man dem Lärm entfliehen konnte. Es gab weder genug Platz noch genug zu essen. Alexander stand auf und wischte sich mit einem Stofffetzen seiner Jacke ab. Hier waren zu viele Menschen, zu viele Nazis und Hunde und Waffen, zu viel Lärm.

Zu Hause in Ungarn hatte Alexander die geschäftigen Straßen von Košice stets gemieden und stattdessen die Weite auf dem Land und den endlosen Himmel vorgezogen. In gewisser Weise war er sogar froh gewesen, als der Befehl kam, dass Juden nicht mehr in die Schule gehen durften. Er hatte die Hänseleien satt und die Hakenkreuzfahnen in den Straßen. Er hasste die dröhnenden Lautsprecher an den Laternenpfählen und die Schilder, auf denen stand: *für Juden verboten*. Er verabscheute es, die Schulbank drücken zu müssen, wo er doch am liebsten auf seinem Pferd über das Hügelland ritt. *Und jetzt bin ich hier,* dachte er, *eingesperrt hinter Stacheldraht*. Er beugte sich über das rostige Becken, wusch den Stofffetzen aus und kehrte in die Baracke zurück.

Mietek schaltete das Licht aus und die Männer kletterten in die Stockbetten. Der Junge neben Alexander schloss die Augen und schlief ein. Alexander sagte nicht Gute Nacht. Es gab immer irgendeinen, der am nächsten Morgen nicht mehr aufwachte. *Wozu Gute Nacht sagen?,* dachte er. Wenn überhaupt, dann müsste man sich eher verabschieden. Alexander drehte sich von dem Jungen weg und starrte die Wand an. Die Holzbaracke war früher ein Pferdestall gewesen, man sah noch die Ringe, an denen die Tiere angebunden gewesen waren. Alexander hatte schon früher in Pferdeställen geschlafen, zum Beispiel in der Nacht, als sein Ackergaul gefohlt hatte, aber in diesem Stall war es warm gewesen, und es hatte nach Leder und Hafer gerochen.

Alexander lag auf dem splittrigen Holz und kämpfte

gegen den Schlaf. Seit er hier in Birkenau angekommen war, hatte er keine Nacht mehr durchgeschlafen. Jedes Mal, wenn ihn die Müdigkeit fast überwältigte, sah er, wie seine Schwester in das graue Backsteingebäude hineinging. Den Duschblock, in dem man nicht nass wurde. Er hätte so gerne ein Foto von Lili gehabt, damit er beim Aufwachen seine Schwester anschauen konnte. Ein Foto, auf dem sie lächelte und mit dem er ihre Schreie aus seinem Kopf verbannen konnte. Nur ein einziges Foto seiner Familie, damit er sich an die dunklen Augen seiner Mutter erinnern konnte, an das schiefe Lächeln seines Vaters und die blonden Locken seiner Schwester. In manchen Nächten vermisste er sie so sehr, dass er die Fingernägel in die Handflächen grub, damit er nicht laut losheulte. Dann streckte er die Hand aus und fuhr mit dem Finger über die kleinen sichelförmigen Abdrücke auf seiner Haut, bis ihm die Augen zufielen und der Schlaf ihn in die Tiefe zog.

✡

»Steh auf!«

Alexander schreckte hoch. Die Trillerpfeife und Mieteks gemeine Stimme hatten ihn geweckt.

Der Blockführer griff nach seinem Holzbrett und Alexander sprang von seinem Bett herunter. Er musste sich nicht erst anziehen, denn er schlief immer in seinen Kleidern. Das Frühstück bestand aus einem Becher Kaffee. Er schmeckte ranzig, aber wenigstens war er warm und flüssig, daher trank Alexander ihn. Der Blockführer warf eine Handvoll Rübenschalen in die Mitte, woraufhin sich zehn Männer auf die Reste stürzten.

»Musterung!« Mietek schwang sein Holzbrett gegen den erstbesten Häftling. Alexander rannte zur Tür und stellte sich in die Reihe für den Appell.

Ein weiterer Blauer-Himmel-Tag, dachte Alexander, ein weiterer Tag, an dem man in den Lauf einer Waffe starrte und sich dazu zwingen musste, dem Blick des Gegenübers standzuhalten.

»Zeig ihr nicht, dass du Angst hast«, hatte sein Vater zu Alexander gesagt, als er zum ersten Mal auf Sari gesessen war. Da war er drei gewesen und Sari fünf. Sie war eine sanftmütige Stute, ein Arbeitspferd mit großen, freundlichen Augen. Trotzdem war Alexander eingeschüchtert gewesen, als er das Pferd unter sich gespürt hatte. Auf den Zaun zu klettern und Saris braune Mähne zu streicheln oder neben seinem Vater auf dem Milchkarren zu sitzen und Saris zuckende Ohren zu beobachten, während sie vor ihnen entlangtrottete, war das eine. Etwas ganz anderes war es, auf ihren breiten Rücken zu steigen und ihr Muskelspiel zu spüren.

Zeig den Bastarden nicht, dass du Angst hast.

Alexander stand in der brütenden Hitze und wartete darauf, dass die Männer sich zu Arbeitstrupps zusammenfanden. Mützen auf. Mützen runter. Neben ihm brachen Männer entkräftet zusammen. Das Mittagessen bestand aus einer Schüssel klumpiger Kohlsuppe. Alexander nahm seine Schüssel und leckte sie sauber. Er hatte gelernt, die Mahlzeiten nicht hastig hinunterzuschlingen. Er trank langsam, nahm bewusst jeden Streifen Kohl wahr und konzentrierte sich darauf, wie die Suppe seine ausgedörrte Kehle hinunterrann. Er war schon seit sechs Stunden auf den Beinen und hatte nur fünfzehn Minuten Mittagspause, dann stand er wieder in der Gluthitze und kämpfte gegen seinen Hunger und seine Angst an. Er wischte sich mit dem Ärmel den Schweiß vom Gesicht und zählte die Stunden bis zum Abendessen.

Nachdem die Arbeitstrupps ins Lager zurückgekehrt waren, trat ein Uniformierter auf ein kleines Podest, räusperte sich und las diejenigen Stellen vor, für die nach dem Tod der Arbeitskräfte Ersatz gesucht wurde. Dabei handelte es sich um drei Zimmerer, einen Apotheker, zwei Mechaniker und einen Metallarbeiter. Mehrere Männer traten vor und hoben die Hand. Alexander grub die Stiefelspitzen in den Staub und wartete auf den Pfiff, der das Ende des Abendappells verkündete. Er hatte quälenden Durst und Bauchschmerzen. Der Kanten Brot, den er in der vergangenen Nacht hinuntergewürgt hatte, lag wie ein Stein in seinem Magen.

Der Wachmann klemmte die Liste unter den Arm und ließ den Blick über die Gesichter der versammelten Männer schweifen. »... Pferde.«

Alexander hob den Kopf, als das letzte Wort zu ihm durchdrang. In den Reihen vor ihm schossen drei Arme in die Höhe. Hatte er richtig gehört? Nach sechs Wochen Appell, nach sechs Wochen Warten und Lauern, während andere Jungs, schlauere Jungs, fähigere Jungs, die Baracke hinter sich gelassen hatten und in sauberen Betten schliefen, hatte der SS-Mann tatsächlich etwas von Pferden gesagt?

Alexander blickte in das Gesicht des Mannes, dessen Züge zu einer Grimasse erstarrt waren, und hoffte, dass er noch einmal den Mund aufmachen und weitersprechen würde. Dass er seine Worte wiederholen würde, damit Alexander sicher sein konnte, ihn nicht falsch verstanden zu haben. Der Mann deutete nacheinander auf die Häftlinge, die sich gemeldet hatten, und winkte sie aus der Reihe heraus.

»Das sind drei. Wir brauchen aber vier Leute, die im Umgang mit Pferden Erfahrung haben. Noch jemand da?«

Alexanders Hand flog im selben Moment nach oben, als auch sein Nebenmann sich meldete. Der SS-Mann blickte Alexander und den anderen Häftling an. Er räusperte sich, streckte den Arm aus und deutete mit seinem dicken Finger. »Du. Vierter von hinten. Wir nehmen dich!«

Kapitel 2

Alexander ließ den Arm sinken. Er blickte auf seine Hände und sah, dass sie zitterten. Der Mann hatte *ihn* ausgewählt. Kein Drill mehr, kein stundenlanges Ausharren in der sengenden Sonne. Alexanders Gedanken rasten. Er würde nicht mehr Gräben ausheben oder Steinbrocken wegkarren. Er würde Pferde versorgen. Er würde in einer neuen Baracke schlafen und genug zu essen bekommen. Es würde Käse geben und Marmelade und eine gute Gemüsesuppe. Und Pferde. Er merkte, wie seine Mundwinkel sich hoben.

Aufhören, dachte er. Ein Lächeln könnte seinen Tod bedeuten. Er machte ein ernstes Gesicht, aber das warme Gefühl blieb, deshalb verbarg er es rasch ganz tief in seinem Innersten, an einem Ort, den niemand erreichen konnte.

»Häftlinge, folgt mir!«, befahl ein Wachmann und drehte sich auf dem Absatz um. Alexander und die anderen Männer beeilten sich, hinter ihm herzukommen. Sie hielten nicht an der Baracke an, um ihre Habseligkeiten mitzunehmen. Das mussten sie auch nicht, denn die Männer trugen alles, was sie besaßen, am Leib: gestreifte Hose, gestreifte Jacke, gestreifte Kappe, am Gürtel eine rostige Schüssel und ein Paar Holzschuhe oder eigene, abgetragene Stiefel. Alexander ließ die fahlen Baracken und die rauchenden Schlote hinter sich und holte erst einmal tief Luft, als er durch das Haupttor ging. Es war ein gutes Gefühl, saubere Luft einzuatmen und Arme und Beine frei zu bewegen. Er blickte in die Dunkelheit, in die der unebene Feldweg vom Lager wegführte, und fragte sich, wo man sie hinbringen würde. Der Junge vor ihm drehte sich um und sah ihn an. Ein Lächeln vertiefte seine Augenfältchen. Alexander lächelte nicht zurück. Er achtete nicht weiter auf den Jungen, bis dieser plötzlich den Zigarettenstummel, den der Wachmann weggeworfen hatte, aufhob und in seine Hosentasche steckte.

Der Wachmann blieb am Zaun stehen und winkte die Häftlinge mit erhobener Waffe durch ein Tor, über dem *Arbeit macht frei* stand. Alexanders Magen verkrampfte sich. Das hatte er nicht erwartet. Der Ort sah genauso aus wie Birkenau: Stahl, Stacheldraht und große grelle Suchscheinwerfer.

»Halt!« Der Wachmann hob die Hand und blieb vor einem zweigeschossigen Backsteingebäude stehen. Am Eingang wartete ein Häftling mit einem grünen Dreieck an der Jacke. In der Hand hielt er einen Ledergürtel. Er sah die Männer scharf an, seine dunklen Augen waren schmale Schlitze über der spitzen Nase.

»Sind das die Neuen für die Reiterei?«, fragte er.

Der Wachmann schob sich eine Zigarette zwischen die Lippen und nickte.

Reiterei?, dachte Alexander entrüstet. Wollten sie ihn und die anderen zum Narren halten? Ihm war klar, dass er von Glück reden konnte, die Pferde der Nazis versorgen zu dürfen, aber es war trotzdem Sklavenarbeit. Sie gehörten nicht zur Reiterei. Man ermordete nicht die Familien der eigenen Kameraden. Alexander starrte den Häftling finster an.

»Willkommen in Auschwitz. Ich bin euer Blockführer«, stellte sich der Mann mit dem grünen Dreieck vor. »Ich habe die Aufsicht über diese Baracke. Euer Kapo kommt morgen früh und bringt euch zu den Ställen. Dort werdet ihr auch Kommandeur Ziegler kennenlernen.« Blockführer, Kapo, Baracke. Was für hässliche Wörter das waren. Wörter, die Alexander die Familie und den Hof gekostet hatten.

Der Blockführer stieß mit dem Fuß die Tür auf. Dahinter waren eine Treppe und eine Reihe dreistöckiger Betten. Betten mit Strohmatratzen, glatten weißen Laken und Decken. Betten, breit und riesig. Alexander riss erstaunt die Augen auf. Verglichen mit der letzten Baracke war das ein Palast.

»Rein. Schnell!« Der Blockführer wartete, bis die Häftlinge hineingegangen waren, dann folgte er ihnen und blieb, die Hand an der Waffe, in der Tür stehen.

»Mal sehen, wen wir da haben. Stellt euch in der Reihe auf.« Der Blockführer blickte die Männer aus kalten Augen an. Alexander streckte die Brust heraus und kniff sich in die Wangen, damit sie nicht so bleich waren.

Der Blockführer ging von Häftling zu Häftling und forderte die Männer nacheinander auf, mit den Händen die Zehen zu berühren oder die Zunge rauszustrecken. Er tat alles mit einem Dauergrinsen. Alexander war aufgefallen, dass sein Mund nie ganz geschlossen war und man seine schiefen Zähne sah. Er wartete, bis er an der Reihe war. Der Blockführer musterte ihn von Kopf bis Fuß, als wäre er eine Kuh auf einem Bauernmarkt.

»Bring sie zu den Duschen«, befahl er dem Soldaten.

Zu den *Duschen?* Alexander geriet in Panik. Der Soldat hob die Waffe und die Männer eilten hinter ihm her zur Tür hinaus.

»Was ist mit den Pferden?«, fragte Alexander keuchend, erhielt jedoch keine Antwort.

»Wollen sie uns nicht mehr?« Alexander tippte den Häftling an, der vor ihm ging. »Was haben wir denn falsch gemacht?« Alexander wusste über die Duschen Bescheid. Er wusste, dass aus den Duschköpfen Gas und nicht Wasser kam. »Warum schicken sie uns nicht wieder zurück nach Birkenau?« Alexander hob die Stimme. »Ich will wieder nach Birkenau.«

Der Mann vor ihm drehte sich um und starrte ihn an.

»Ich gehe nicht wieder nach Birkenau. Und du auch nicht.«

»Ruhe!«, brüllte der Wachmann. Alexander verstummte.

Er betrat das Backsteingebäude, legte seine staubigen Kleider wie geheißen auf eine Bank, stellte sich in die Reihe und blickte hinauf zur schmutzig grauen Decke, wo die Duschköpfe im Abstand von einem Meter angebracht waren. »Ich komme, Lili«, flüsterte er, als die schwere Holztür hinter ihm zuschlug. »Hör jetzt auf zu weinen. Ich bin bald bei dir.«

Dann floss das Wasser.

Ein Häftling mit grünem Dreieck packte Alexander und fuhr ihm mit einem stumpfen Rasierer über den Kopf, während ein zahnloser Deutscher Alexanders Körperbehaarung entfernte und ihn mit einem tropfenden Lappen abrieb. Der Lappen roch so ätzend und scharf wie das Mittel, mit dem Alexanders Mutter die Küche sauber gemacht hatte. Alexander kehrte tropfnass in die Baracke zurück. Seine Haut brannte und die kleinen Schnitte am Kopf stachen.

»Schon besser.« Der Blockführer bellte eine Nummer, woraufhin ein Mann zur Musterung nach vorne trat. Alexander starrte auf dessen tätowierten Arm und dachte an die eingepferchten Kühe zu Hause auf dem Hof, die darauf warteten, ihr Brandzeichen zu bekommen. Als er neun war, hatte sein Vater ihm gezeigt, wie man das Brandeisen handhabte. Danach hatte Alexander den Sommer damit verbracht, Nummern auf das Hinterteil von Kühen zu brennen. Die Tiere hatten sich nicht still gefügt, daran erinnerte sich Alexander nur zu gut. Sie hatten gemuht und seine Stiefel vollgeschissen.

Er hasste seine Tätowierung. Anders als die wulstige Narbe an seinem linken Knie. Er hatte sie davongetragen, als er mit einem Pferd über einen Zaun setzen wollte und das Hindernis gestreift hatte. Die runzlige Haut an seiner rechten Schulter war das Abschiedsgeschenk eines bockenden Bullen gewesen. Er hatte viele Verletzungen und Blessuren abbekommen und sie erfüllten ihn alle mit Stolz.

Nicht jedoch die Tätowierung. Und auch nicht der Davidstern, den man ihm aufgezwungen hatte, als die Deutschen in Ungarn einmarschiert waren. Der gelbe Stern und das Wort *Jude* darauf hatten ihn gebrandmarkt. Von da an weigerten sich die Lehrer, ihn zu unterrichten. Er durfte nicht mehr ins Kino, man verjagte ihn vom Fußballfeld und spuckte ihn auf den Straßen an. Der Stern war ein Zeichen dafür, dass er anders war. Aber Alexander aß nicht koscher und er ging samstags auch nicht in die Synagoge. Er betete nicht zu Gott und er konnte kein Hebräisch. Eigentlich war er genauso wie alle Jungen an der Schule, wie alle anderen Bauernsöhne.

Er blickte die Häftlinge in ihren schmutzigen, zerrissenen Kleidern an und dann den Soldaten, der eine Uniform trug und eine Zigarette im Mundwinkel hatte. Seine Hose steckte in polierten schwarzen Stiefeln und seine Jacke mit den Messingknöpfen wurde in der Taille von einem silberglänzenden Gürtel zusammengehalten. Alexander las mit zusammengekniffenen Augen die eingravierten Worte auf der Gürtelschnalle: *Gott mit uns.* Wenn Gott mit den Nazis war, wer war dann mit den Juden?

»A10567.« Alexander war der Letzte, der aufgerufen wurde. Er trat nach vorn.

»Wir nehmen dich.« Der Blockführer verzog die Lippen zu einem Grinsen. »Vielleicht erlebst du sogar das neue Jahr.« Er zögerte kurz, dann fügte er hinzu: »Vorausgesetzt, du tust, was ich dir sage.« Alexander schluckte.

»Ihr werdet morgen dem Stalltrupp zugeteilt. Ihr ersetzt die vier Männer, die heute erschossen wurden.« Der Blockführer wartete einen Moment, damit sie die Bedeutung seiner Worte erfassten. »Sie wurden erschossen, weil die Pferde, für die sie verantwortlich waren, giftige Strauchfrüchte gefressen haben.« Der Blockführer lachte. »Keine Sorge«, sagte er. »Den Pferden geht es wieder gut.«

Alexander ballte die Fäuste. *Du musst diesen Tag überstehen,* sagte er zu sich selbst. *Du musst diesen Tag überstehen.*

Ein Pfiff ertönte, dann erschien eine Reihe Männer an der offenen Barackentür. Der Wachmann trat zur Seite, um sie durchzulassen. Alexander sah zu, wie die Männer nacheinander hereinkamen und sich entweder die Treppe hinaufschleppten oder unten auf einer

Pritsche zusammensackten. Ihre Gesichter glänzten vor Schweiß. Alexander schätzte, dass es etwa zweihundert waren, die sich auf zwei Stockwerke verteilten. Ihren Gesprächen nach zu urteilen, waren es Schneider, Mechaniker, Ärzte und Schweißer. Alle waren Spezialtrupps zugeteilt wie zum Beispiel dem Leichentrupp, dessen Aufgabe es war, die Toten einzusammeln, oder der Büroeinheit, die sich um die Buchhaltung des Lagers kümmerte. Sie alle hatten spindeldürre Beine und waren so kahl wie die wandelnden Leichen, die er in Birkenau zurückgelassen zu haben glaubte. Aber in ihren Augen sah er einen Hoffnungsschimmer. Obwohl sie erschöpft und hungrig waren, hatten sie ihren Lebenswillen noch nicht verloren.

Der Blockführer deutete auf vier Pritschen. »Das sind eure«, sagte er zu Alexander und den anderen drei Neuen. »Und die sind auch für euch.« Er reichte jedem eine saubere Tasse. Alexander befestigte sie an seinem Gürtel, wo schon die rostige Schüssel hing, und belegte die mittlere Pritsche des dritten Stockbetts von der Wand. Unter seiner Pritsche lag ein Häftling in ausgebleichter Hose und zerknitterter Jacke. Auf seine linke Brust war ein lilafarbenes Dreieck genäht. Das Gesicht des Mannes war grau und der Kopf sah aus wie ein Totenschädel. Um seine geäderte Hand war ein silbernes Kreuz geschlungen. Alexander hatte davon gehört, dass Priester lila Dreiecke trugen, aber es war das erste Mal, dass er es sah.

Wieder ertönte ein Pfiff. Die Männer in der Baracke legten ihre Kleider ab. Alexander zog Jacke und Stiefel aus, klemmte sich die Sachen unter den Arm und folgte den anderen Häftlingen durch eine Tür in den Waschraum. Er riss die Augen auf, als er die Duschköpfe und die Latrinen sah. Es gab sogar richtige Toilettensitze.

Alexander verstaute sein Bündel unter einer Bank und trat unter die Dusche, um seine brennende Haut abzukühlen. Er legte den Kopf in den Nacken, um das trübe Wasser mit dem Mund aufzufangen. Auf dem Boden lag Seife, mit der er seinen beißenden Körpergeruch fortspülen konnte. Aber er konnte so viel schrubben, wie er wollte, die Erinnerung an seine Schwester, wie sie aus dem Viehwaggon stieg, ließ sich nicht abwaschen.

Er stellte das Wasser ab. Zwei Männer beugten sich über das rostige Waschbecken und blickten in den gesprungenen Spiegel an der Wand.

»Du musst dich täglich rasieren.« Einer der Männer fuhr sich mit einem Schnappmesser über die stoppelige Wange und wandte sich an seinen Freund. »Sieh zu, dass du vor der nächsten Selektion eine Glasscherbe auftreibst.« Er spritzte sich Wasser ins Gesicht. »Aufgeschürfte Wangen haben mehr Farbe und du siehst jünger aus.« Alexander schauderte. Er wollte nicht mehr auf und ab hüpfen und Scherensprünge machen, um zu beweisen, wie gesund er war. Er hatte gehofft, keine

Selektionen mehr über sich ergehen lassen zu müssen, jetzt, wo er in einer Spezialeinheit war.

Alexander zog sich wieder an. Während er auf das Abendessen wartete, überlegte er, ob der Blockführer wie der blutige Mietek das Essen auf den Boden werfen würde, damit sie sich darum balgten. Er hatte gehört, was die anderen über ihn sagten. Sie nannten ihn nur *die Ratte,* und wenn man sein Gesicht ansah, passte der Name ganz gut. Alexander schaute sich in der Baracke um und wartete, dass jemand den Suppenbottich brachte. Überall standen die Männer in Gruppen und redeten. Manche saßen auf dem Boden, andere lagen auf den Stockbetten. Einige hatten sich an der offenen Tür versammelt und rauchten. Der Junge, der den Zigarettenstummel des Soldaten aufgehoben hatte, stand in einer Ecke und sprach mit mehreren Häftlingen. Alexander beobachtete, wie er jedem reihum die Hand schüttelte und dann in seine Tasche griff, ehe er dem letzten Mann die Hand reichte. Alexander reckte den Hals und sah, dass er dem Mann den Zigarettenstummel gab und dafür etwas bekam. Etwas Grünes, Verschrumpeltes. Einen Birnenbutzen oder eine Kartoffelschale. Alexander rieb sich den Magen, um das nagende Hungergefühl zu vertreiben. Die Männer neben ihm tauschten Hühnersuppenrezepte aus. Alexander hätte am liebsten losgeheult. Dass die Männer in ihren freien Stunden über Essen redeten, war ein Beweis dafür, wie sehr sie ihr Zuhause vermissten. Wenn sie über Gerstensuppe und Bohnen sprachen statt über ihre Frauen und Töchter, wenn sie an panierten Fisch dachten statt an ihre toten Verwandten, dann konnten sie ein wenig so tun, als wäre das alles nur ein böser Traum.

Der Zigarettenstummeljunge durchquerte den Raum und blieb vor Alexander stehen. »Wir kriegen Brot zum Abendessen, wie in Birkenau – aber manchmal gibt es Käse dazu.« Der Junge nahm die Hand aus der Hosentasche und zeigte Alexander einen Apfelbutzen.

»Willst du die Hälfte?«, fragte er schnell.

»Was verlangst du als Gegenleistung?« Alexander kniff die Augen zusammen. Niemand gab freiwillig Essen her, es sei denn, er erhoffte sich etwas davon.

»Ich heiße Isidor Finkler, aber meine Freunde nennen mich Isi.« Der Junge streckte die rechte Hand aus.

Alexander schüttelte sie nicht. Er seufzte. Der Junge wollte Freundschaft schließen. »Nein, danke«, sagte er. Wenn er das Essen jetzt nahm, war es nur eine Frage der Zeit, bis der Junge ihn um einen Gefallen bitten würde. Er würde von Alexander verlangen, dass er sich um ihn kümmerte, wenn er krank war, oder ihn deckte, wenn er sich heimlich aus der Baracke schlich. Er würde erwarten, dass er ihm ebenfalls von seinem Essen etwas abgab, und Alexander hätte keine andere Wahl, als mit ihm zu teilen. Vorausgesetzt, sie würden Freunde werden.

»Wie du willst.« Der Junge biss in den Apfel und

musterte Alexander von Kopf bis Fuß. »Wie bist du überhaupt in das Männerlager gekommen? Du siehst nicht aus, als wärst du alt genug.«

Der SS-Arzt, der bei Alexanders Ankunft in Birkenau an der Rampe stand, hatte genau das Gleiche gesagt. Immer, wenn Alexander Dr. Mengele bei einer Selektion oder bei einem Appell sah, musste er an jenen schrecklichen Tag denken. Und jetzt hatte dieser sommersprossige Junge mit seiner ständigen Fragerei es geschafft, dass in Alexander die Erinnerung an diese erste Selektion hochkam.

Es war an einem Freitagabend gewesen. Alexander, Lili und ihre Mutter hatten eine dreitägige Fahrt in einem überfüllten Viehwaggon hinter sich. Sie hatten weder etwas zu essen noch Wasser bekommen, und schon am Ende des ersten Tages war nichts mehr aus dem Proviantbeutel übrig, den Alexanders Mutter mitgenommen hatte. Alexander hatte mit angezogenen Knien in der Dunkelheit gesessen und durch die Fußbodenschlitze auf die Gleise gestarrt. Als er hörte, wie die Viehwaggons zum Stehen kamen, hatte er Lili auf seine Schultern gehoben, damit sie durch das kleine Fenster über ihren Köpfen nach draußen spähen konnte. »Es ist schrecklich«, hatte sie gesagt. »Da ist nur Stacheldraht und eine Reihe hässlicher Schuppen, sonst nichts.«

Als die Türen aufgingen und Alexander aus dem Waggon sprang und seiner Schwester heraushalf, sah er, dass Lili nicht übertrieben hatte – es sah sogar noch schlimmer aus, viel schlimmer. Man befahl ihnen, sich in zwei Reihen aufzustellen. Männer und ältere Jungen auf die eine Seite, Frauen und Kinder auf die andere. Alexander war vierzehn. Er stellte sich neben seine Mutter und nahm die Hand seiner Schwester.

SS-Männer zerrten Männer von ihren Frauen und Väter von ihren Söhnen weg.

»Geh zu den Männern«, sagte seine Mutter, aber Alexander schüttelte den Kopf. Er hatte seinem Vater versprochen, sich um Mutter und Schwester zu kümmern.

»Hör auf deine Mutter und geh zu den Männern.« Ein Mann in einer gestreiften Jacke und einer Hose mit Schnürbund stieß ihn zur anderen Seite. »Sag, dass du sechzehn bist.«

Alexander stellte sich in die Reihe und schlurfte langsam weiter. Vorne auf der Rampe stand ein Arzt und schickte die Männer, indem er mit seinem Stock deutete, entweder nach links oder nach rechts.

»Alex!« Eine vertraute Stimme. »Ich bin's, Mendel.« Alexander drehte sich um und sah den Freund seines Vaters hinter sich stehen.

»Mendel!«, begann Alexander, aber der Mann ließ ihn nicht weiterreden.

»Alexander, hör zu. Manche Jungen kommen gar nicht bis nach vorne, weil die SS-Leute sie vorher wegzerren. Stell dich auf meine Füße, bis wir an der Rampe sind, dann siehst du größer aus.« Alexander runzelte die Stirn. »Also gut.« Mendel zog sein krummes linkes Bein vor und zeigte Alexander seine schweren Stiefel. »Es macht mir nichts aus.«

Die Reihe bewegte sich weiter.

Mendel nahm Alexanders Hand und zog den Jungen zu sich heran. »Dein Vater war ein guter Freund von mir. Nachdem ich Kinderlähmung bekommen hatte und nicht mehr arbeiten konnte, hat er jeden Tag Milch bei uns vorbeigebracht und nie auch nur einen Pengö dafür verlangt. Lass mich dir helfen ... seinetwegen.« Alexander nahm Mendels Hand und stellte sich auf seine Füße.

Kurz vor der Rampe flüsterte Mendel: »Geh du zuerst.«

»Wie alt bist du?«, fragte der Arzt, als Alexander an der Reihe war. Mendel stand schwer atmend hinter ihm.

»Sechzehn«, log Alexander.

Der Arzt trat auf ihn zu. »Sechzehn?« Er blickte Alexander in die Augen. Da rannte Alexander einfach los. Ohne sich noch einmal umzudrehen, lief er an dem verblüfften Dr. Mengele und an den Wachmännern mit ihren Hunden vorbei. Er hielt erst inne, als er auf der anderen Seite des Zauns stand und in der Gruppe der Männer untergetaucht war, die fürs Überleben ausgewählt worden waren.

Dann wartete er auf Mendel. Er sah, wie mindestens

zehn Männer durch das Tor kamen. Er zählte bis hundert, und als der Freund seines Vaters immer noch nicht auftauchte, drängte er sich nach vorne und spähte durch den Stacheldrahtzaun. Auf der anderen Seite humpelte Mendel mit seinem verkrüppelten Bein nach links.

»Wie alt ich bin?« Alexander schüttelte die Erinnerung ab und blickte in Isidor Finklers grüne Augen. »Alt genug.«

✡

An diesem Abend war Alexander reich. Er war der stolze Besitzer eines halben Laibs Brot und eines Stücks Käse. Eigentlich wollte er etwas davon für den nächsten Tag aufheben, aber dann biss er ein Stück von dem Brot und dem Käse ab, und ehe er sich's versah, war nichts mehr außer ein paar Krümeln in seinem Schoß übrig. Er sammelte die Brösel ein und aß sie auf.

»Und woher kommst du?« Isidor schluckte sein letztes Stück Brot hinunter und sah Alexander fragend an.

Alexander hätte die Frage gerne beantwortet, schon allein, damit der Junge endlich seinen Mund hielt – aber er wusste nicht, was er sagen sollte. Woher *kam* er? *Aus der Tschechoslowakei,* konnte er nicht sagen, denn als er acht Jahre alt war, hatten die Ungarn das Land vereinnahmt. Aber *Ungarn* war genauso falsch, denn vier Jahre später hatten die Deutschen Ungarn besetzt und die Menschen dort vertrieben. *Der Bauernhof, Haus*

Nummer sechs am Gregorweg, war auch keine Antwort, denn man hatte seine Familie gezwungen, den Hof einem der arischen Nachbarn zu überlassen. Alexander hatte alles verloren, das Haus, die Ställe, das Vieh seines Vaters und die Pferde.

»Ich bin aus Debrecen«, sagte Isidor, obwohl Alexander ihn gar nicht danach gefragt hatte. »Aber ich gehe nicht dorthin zurück. Mein Vater ist tot.«

Alexander blickte weg.

»Kopfschuss. Er hat sich geweigert, die Schlüssel zu unserer Wohnung herauszugeben.«

Alexander schüttelte den Kopf. Dann fiel ihm ein, dass Isidor diese Geste womöglich als Mitgefühl auslegen würde. *Ich will deine Geschichte nicht hören,* dachte er. *Ich habe schon Hunderte solcher Geschichten gehört und es ist mir egal.* Alexander wünschte, er wäre hart und gemein genug, um die Worte laut auszusprechen, damit dieser Junge endlich Ruhe gab.

»Meine Mutter ist im Getto gestorben«, fuhr Isidor fort, aber diesmal fiel Alexander ihm ins Wort.

»Reden hilft gar nichts«, sagte er und starrte den Jungen an. »Wichtig ist nur das Morgen. Den Tag durchzustehen und am nächsten Morgen aufzuwachen.«

Die Ratte machte das Licht aus. Alexander kletterte in sein Stockbett und ritzte mit der Löffelspitze die Nummer dreiundvierzig in das Brett am Kopfende. Dreiundvierzig Tage waren vergangen, seit er aus dem Viehwaggon gestiegen und durch das Tor von Birkenau gegangen war. Dreiundvierzig, und es würden noch mehr werden.

»Morgen«, flüsterte Isidor, während er zu Alexander ins Stockbett stieg und sich neben ihm auf die Strohmatratze sinken ließ. »Morgen wird ein guter Tag werden. Morgen werden wir reiten.«

Fast gegen seinen Willen musste Alexander lächeln. Er dachte an die langen, staubigen Tage, die vor ihm lagen. An die Pferde, die sich um ihn drängen würden. An die Rotbraunen mit den dunklen Augen, an die Schwarzen und Rotschimmel. Er würde sie abreiben, wunde Stellen versorgen, sie füttern und striegeln. An warmen Tagen würde er sie nach draußen auf die Weide führen, und im Winter, wenn das Gras nicht mehr so gut schmeckte, würde er ihnen Heu geben und warme Strohlager für sie herrichten. Er war sich nicht sicher, ob die Stallburschen die Pferde tatsächlich ausreiten durften, aber selbst wenn er sie nur auf einer mit Stacheldraht umzäunten Koppel ausführen durfte, würde er glücklich sein.

Morgen würde er bei den Pferden sein.

Kapitel 3

»Alles raus!«

Als Alexander die Augen öffnete, sah er, wie die Ratte mit einem Hammer gegen eine an die Tür gelehnte Radkappe schlug, die schon ganz verbeult war. Das Scheppern riss die Männer aus ihren Träumen und einer nach dem anderen öffnete die Augen und hob den Kopf. Alexander schwang die Beine über die Bettkante.

»Aufstehen! Schnell! Schnell!« Die Ratte ließ den Hammer fallen und fing an, die Männer von den Pritschen zu zerren. Alexander zog hastig seine Stiefel an und sprang auf. Es war noch dunkel, am Nachthimmel standen die Sterne. Alexander machte sein Bett und lief schnell über den harten Betonboden zu den Toiletten.

Bei seiner Rückkehr standen seine Mithäftlinge bereits fürs Frühstück an. Er reihte sich ein und wartete. Sein Körper verlangte nach Essen. Alexander hoffte, dass in dem Bottich, den die Ratte mitten im Raum aufstellte, Suppe war. Heiße Hühnerbrühe oder herzhafte Bohnensuppe. Die Ratte hob den Deckel von dem Metallgefäß. Ein Wermutduft breitete sich im Raum aus. Es war Kaffee – dasselbe dunkle, schmutzige Wasser, das es auch schon in Birkenau gegeben hatte. Je weiter Alexander in der Reihe nach vorne kam, desto hungriger wurde er. Das Stück Brot am Abend zuvor hatte das nagende Gefühl in seinem Magen nur noch verstärkt. Er sah, wie der Junge vor ihm seine Blechschüssel unter die Schöpfkelle hielt, mit der die Ratte Kaffee verteilte. Hörte das Klappern von Metall gegen Metall, als der Junge voller Ungeduld eine ungeschickte Bewegung machte. Plötzlich herrschte Stille. Der Junge, der seinen Fehler sofort erkannt hatte, zog seine Schüssel weg.

Das Rattengesicht des Blockführers wurde noch spitzer. »Gierig auf Kaffee, was?«, rief er. »Dann trink.« Er drückte den Kopf des Jungen in den Bottich und tauchte ihn in die dunkle Brühe, erst fünf lange Sekunden, dann zehn. Nach fünfzehn Sekunden hörte der Junge auf, mit den Armen zu rudern. Nach zwanzig Sekunden stiegen keine Luftblasen mehr an die Oberfläche. Erst da zog der Blockführer den Jungen aus dem Bottich und schleuderte ihn auf den Boden, wo er liegen blieb – tropfnass und prustend, aber am Leben.

Alexander trat nach vorne und hielt die Blechtasse unter den Schöpflöffel. Er spürte, wie der Blick des Priesters ihn verfolgte, als er zurück zu seinem Bett ging. Alexander hob seine Tasse an die Lippen und trank das schmutzige Wasser bis auf den letzten Tropfen aus. Der Priester sah zu ihm hoch. Er lag immer noch auf seiner Pritsche.

»Es wird keiner kommen und dir das Essen ans Bett bringen«, sagte Alexander. »Und ich tu's auch nicht.«

»Vater Jablonski ist nicht hungrig.« Der Blockführer packte Alexander am Kragen und stieß ihn zur Tür. »Geh! Raus mit dir! Zeit für die Musterung!«

Nach Alexanders Schätzung war es ungefähr vier Uhr. Der Himmel war schwarz und der Mond stand niedrig. Zu Hause hätte er sich jetzt aus dem Haus geschlichen, um noch vor der Morgendämmerung sein Pferd zu satteln.

»Fünferreihen!« Die Ratte blieb unter einem Flutlicht stehen. Die spitze Nase wirkte im Lichtschein noch länger.

Alexander nahm seinen Platz ein. Isidor stellte sich neben ihm zum Appell auf. »Er weigert sich zu essen«, flüsterte er.

»Wer?«, flüsterte Alexander zurück.

»Vater Jablonski.« Isidor starrte geradeaus und sprach durch zusammengebissene Zähne. »Er ist ein tschechischer Priester und wurde verhaftet, weil er etwas gegen Hitler gesagt hat. Als er sah, wie sie einem Jungen beim Appell in den Kopf schossen, verweigerte er das Essen.«

Ein Pfiff ertönte und dann wurden den Männern ihre Tagesaufgaben zugewiesen.

»Ab jetzt übernimmt euer Kapo. Tut, was er sagt.« Der Blockführer deutete mit dem Kopf auf den Mann neben sich. Alexander musterte ihn von Kopf bis Fuß. Zu seiner Überraschung trug der Kapo die gleiche gestreifte Häftlingskleidung wie er selbst. Er war ein Riese, Alexanders Schätzung nach fast zwei Meter groß. Allerdings konnte man das nicht genau sagen, weil er gebückt ging. Alexander sah, dass er auf einem Fingernagel herumkaute und ihn dann ausspuckte. Er hatte einen gelben Stern auf seiner blau-weißen Jacke und die grauen Hosen waren viel zu kurz für seine langen, behaarten Beine. Die ersten blassen Sonnenstrahlen erschienen am Horizont. Alexander fiel auf, dass die Haut des Mannes rau wie Leder war und er seine Nägel ganz abgekaut hatte.

Der Mann zog seinen Fuß nach, als er mit ihnen losmarschierte und dabei laut zählte.

»*Dwadzieścia osiem*«, stieß er auf Polnisch hervor. Achtundzwanzig. Der Stalltrupp bestand aus achtundzwanzig Männern, den Kapo eingerechnet neunundzwanzig.

»Alles raus!«, brüllte er den ersten Häftling an. Der Mann stolperte und fasste sich ans Ohr. Ein SS-Mann sah amüsiert zu. Der Kapo schlug mit einem Metallstock auf die Hand des Häftlings. »Alles raus!«, brüllte er wieder. Die Männer trabten los.

Die Lagerkapelle stimmte einen Marsch an. Alexander trat durch das offene Tor und Isidor folgte ihm. Drei Mädchen mit langen, glänzenden Haaren und geschminkten Lippen lehnten sich aus dem Fenster eines

Obergeschosses, um die Männer vorbeimarschieren zu sehen. Alexander starrte zu ihnen hoch. Er hatte nicht damit gerechnet, im Männerlager Frauen vorzufinden. Er reckte den Hals, um an den Frauen vorbei vielleicht einen Blick auf seine Mutter zu erhaschen.

»Die kannst du dir nicht leisten, Judenjunge.« Ein SS-Mann schleuderte einen Stein gegen Alexanders Kopf und lachte. Alexander rieb sich das Ohr, wo der Stein ihn getroffen hatte, und blickte wieder zu den Frauen hoch. Sie trugen weit ausgeschnittene Blusen und warfen den SS-Leuten Kusshände zu.

»Huren«, fluchte der Mann vor Alexander halblaut.

Alexander ging weiter. Ein Stück entfernt blies das Krematorium schmutzigen Rauch in den Himmel. Eine schwarze Traurigkeit erfasste ihn. Er hatte das Gefühl, ein Gebet für seine Schwester sagen zu müssen, aber er kannte nicht die richtigen Worte – die hebräischen Worte.

Die Sonne stieg hoch, und Alexander sah zu, wie sein Schatten nach vorne wanderte, sah, wie seine dürren Arme hin und her schwangen und wie seine spindeldürren Beine im Takt der Musik marschierten. Er sah die Silhouetten der bewaffneten Wachen und ihrer Schäferhunde, die an den Leinen zerrten, sowie die dunklen Umrisse der Birken, die den Eingang zum Lager säumten. Als die Häftlinge das Haupttor erreichten, brüllte der Kapo: »Mützen ab!«, woraufhin die Männer ihre Mützen abnahmen und den Kopf zackig nach rechts drehten. Alexander folgte ihrem Beispiel und sah, dass ein SS-Mann sie beobachtete, als sie an ihm vorbeimarschierten. Es war ein hochrangiger SS-Mann mit einem Dutzend Abzeichen an seiner Uniform. Er hatte dunkle, buschige Augenbrauen und ausdruckslose grüne Augen. Nachdem die Männer den Kontrollpunkt passiert hatten, setzten sie ihre Mützen wieder auf und blickten nach vorne. Alexander war leicht aus dem Takt gekommen. Er richtete den Kopf geradeaus und hoffte, dass es niemandem aufgefallen war. Draußen vor dem Lager flogen die Spatzen zwischen den Bäumen hin und her. Alexander beobachtete, wie sie von Ast zu Ast hüpften, und beneidete sie um ihre Freiheit. Sein Blick glitt über die Felder und die Bäume, das Gras und die Blätter, die so grün und so lebendig waren. Seine Schwester war tot, aber die Sonne schien immer noch.

»Ihr werdet für Herrn Ziegler arbeiten, den Kommandeur der Reiterstaffel.« Der Kapo verließ seinen Platz ganz vorne und kam zu Alexander und Isidor. »Er wird euch ein Pferd zuweisen. Kommandeur Ziegler und die anderen SS-Männer reiten fast jeden Morgen aus. Ihr arbeitet von fünf bis zum Mittag, dann von eins bis sechs, sieben Tage die Woche. Jeden Morgen werdet ihr das Pferd bürsten, füttern und tränken. Und am Abend auch. In der Zwischenzeit macht ihr die Ställe sauber und richtet das Futter für euer Pferd her.

Achtet darauf, dass das Tier kein Gewicht verliert und dass es ihm gut geht.«

Alexander spürte den bohrenden Blick des Kapos, aber er wagte es nicht aufzusehen. »Wenn ich euch sage, dass ein SS-Mann sein Pferd braucht, dann sattelt ihr es und wartet vor dem Stall auf ihn. Nehmt eure Mütze ab und haltet die Steigbügel. Sobald er im Sattel sitzt, reicht ihr ihm die Zügel. Dann springt beiseite, bevor er euch über den Haufen reitet.« Alexander wagte einen Blick, um zu sehen, ob die Worte des Kapos eine Warnung oder nur Spott waren. Aber der Mann war bereits wieder mit großen Schritten nach vorne gegangen.

Alexander machte sich keine Sorgen. Mit Pferden konnte er umgehen. Und dass er sieben Tage die Woche arbeiten musste, störte ihn auch nicht. Er war froh, Auschwitz entkommen zu können und in den Ställen zu arbeiten. Bevor er vom Hof geholt und nach Birkenau gebracht worden war, hatte er zu Hause immer seine Zeit in der Scheune verbracht, wenn er traurig oder verwirrt gewesen war. Wenn er in der Nacht nicht schlafen konnte, hatte er sich eine Karotte oder einen Apfel geschnappt und war zur Hintertür hinausgeschlichen. Er musste nur das Tor aufmachen und in die Wärme des Stalls treten und schon fühlte er sich besser. Er liebte den süßen Geruch von Heu und das Knistern von Stroh unter seinen Stiefeln. Und er liebte die Pferde. Er liebte sie alle, ohne Ausnahme. Den Ackergaul ebenso wie die Stute, die den Milchkarren zog.

Den lebhaften Araber, den sein Vater gekauft hatte, um das Vieh in Schach zu halten, und das kupferrote Pony, das seine Eltern Lili zu ihrem fünften Geburtstag geschenkt hatten. Aber ein Pferd liebte er mehr als alle anderen. Sari. Sein Vater hatte sie als einjähriges Fohlen gekauft und Alexander war mit ihr aufgewachsen. Beide waren anfangs furchtsam und wackelig auf den Beinen gewesen, waren dann aber kräftig geworden.

Wenn er nicht in der Schule war oder andere Aufgaben zu erledigen hatte, führte er Sari in das hohe Gras am Fluss oder ritt mit ihr über die Felder. Er brachte ihr bei, über Balken und Zäune zu springen und auf seinen Pfiff hin zu ihm zu kommen. Sie kam nicht, weil sie gehorchte, sondern weil sie in seiner Nähe sein wollte.

»Worauf muss man bei Pferden eigentlich achten?«, fragte Isidor und riss ihn aus seinen Gedanken. Alexander drehte sich um und starrte ihn an. »Ich meine, ich war schon auf einem Bauernhof…« Isidor beschleunigte seine Schritte, Alexander konnte seinen warmen Atem im Nacken spüren. »Damals, bei einem Schulausflug. Ich habe eine Kuh gemolken. So schwer kann das doch gar nicht sein?«

Alexander blickte stur geradeaus und ballte die Hände zu Fäusten. Sie waren von Wachen umgeben. Das Geplapper des Jungen würde sie beide noch das Leben kosten.

»Ein paar Hinweise, mehr brauche ich nicht«, flüsterte Isidor. Alexander schwang seine Arme noch höher.

Als die Männer in einen Wald kamen, hob der Kapo seine große Hand, und alle blieben sofort stehen. Die Wachmänner schulterten ihre Gewehre und setzten sich in das hohe Gras, um zu rauchen, während die Häftlinge beieinanderstanden und warteten.

»Ist das dein Ernst?«, fragte Alexander Isidor, als er sah, dass auch die anderen Häftlinge miteinander redeten. »Du hast noch nie mit Pferden zu tun gehabt?«

Isidor zuckte mit den Schultern. »Ich bin aus der Stadt.«

Alexander starrte ihn an. Der Gedanke, dass sie sich anfreundeten, war lächerlich. Sie hatten keinerlei Gemeinsamkeiten. Isidor lebte in der Stadt und Alexander hasste die Stadt. Er hasste den Gestank und die schlechte Luft und die hässlichen Fabriken. Er hasste die überfüllten Straßen und die winzigen Wohnungen mit ihren Betonhinterhöfen. Alexanders Lebensinhalt waren Pferde, wohingegen Isidor noch nie auf einem Pferd gesessen hatte. Alexander war der Richtige für die Aufgabe. Isidor hingegen hatte einem armen Bauern die Stelle weggenommen, nur weil der beim Appell nicht schnell genug die Hand gehoben hatte.

»Also bringst du mir was bei?«, fragte Isidor.

»Was krieg ich dafür?«, fragte Alexander scharf.

»Meine Freundschaft.«

Freundschaft? Fast hätte Alexander losgelacht. Ein Freund war jemand, mit dem man Ball spielte. Jemand, mit dem man auf Bäume kletterte und durch Flüsse stapfte, um Frösche zu fangen. Ein Freund war jemand, mit dem man im Winter Schneemänner baute. Ein Junge wie Anton Hudak. Falls er Anton jetzt überhaupt noch Freund nennen konnte.

»Ich bin nicht auf Freunde aus«, sagte Alexander. Er fragte sich, ob er jemals das Bild aus seinem Kopf verbannen konnte, wie sein bester Freund an der Bushaltestelle in der Hlavná-Straße stand und eine braune Uniform mit Hakenkreuzbinde am Arm trug.

»Jeder braucht Freunde«, flüsterte Isidor. »Besonders hier.«

»Da irrst du dich.« Wenn Alexander in den vergangenen Monaten etwas gelernt hatte, dann, dass es eine Schwäche war, sich um andere zu kümmern.

Sein Überleben hing davon ab, dass er weder die Gefühle anderer noch seine eigenen an sich heranließ. *Wenn ich nicht hart gewesen wäre,* dachte er, *hätte ich es dann fertiggebracht, ein kleines Kind über einen Zaun zu werfen?* Alexanders Fingernägel gruben sich in seine Handflächen, als er sich daran erinnerte, wie seine Tante und sein Onkel aus Budapest zurückgekommen waren und feststellen mussten, dass der Rest der Familie hinter Gettomauern eingesperrt war. Vor ihrer Abreise nach Budapest hatten Ruth und Jakob Alexanders Mutter gebeten, auf ihr kleines Kind aufzupassen. Eine Woche später waren die Altmanns von ihrem Hof vertrieben worden. Da niemand auf das vier Monate alte Kind ihrer Schwester aufpassen konnte, hatte Alexanders Mutter den kleinen Samuel ins Getto mitgenommen. »Wirf ihn rüber«, hatte Tante Ruth geflüstert und durch den Zaun das Gesicht ihres kleinen Sohnes gestreichelt. »Schnell, bevor die Wache zurückkommt.« Alexander hatte es zwar widerstrebt, aber ihm war keine andere Wahl geblieben. *Du bist ein Stein,* hatte er sich eingeredet. *Du bist eine Mauer. Tu's einfach.* Er hatte seinen Cousin mit zitternden Händen über den Kopf gehoben und hochgeworfen.

Alexanders Herz setzte einen Schlag aus, so wie an jenem Tag im Getto, als seine Tante mit ausgestreckten Armen das Kind aufgefangen hatte.

»Ich kann dir helfen«, sagte Isidor. »Ich kenne Leute, und ich weiß, wie es hier läuft. Ich weiß, wie man sich etwas zu essen beschafft und wo man Strümpfe kriegt.«

Alexander wackelte mit seinen wunden Zehen. Wenn er Isidor nicht half, würde der unerfahrene Junge womöglich ein Pferd in Gefahr bringen, und es würde böse für sie alle enden. Richtig böse. Er hatte keine andere Wahl. Alexander rieb sich den Magen und überlegte, was er zuerst verlangen sollte. Eine Karotte oder einen Apfel?

Als die Wachen aufstanden, sagte Alexander rasch: »Eines musst du dir merken: Du darfst nie direkt hinter oder vor einem Pferd gehen. Das sind sozusagen seine blinden Flecken. Das Pferd wird dich entweder über den Haufen rennen oder du kriegst einen Tritt mit den Hinterhufen verpasst.« Alexander grinste hämisch, als er Isidors erschrockenen Blick sah. *Jetzt bist du nicht mehr so großspurig, was, Stadtjunge?*

Alexander hörte die Pferde, noch ehe er sie sah. Das Hufgetrappel hallte von den Hügeln wider, und als er sich den Ställen näherte, stieg ihm der unverkennbare schwere Geruch von Sattelleder in die Nase. Er ging durch das Tor und holte tief Luft beim Anblick der grünen Weiden und der glänzenden Mähnen. So viele Pferde.

Die Häftlinge versammelten sich im Hof. Die Pferde blieben mit gespitzten Ohren stehen, etwa ein Dutzend kam an den Zaun der Koppel. Als Alexander an ihnen vorbeiging, streckte eine kastanienbraune Stute mit sanften Augen den Kopf vor. Alexander tätschelte ihren Hals. Pferden war es egal, ob man ein Jude oder ein Deutscher war. Er strich über das weiche Fell. Ihnen war nur wichtig, dass man sie fütterte und gut mit ihnen umging.

Kapitel 4

»Vorrücken!«, brüllte der Kapo und schwang seinen Stock. Rasch zog Alexander die Hand zurück und ging weiter. Gegen das Sonnenlicht blinzelnd ließ er den Blick über die Koppel schweifen. Sie war so groß wie drei Fußballfelder, und jenseits der Koppel waren weite grüne Weideflächen, auf denen die Pferde grasen konnten.

Kartoffeln! Alexanders Herz schlug höher, denn er hatte ein rechteckiges Feld entdeckt, auf dem in ordentlichen Reihen blühende Pflanzen wuchsen. Es war ein Kartoffelfeld! Alexander lief das Wasser im Mund zusammen. Kartoffelbrei. Sein Magen verkrampfte sich. Bratkartoffeln, Kartoffeln mit Schmand.

»Halt! Stillgestanden!«, brüllte der Kapo. Die Männer hielten neben einer kleinen Koppel. In der Nähe befand sich ein Stall, über dessen Eingang ein Schild hing, auf dem stand: *Auf dem Rücken der Pferde liegt das Glück dieser Erde.* Alexander konnte den Blick nicht von dem Gebäude abwenden. Es war nicht mit dem Stall zu vergleichen, den sein Vater für die Pferde, die Ziege und den Hund Spitz gebaut hatte, aber der Anblick des schrägen Blechdachs und der breiten Stalltüren katapultierte Alexander zurück auf den Hof im Gregorweg Nummer sechs mit dem Garten, in dem Gemüse, Kartoffeln und Bohnen angepflanzt waren. *Wem willst du etwas vormachen?,* dachte er. *Als du vom Hof vertrieben wurdest, war nicht mehr viel davon übrig.* Die Deutschen hatten nicht nur die meisten Pferde mitgenommen, sondern auch die Gemüsebeete zertrampelt und den Traktor zerlegt, weil sie Ersatzteile brauchten.

Dieser Stall war viel größer und bot mindestens dreißig Pferden Platz.

»Achtung!«, brüllte der Kapo. Die Männer nahmen Haltung an. Ein Dutzend Wachen standen ihnen gegenüber. Die Soldaten hatten die Hände an den Waffen. Der Kapo sah zum Tor hin und streckte den Rücken durch. Alexander folgte seinem Blick. In eine Staubwolke gehüllt tauchte ein galoppierendes Pferd auf. Die Mähne wehte und das weiße Fell glitzerte im Sonnenlicht. Erst dann fiel sein Blick auf den Reiter.

Das Gras flog unter den Hufen auf, als Pferd und Reiter in schnellem Tempo angeritten kamen und nur eine Handbreit vor den Männern anhielten. Alexander verspürte einen Kloß im Hals. Wieder einmal reiten zu dürfen – die kraftvollen Muskeln des Tieres zu spüren und zu fühlen, wie die Zügel in die Hände schnitten. Alexander hätte am liebsten die starken Flanken des Hengstes berührt. Es war ein Araber mit breiter Brust und kräftigen Hüften, etwa vier Jahre alt und fünfzehn Handspannen hoch.

»Der Führer der Reiterei«, verkündete der Kapo und drückte den Rücken durch. »Kommandeur Ziegler.« Alexander sah hinauf zu dem SS-Mann, der elegant auf seinem Pferd saß. Seine Reiterhosen steckten in schwarzen Reitstiefeln. Die Bügelfalten waren rasiermesserscharf. Er trug eine Pistole am Gürtel und in der Hand hielt er eine Gerte. Er machte keine Anstalten, das Tier zu tätscheln, sondern presste die Schenkel in die Flanken des Pferdes. Dann stieg er ab und ließ die Zügel los. Der Kapo stieß einen der neuen Jungen nach vorne, damit er die Zügel aufhob. Alexander blickte in das Gesicht des Kommandeurs. Er hatte schiefergraue Augen, eine schmale, gerade Nase und einen kantigen Kiefer. Alexander hatte schon andere SS-Männer auf ihren Pferden an seinem Hof vorbeireiten sehen. Er war acht gewesen, als die ungarischen Soldaten auf ihrem Weg in die Stadt vorbeimarschiert waren, um die tschechische Stadt zu besetzen. Er erinnerte sich noch, wie sehr die ungarischen Uniformen seiner Schwester gefallen hatten, wie sie die geschwungenen Hahnenfedern an den hohen, spitzen Mützen bewundert hatte. Alexander hatte nicht groß darüber nachgedacht, dass die Ungarn Košice einnahmen, er war viel zu fasziniert von den Reitern gewesen. Sechs Jahre später, als die deutsche Armee das Land besetzte, hatte Alexander für die Pferde keinen Blick übrig gehabt. Sein Augenmerk galt den Fußsoldaten, die in Reihen an ihrem Hoftor vorbeimarschierten, und natürlich den Panzern und Kanonen.

Damals wusste Alexander bereits, dass die Nazis Europa überrollten, deren SS Synagogen niederbrannte und Geschäfte plünderte. Überall, wo sie hinkamen, ließen sie ganze Städte verlassen zurück, weil sie die Juden in Waggons wegbrachten oder in Gettos pferchten. Seine Mutter hatte Alexander angefleht zu fliehen, bevor die ungarische Polizei ihn abholen kam, aber er hatte sich geweigert. Seine Mutter und Lili brauchten ihn. Er würde sie nicht im Stich lassen. Sie nicht und auch die Pferde nicht.

Das Pferd des Kommandeurs hatte ebenso hochmütige graue Augen wie sein Besitzer. Es war reinrassig, und Alexander war überzeugt, dass der Kommandeur den Hengst genau aus diesem Grund ausgesucht hatte. Das Pferd hatte einen edlen Kopf und einen elegant geschwungenen Hals, und der SS-Mann hatte sicher sofort gesehen, dass die Beine kräftig und die Knochen stark waren. Bestimmt hatte ihm auch das herrliche weiße Fell gefallen.

Wie um auf sich aufmerksam zu machen, stampfte der Araber mit dem Fuß und schüttelte die Mähne.

»Bring Serafin hinein und sattle ihn ab«, befahl der Kommandeur dem Jungen, der die Zügel genommen hatte. Dann wandte er sich an die anderen Häftlinge. »Ich möchte, dass alle Pferde abgerieben, gefüttert und getränkt werden. Bewegt euch.« Er schlug mit der Gerte gegen seinen Reitstiefel. Der peitschende Knall ließ Alexander zusammenzucken. Er hatte schon viele Gerten in der Hand gehabt, aber keine, die so lang und gefährlich war wie die des SS-Manns. Sie hatte einen Holzgriff und bestand aus einem einzigen dicken schwarzen Lederriemen. Alexander fragte sich, ob der Kommandeur damit Tiere oder Menschen züchtigte.

Die Stallburschen holten die Pferde von der Koppel und folgten dem SS-Mann in den Stall. Zurück blieben nur Alexander, Isidor und die anderen Neulinge.

»Macht schnell!« Der Kapo deutete auf den Stall. »Lasst den Kommandeur nicht warten.«

Alexander rannte in den Stall.

»Du!« Der Kommandeur zeigte auf den Mann rechts von Alexander. »Du übernimmst dieses Pferd.« Er deutete auf eine Box. »Und du.« Er schlug mit der Gerte vor Isidors Füße, dass der Staub um dessen Knöchel aufwirbelte. »Du nimmst das letzte Pferd, das ungarische Vollblut dort drüben.« Dann machte er einen Schritt auf Alexander zu. »Wie alt bist du?«

»Sechzehn«, sagte Alexander. Es war eine Lüge, aber eine, die ihn am Leben erhielt. Außerdem fühlte er sich älter als vierzehn, viel älter. Der Krieg – und dieser Ort – hatten ihn reifer werden lassen.

»Komm mit.« Der SS-Mann führte Alexander in die Box direkt neben Isidors Pferd. »Du behauptest, dass du mit Pferden Erfahrung hast. Was kannst du zu diesem hier sagen?«

Der Kommandeur schob den Riegel zurück und stieß das Gatter auf. Dahinter kam ein kleines Pony zum Vorschein. Es sah genauso aus wie Lilis Pony Strudel, ein Huzule mit rotbraunem Fell.

»Das ist ein Pony«, fing Alexander an. Der SS-Mann verschränkte die Arme vor der Brust und wartete. »Ein Huzule. Es sind ausdauernde Tiere, die in unwegsamem Gelände eingesetzt werden können. Sie sind sanftmütig, daher eignen sie sich auch gut für Kinder.« Alexander überlegte, ob das Tier wohl einen Namen hatte. Er kraulte das Pony hinter den Ohren und strich über die Nüstern. Er hatte nur diese eine Chance, um einen guten Eindruck zu machen.

»Mich interessiert die Rasse nicht. Erzähl mir etwas über dieses spezielle Pony.« Der Kommandeur trat zurück und forderte Alexander auf, das Tier genauer in Augenschein zu nehmen.

»Also …«, fing Alexander an. Er wusste nicht genau, was der Mann von ihm erwartete. »Sie ist rotbraun und hat schwarze Haut unter ihrem kupferfarbenen Fell.« Der Kommandeur nickte. »Sie ist etwa dreizehn Handspannen groß. Ihre Füße sehen gesund aus. Kräftige Hufe«, fuhr Alexander fort und hob nacheinander die Beine des Ponys an. Dann öffnete er ihr Maul und untersuchte die Zähne. »Ich schätze sie auf drei Jahre.« Der Kommandeur schwieg. »Ihr Brustkorb ist gut ausgeprägt.« Alexander fuhr mit der Hand über das Fell des Ponys und versuchte, nicht zu zittern. Pferde spürten sofort, wenn man angespannt war, und das machte sie nervös.

»Mal sehen, ob du auch weißt, wie du mit ihr umzugehen hast.« Der Kommandeur lächelte fies. Er zeigte auf Regale an der Rückseite des Stalls. Alexander rannte sofort hin. Er suchte nach einem Striegel und einer Bürste mit dicken Borsten. Er fand beides zwischen einem glänzenden Ledersattel und Zaumzeug. Der Stall war gut ausgestattet. Es gab Halfter, Führseile, Hufkratzer, Decken, Wassereimer und einen Metalltrog fürs Futter. Es gab Salben für die rosige Haut an den Nüstern und Fliegenfänger, um die Insekten fernzuhalten. Alexander dachte an all die Dinge, die er zu Hause auf dem Hof zurückgelassen hatte, und an das, was er für die Zugfahrt gepackt hatte und man ihm an der Rampe wieder abgenommen hatte: seine Kalbslederhandschuhe – ein Geschenk seines Vaters –, ein Schwarz-Weiß-Foto von Sari und das kleine Pferdchen, das sein Großvater für ihn aus Eichenholz geschnitzt hatte. Er nahm einen Hufkratzer und rannte zurück zur Box.

Er fing mit dem Striegel an. In großen kreisenden Bewegungen strich er über den Rücken und die Hinterbeine des Ponys und sprach mit besänftigender Stimme auf das Tier ein, bis es sich entspannte. Er sparte die Stellen an den Beinen aus, wo das Fell besonders zart war, kratzte die Hufe sauber und suchte nach Verletzungen. Als er damit fertig war, klebte die Jacke an seinem Rücken, und seine Ärmel waren schmutzig, aber das Pony sah wunderschön aus. Alexander atmete den Pferdegeruch ein. Es wäre falsch gewesen, zu behaupten, dass er glücklich war, aber er konnte nicht anders, als zu lächeln.

»Sattle sie.« Der Kommandeur ließ die Gerte gegen seinen Stiefel knallen. »Heinz, zeig dem Jungen, wo er das Zaumzeug für Kastanie findet.«

Kastanie, dachte Alexander. *Das Pony hat einen Namen, keine Nummer.*

Der Kapo öffnete schwungvoll die Tür und der Kommandeur verließ den Stall.

»Ihr Sattel ist da drüben.« Der Kapo zeigte mit seiner großen Hand auf einen Sattel, der an einem Haken an der Wand hing. Der Sitz war schmal und hatte ein Lederhorn. Es war ein Sattel, wie ihn Kinder benutzen, die das Reiten erst noch lernen. Alexander nahm den Sattel vom Haken.

»Bist du sicher, dass du mit einem so großen Pferd zurechtkommst?«, fragte Isidor, der ihm gefolgt war, um eine Satteldecke zu holen. »Ich bin in der Box neben dir, wenn du also Hilfe brauchst …« Er grinste frech.

»Sie ist ein Pony, kein Pferd.« Alexander verdrehte die Augen.

»Egal. Ich finde, du hättest das Kommandeurspferd

kriegen sollen«, flüsterte Isidor. »Meinst du, er weiß, dass er sein Pferd ausgerechnet einem Nussbaum anvertraut hat?«

»Einem Nussbaum?« Alexander schüttelte verständnislos den Kopf.

»Der Junge, der das Pferd des Kommandeurs versorgen soll.«

Alexander wartete.

»Ich bin mit ihm zur Schule gegangen. Sein Vater, Isak Nussbaum, ist ein Züchter. *War* ein Züchter«, korrigierte sich Isidor. »Die Familie des Jungen besaß das größte Gestüt in Polen. Das große weiße Pferd …«

»Das ist ein Hengst«, unterbrach ihn Alexander. »Ein männliches Pferd ist ein Hengst, es sei denn, er ist kastriert, dann ist er ein Wallach.«

Isidor nickte. »Der Hengst des Kommandeurs«, sagte er ungerührt, »stammt wahrscheinlich von Nussbaums Gestüt.«

Alexander nahm ein Führseil und kehrte in die Box zurück. Im Stall waren Wachen, aber wenn er sich hinter die Stalltür kauerte, konnten sie ihn nicht sehen. Er beugte sich über das Pony und sog den staubigen Duft in sich auf. Das letzte Mal, als er einem Pferd so nahe gewesen war, hatte er sich von Sari verabschiedet. Er war im Stall eingeschlafen und erst um Mitternacht aufgewacht. Sari hatte sich auf die Seite gelegt und ihren Hals gegen seinen Rücken geschmiegt. Alexander hoffte, dass ihr Nachbar, der den Hof übernommen hatte, sich gut um sie kümmerte. Er hoffte, dass Radomir Hudak sie zweimal am Tag fütterte und die Sprunggelenke sauber machte.

»Bist du fertig?« Der Kapo stieß die Tür auf. Alexander sprang vom Pony weg und ermahnte sich, dass das Pony nur ein Mittel zum Überleben war und kein Schmusetier. *Werde bloß nicht weich,* sagte er zu sich selbst. *Weich sein ist gefährlich.*

Er legte die Satteldecke auf, strich die Falten glatt und wuchtete den Sattel obenauf.

»Führ sie nach draußen«, befahl der Kapo. Alexander legte das Halfter an und führte Kastanie aus der Box.

»Die Kinder wollen auf ihr reiten.« Der Kapo senkte die Stimme. »Das ist eine Ablenkung inmitten dieser Düsternis.«

Kinder? Alexander verspürte ein flaues Gefühl im Magen. Welche Kinder? Er spannte das Seil und führte Kastanie zur Stalltür. Seine Beine waren wie Gummi. Er wusste, dass es nicht Lili sein konnte – das war völlig ausgeschlossen –, aber für eine Sekunde ließ er diese Vorstellung zu.

»Achte darauf, dass sie den Reithelm aufsetzen«, rief der Kapo ihm hinterher. »Nur einmal im Kreis, dann ist das nächste Kind dran.«

Alexander holte tief Luft und trat in den Hof hinaus.

Kapitel 5

Alexanders Schultern sackten nach unten, als er die Kinder sah, die vor der Koppel warteten. Die Mädchen trugen Schürzen und hatten Lockenhaare, die Jungen hatten die Kniestrümpfe ordentlich hochgezogen. Keines hatte blau-weiß gestreifte Kleider an. Sie waren in Begleitung ihrer Väter: SS-Männer in grauen Uniformen mit Totenköpfen und Hakenkreuzen. Nazi-Väter, die ihre rotwangigen Kinder anlächelten.

Der Kapo ging an den Kindern vorbei und öffnete das Gatter. Alexander folgte ihm auf die Koppel und versuchte, sich seine Enttäuschung nicht anmerken zu lassen.

»Ruf sie nacheinander auf.« Der Kapo beugte sich zu Alexander und sagte etwas leiser: »Wenn die SS-Männer nicht wollen, dass du ihre Kinder anfasst, dann tu's auch nicht. Wenn sie wollen, dass du sie in den Sattel hebst, dann tu's. Rede nicht mit ihnen, es sei denn, sie sprechen dich an. Lächle nicht, es sei denn, sie lächeln zuerst. Bitte die Eltern nicht um Geld oder Essen. Du bist unsichtbar, es sei denn, sie befehlen dir etwas anderes.« Die Stimme des Kapos wurde wieder unerbittlich.

»Kapiert?« Er nickte dem ersten Kind zu, das am Gatter wartete.

»Kapiert«, sagte Alexander, dessen Enttäuschung sich mittlerweile in Furcht verwandelte. Er wandte sich dem ersten Kind zu und überlegte, was der Vater dem kleinen Mädchen wohl über den kahl geschorenen Häftling in der gestreiften Jacke gesagt hatte.

Sie war vier, vielleicht fünf, hatte rote Haare und zwei Grübchen an den Mundwinkeln. Sie sagte kein Wort und lächelte auch nicht, sondern zupfte nur am Ärmel ihres Vaters, damit er sie hochhob und auf das Pony setzte. Die Hand auf ihrem Rücken stand der Vater neben ihr und starrte Alexander an. Der Reithelm! Fast hätte Alexander ihn vergessen. Er nahm ihn vom Zaunpfosten und reichte ihn dem Vater des Mädchens, der schmallippig und schweigsam auf der anderen Seite des Ponys stand. Mit zitternden Händen schlang Alexander die Zügel um die Finger der Kleinen. *Du kannst sogar mit geschlossenen Augen ein Pony im Kreis führen, also hör auf zu zittern,* ermahnte er sich. Dann straffte er die Schultern, nahm das Führseil und lief los.

Er fing nicht an zu rennen, wie er es zu Hause mit Strudel getan hatte, damit Lili im Sattel auf und ab hüpfte und vor Aufregung kreischte. In langsamen, gleichmäßigen Schritten ging er einmal im Kreis herum. Außer seinen Schritten war nur das Schnauben des Ponys und das Klappern der Hufe zu hören. Die Hitze war so drückend, dass die Vögel verstummt waren, und auch die Grillen schwiegen. Der Vater hob das kleine Mädchen aus dem Sattel und trug sie zum wartenden Auto. Keiner der beiden hielt es für nötig, sich bei Alexander zu bedanken.

Am Gatter wartete schon ein Junge mit vorstehenden Zähnen. Er war weich und dicklich, sein Hemd mit Kragen spannte über dem Bauch, und zwischen den Knöpfen sah man seine rosige Haut. Alexander fragte sich, was er wohl zum Frühstück gegessen hatte. Vielleicht ein Würstchen oder ein weiches Spiegelei mit einem dicken Stück Brot zum Einstippen. Alexanders Magen grummelte.

Der Junge mit den schiefen Zähnen rannte zum Pony. »Ich will selber aufsteigen.« Er schlug die Hand seines Vaters weg.

»Du hast meinen Sohn gehört.« Der SS-Mann wandte sich an Alexander. »Hilf ihm.« Alexander tat wie ihm befohlen. Er bückte sich, verschränkte die Finger und blickte den Jungen an. »Dreh dich zur Seite.« Er sprach ganz sanft, damit es sich nicht wie ein Befehl anhörte. »Und jetzt halte dich am Horn fest und steige mit dem linken Fuß in meine Hände.« Er hoffte, dass der Junge nicht zu schwer für ihn war. Der Sohn des SS-Mannes umklammerte das Horn mit seinen dicken Fingern, hob sein molliges Bein und stellte seinen Fuß in Alexanders verschränkte Hände. Alexander wappnete sich innerlich. »Jetzt stoße dich mit dem rechten Fuß ab und schwinge dein Bein über das

Pony.« Alexander blickte den Vater des Jungen an. Ihm stockte der Atem, als sein Blick auf die Pistole im Halfter und den Gummiknüppel am Gürtel fiel.

Der Junge setzte sich in den Sattel und Alexander atmete wieder aus. Er nahm das Führseil und wollte losgehen.

»Mein Sohn möchte reiten und nicht am Seil geführt werden!« Der SS-Mann stieß den Knüppel gegen Alexanders Schulter.

»Drück deine Oberschenkel in die Flanken.« Alexander hob seine Stimme etwas an. Der Junge presste seine molligen Beine in die Flanken des Ponys und Kastanie setzte sich in Bewegung.

»Ich reite, Vater! Siehst du, wie ich reite!«, rief der Junge. Alexander war erleichtert und verärgert zugleich.

»Gut gemacht!«, hörte Alexander den Vater sagen. Er musste sich nicht erst umdrehen, um zu wissen, dass der Mann seinen Sohn vermutlich anlächelte und dass der Sohn mit stolzgeschwellter Brust zurücklächelte. Alexander hasste sie dafür. Und sich selbst hasste er auch ein bisschen.

»Geht das nicht schneller?«, hörte er jemanden rufen.

Alexander drehte sich um und sah einen kleinen Jungen, der aus der Reihe nach vorne trat.

»Es ist heiß, und ich bin durstig, und ich habe keine Lust mehr, länger zu warten.«

Das Mädchen vor ihm packte den Jungen am Hemd. »Wir haben alle keine Lust zu warten, aber ich bin vor dir dran, und wenn du dich vordrängelst, sage ich das meinem Vater.«

Murrend kehrte der Junge zu seinem Platz zurück.

Das Warten macht sie müde, dachte Alexander, während er mit Kastanie zum Gatter zurückging. *Und mich auch.* Er hatte das Gefühl, als hätte er in den letzten Jahren nichts anderes getan, außer zu warten. Er hatte darauf gewartet, dass sein Vater vom Arbeitseinsatz zurückkehrte. Er hatte vor der Synagoge gewartet, bevor er ins Getto abgeführt wurde. Er hatte vor den Toiletten gewartet, er hatte auf Mahlzeiten gewartet, er hatte nackt vor der Dusche gewartet, er hatte gewartet, um tätowiert zu werden. Alexander fuhr sich über die Augenbraue. Er hatte gewartet und gehofft, dass man ihn in Ruhe ließ, damit er weiterwarten konnte, denn eines Tages – Alexander bückte sich und verschränkte seine Finger ineinander –, eines Tages würden die Russen kommen, und das Warten hätte ein Ende.

Der Junge mit den schiefen Zähnen hüpfte vom Pferd, und Alexander forderte das nächste Kind auf, zu ihm zu kommen. Der Vater schickte es nach vorn.

»Stell dich hierher.« Alexander forderte das kleine Mädchen mit einem Wink auf, den Hinterläufen nicht zu nahe zu kommen. Es wäre ihm eine Genugtuung gewesen, wenn das Pony auf die teuren Ledersandalen des Mädchens getreten und ihre Zehen zertrampelt hätte. Aber er durfte diese Aufgabe nicht vermasseln.

»Wie heißt das Pony?«, fragte das Mädchen und tippte gegen Alexanders Schulter.

»Kastanie«, antwortete Alexander. Das Mädchen hatte weizenblonde Zöpfe und ihr Lächeln war so breit wie ein Scheunentor. Er brachte es nicht fertig, die Kleine anzusehen.

»Ist es ein Pony oder ein Babypferd?«

Alexander blickte zum Vater des Mädchens. Er lehnte am Gatter, hielt das Gesicht in die Sonne und hatte die Augen geschlossen. Alexander beschloss, dass es sicherer war, ihr zu antworten. »Sie ist ein Pony«, sagte er und half ihr in den Sattel.

Das Mädchen beugte sich vor und wartete, dass er weitersprach. Alexander räusperte sich. Es war lange her, seit ihn jemand nach seiner Meinung gefragt hatte. Er brachte nur mit Mühe ganze Sätze heraus und seine Stimme war kaum mehr als ein Flüstern.

»Das erkennt man daran, dass ihre Mähne dicker ist als die eines Pferds und dass sie ein dichteres Fell hat.« Er fuhr mit der Hand über das rote Fell. »Außerdem haben Ponys kürzere Beine«, sagte er und blickte in die großen Augen des Mädchens. »Und sie sind nie größer als so.« Er hielt die Hand ein paar Fingerbreit über den Kopf des Ponys.

Nachdem er das Mädchen einmal im Kreis herumgeführt hatte, glitt es vom Pony herunter und ergriff die Hand des Vaters. »Können wir bitte morgen wieder hierherkommen, Papi?«, fragte sie bettelnd und zerrte an seiner Jacke. Lächelnd strich der SS-Mann ihr eine feuchte Strähne aus dem Gesicht. »Ich muss morgen arbeiten, Liebling.« Er blickte Alexander an. »Sag Danke zu dem Jungen«, forderte er seine Tochter auf. Er griff in seine Tasche, holte eine Zigarette heraus und bot sie Alexander an.

Alexander rauchte nicht. Sein Großvater war zwei Tage vor seinem sechzigsten Geburtstag gestorben. Damals war Alexander sechs Jahre alt gewesen. Seine Mutter hatte ihm erklärt, dass die Zigaretten seinen *Sejde* umgebracht hatten, und ihm gedroht, dass sie, falls sie ihn jemals mit einer Zigarette erwischen würde, den Gürtel seines Vaters nehmen und Alexander übers Knie legen würde, egal wie groß er war. Alexander nahm die Zigarette und steckte sie in den umgekrempelten Saum seiner Hose. Die meisten Männer in der Baracke rauchten, auch die Ratte. Es konnte nicht schaden, eine Zigarette im Ärmel zu haben. Oder besser gesagt im Hosenaufschlag.

»Sie heißt Kastanie«, sagte er geistesabwesend zum nächsten Kind.

»Ich habe dich nicht zum Sprechen aufgefordert«, blaffte der Vater des Jungen ihn an und hob sein Kind auf das Pony. Alexander sagte kein Wort mehr. Er führte Kastanie langsam im Kreis herum und setzte das Kind am Gatter wieder ab. Dann half er dem nächsten in den Sattel und dann dem nächsten und dann noch einem und noch einem, bis die Gesichter ineinander verschwammen und seine Jacke schweißnass war und ihm ganz schwindlig war vor Hunger.

»Komm her!« Nachdem das letzte Kind weggegangen war, winkte der Kapo Alexander zur Stalltür. »Es ist heiß, gib ihr etwas zu trinken.« Er deutete auf den Wassertrog. Alexander stülpte den Reithelm über einen Zaunpfosten und führte Kastanie zu dem Metalltrog. Er scheuchte die Fliegen von ihren Augen weg und sah zu, wie sie Wasser schlürfte, und wünschte sich, er könnte mit seiner Zunge das nasse Metall berühren. Er war lange nicht mehr so durstig gewesen. Nicht, seit er im Viehwaggon eingepfercht gewesen war. Als Kastanie den Kopf schüttelte, beugte Alexander sich vor, um ein paar Wassertropfen von ihrer Mähne aufzufangen, und als sie innehielt und das Wasser von ihren Nüstern rann, streckte er die Hand aus, um es aufzufangen. Er rieb ihren nassen Hals ab und fuhr mit den Händen über ihr feuchtes Maul, dann leckte er die Flüssigkeit von seinen Fingern ab.

Die Pferdeburschen verließen einer nach dem anderen den Stall. In dem grellen Licht sah Alexander ihre wunde Haut und die dunklen Ringe unter ihren Augen. Ihre Jacken hatten an den Achselhöhlen blauschwarze Flecken, und ihre Hosen waren verdreckt, aber das Fell der Pferde glänzte.

Der Kommandeur folgte ihnen nach draußen.

»An die Arbeit! Die Pferde brauchen Auslauf. Führt sie über die Koppel. Ich will die Pferde schwitzen sehen.« Er schlug mit der Gerte fest gegen seinen Stiefel. Die Männer rannten über den Hof und zogen ihre Pferde hinter sich her. Nussbaum, der Sohn des Pferdezüchters, verließ als Letzter den Stall. Er hielt sein Seil locker, aber der weiße Hengst des Kommandeurs folgte ihm hinaus in den Sonnenschein. Der Junge hatte die Stirnmähne des Pferdes zurückgekämmt, sodass man dessen fein geschnittenen Kopf sehen konnte. Die Beine waren blitzblank und die Muskeln des Pferdes spannten sich. Alexander konnte den Blick nicht von dem Pferd wenden. Er sah zu, wie die beiden die Koppel betraten, und wünschte sich, dass er die Zügel halten und seinen Fuß in die Steigbügel stellen könnte. Es war ungerecht, dass er das Pony abbekommen hatte, während die anderen – einschließlich Isidor – sich um richtige Pferde kümmern durften. Alexander biss die Zähne zusammen.

Nussbaum stieß sich mit dem Fuß vom Boden ab und stemmte sich hoch. Schlagartig wurde es still. Die Männer ließen die Zügel fallen und drehten den Kopf. Der Kapo, der am Wassertrog stand, erstarrte einen Augenblick, dann rannte er zum Gatter, stürmte auf die Koppel, packte Nussbaum und brüllte: »Nein!«

Alexander blickte den Jungen an, der mitten in der Bewegung seinen Fehler erkannt hatte. Niemand außer ihm saß im Sattel.

»Runter mit dir!« Der Kapo grub seine Finger in die Hose des Jungen.

Der Junge hatte sein Bein bereits wieder über den

Pferderücken geschwungen, aber sein Fuß berührte noch nicht den Boden.

»Wie kannst du es wagen!« Das Gesicht des Kommandeurs war wutverzerrt. Er zog Nussbaum vom Pferd weg, verdrehte den Arm des Jungen hinter seinem Rücken und zerrte ihn fort.

»Bindet ihn fest und bringt die anderen her.« An einem in die Erde gegrabenen Pfosten blieb er stehen und stieß den Jungen vor sich auf die Knie. Er riss die Arme des Jungen zurück und wartete, bis die Wache ihn mit den Handgelenken an den Pfosten festgebunden hatte. Alexander schnappte nach Luft. Er hatte gedacht, der Pfosten sei dazu da, die Pferde festzubinden.

Er schlang das Führseil seines Ponys um einen Zaunpfosten und nahm seinen Platz in der Reihe ein. »Passt auf, dass sie auch genau zuschauen.« Der Kommandeur drehte sich zu den Häftlingen. »Falls jemand wegschaut, wird er erschossen.«

Alexander würde alles mit ansehen müssen. Er grub seine Fingernägel in die Handflächen und zwang sich dazu, den Blick auf die Stiefel des Kommandeurs zu richten. Das glänzende schwarze Leder färbte sich rot von Blut. Alexander hörte das Splittern von Knochen und sah, wie Stofffetzen an den Absätzen hängen blieben. Jedes Mal wenn der Kommandeur dem Sohn des Pferdezüchters in den Rücken trat, schrie der Junge, aber der SS-Mann hörte nicht auf. Auch als das Hemd des Jungen in Fetzen hing und dunkles Blut aus den

Wunden floss, machte er weiter. Sein Gesicht verfärbte sich nicht dunkelrot, und es wurde auch nicht schlaff vor Anstrengung, einem anderen Menschen die Knochen zu brechen. Es blieb hart und ungerührt, vom ersten bis zum letzten Tritt. Alexander sah mit trockenen Augen zu. Er war wie hypnotisiert von der fast selbstverständlichen Grausamkeit des Mannes. Die Häftlinge neben ihm blinzelten die Tränen weg. *Du bist eine Steinmauer,* sagte sich Alexander. *Eine Mauer, durch die nichts dringt.*

Der Kommandeur blickte auf seine Stiefel. »Jemand soll sie sauber machen.« Er verschränkte die Arme vor der Brust und streckte das Bein vor. Der Kapo deutete auf Alexander.

»Ich habe keinen …«, fing Alexander an, um zu sagen, dass er keinen Lappen hatte. Aber eine Wache zerrte ihn aus der Reihe und stieß ihn nach vorn. Alexander fiel vor dem Kommandeur auf die Knie und starrte auf dessen Stiefel.

Denk nach!, sagte er zu sich und rieb sich die Augenbraue. Seine Finger berührten den Rand seiner Mütze, dann schlossen sie sich um den Stoff. Er nahm die Mütze ab und fuhr damit über die blutbespritzten Stiefel, vor und zurück, immer wieder, bis das Leder glänzte.

Der Kommandeur trat Alexanders Hand weg und verlangte nach seinem Pferd. Alexander reihte sich wieder ein und setzte die klebrige Mütze auf.

»Das sind nicht eure Pferde. Also habt ihr auch nichts im Sattel zu suchen.« Der Kommandeur griff die Mähne, stellte den Fuß in den Steigbügel und schwang sich in den Sattel. Er blickte auf Nussbaum hinab, der zusammengekrümmt auf dem Boden lag. »Eure Aufgabe ist es, die Pferde zu füttern, zu striegeln und sie auszuführen.« Der Kommandeur hielt inne. »Und das macht ihr, indem ihr sie auf die Koppel führt und sie dann laufen lasst.« Er ließ den Blick über die Stallburschen schweifen. »Jene von euch, die schon länger hier sind, wissen, wo ihr Platz ist. Reiten gehört nicht zu euren Aufgaben.« Er strich mit der Hand über die Flanke seines Pferds. »Ihr könnt froh sein, dass ihr euch überhaupt um solche edlen Tiere kümmern dürft.« Nacheinander musterte er die Männer. »Vielleicht lernt ihr sogar etwas von ihnen. Zum Beispiel, was harte Arbeit bedeutet.«

Alexander hätte ihm am liebsten einen Schlag zwischen die Augen versetzt. Er verspürte den Drang, die Pistole aus dem Halfter zu ziehen und ihm eine Kugel durch den Kopf zu jagen. Stattdessen musste er zusehen, wie der Mann auf seinem Pferd über den Hof ritt, während Nussbaum dalag und blutete.

»Bringt ihn nach Birkenau zurück«, sagte der Kommandeur, als er wieder abstieg. Er deutete auf Nussbaum.

Zwei Wachen zerrten den Jungen auf die Beine und schleppten ihn weg.

Dann deutete der Kommandeur auf Alexander. »*Er* soll sich um Serafin kümmern.«

Kapitel 6

Serafin schnaubte und schüttelte die Mähne.

»Du machst mir keine Angst«, zischte Alexander. Er nahm die Zügel und betrat den Stall. »Du bist ein Pferd. Und mit Pferden kenne ich mich aus.« Er drehte sich um und sah den Hengst an. In Wahrheit hatte er noch nie mit einem so edlen Tier zu tun gehabt. Die Pferde seines Vaters waren tüchtig – stark, klug und gutmütig –, aber keines sah so aus wie Serafin. Keines war so schlank und kräftig zugleich. Keines hatte einen so fein geschnittenen Kopf oder ein so seidiges Fell. Alexander streckte die Hand aus, um das Pferd zu tätscheln. Er wollte über den Nacken und das samtige Maul streichen, aber noch bevor er Serafin berühren konnte, bleckte das Pferd die Zähne.

Alexander nahm die Zügel. Entschlossen ging er zur Pferdebox und zog Serafin hinter sich her. Er musste nicht weit gehen. Das Abteil war gleich hinter der Tür und doppelt so groß wie die anderen Boxen. Es hatte die Ausmaße seines früheren Klassenzimmers. Alexander verriegelte die Tür und lehnte sich gegen das harte Holz.

»Ich mach dir einen Vorschlag. Ich werde dich nicht tätscheln.« Er blickte in Serafins harte graue Augen. »Aber nur, solange du tust, was ich sage.« Er hoffte inständig, dass das Pferd klug war. Mit einem kaltherzigen Pferd konnte er umgehen, aber ein dummes würde ihn womöglich das Leben kosten. »Wenn der Kommandeur denkt, dass ich nicht mit dir zurechtkomme …« Er machte einen Schritt auf das Pferd zu und blies dreimal kurz gegen seine Nüstern. Serafin riss die Augen auf. »Aha.« Alexander atmete tief aus. »Du weißt, was eine Begrüßung ist. Das ist schon mal gut. Es bedeutet, du hast Grips.«

Er ließ die Zügel fallen und ging langsam um das Tier herum. Als er sah, dass Serafin die Ohren nach ihm ausrichtete, musste er grinsen. Alexander spreizte die Finger und legte sie unter den Widerrist des Hengsts. Er hielt den Atem an und verstärkte ganz leicht den Druck. Zufrieden stellte er fest, dass Serafin den Druck erwiderte. So etwas taten nur kluge Pferde. Wenn zum Beispiel ein Wolf nach ihren Füßen schnappte, gaben sie Gegendruck, statt auszuweichen, um nicht zu riskieren, das Bein zu verlieren. Der Hengst war also schlau. Alexander atmete auf. Das Pferd war genauso klug und genauso kalt wie sein Herr.

Er beäugte den Hengst misstrauisch. Noch nie zuvor war er von einem Tier abgewiesen worden. Noch nie zuvor hatte er ein Pferd gesehen, das Zuneigung ablehnte. Aber es gab Schlimmeres.

»Du musst mich nicht mögen«, flüsterte er in das Pferdeohr. »Daran bin ich gewöhnt.« Alexander richtete sich auf und schob den Türriegel zurück. »Aber du musst dich benehmen.« Er verließ die Box, um einen Striegel zu holen.

»Warum ist das Pony immer noch draußen?«, fragte der Kapo. Er war Alexander zum Putzkasten gefolgt. Alexander öffnete den Mund. »Ich dachte …«

»Du bist nicht hier, um zu denken, sondern um zu arbeiten. Ab sofort bist du für zwei Pferde verantwortlich. Und keines von beiden darf darunter leiden. Wenn du Serafin versorgt hast, kümmerst du dich um Kastanie.« Sein Blick fiel auf den Striegel in Alexanders Hand. »Nachdem du die Pferde gestriegelt hast«, sagte er und drückte Alexander eine Flasche Pferdeshampoo und einen Eimer in die Hand, »musst du den Stall ausmisten, Stroh aufhäufen und das Zaumzeug sauber machen. Vergiss nicht, die Steigbügel zu polieren und den Dreck von den Zügeln abzuwischen. Poliermittel für den Sattel und Putzlumpen liegen da drüben.« Er zeigte auf die gegenüberliegende Seite des Stalls. »Die anderen Männer können dir zeigen, wie du das Futter mischen musst. Sieh zu, dass du rechtzeitig für die Abendfütterung alles fertig hast.« Er deutete auf eine Kammer. »Du findest alles Nötige dadrin.« Dann wandte er sich zum Gehen.

»Und was ist mit Mittagessen?«, fragte Alexander und stützte das Kinn auf den Eimerrand. Seine Arme wurden unter dem Gewicht von Eimer und Flaschen schwer.

Der Kapo schüttelte den Kopf. »Die Pferde werden nur zweimal am Tag gefüttert, morgens und dann am Abend, kurz bevor du wieder gehst.«

»Nein, ich meine *mein* Mittagessen«, platzte Alexander heraus. Der Kapo machte ein abweisendes Gesicht. Alexander wich zurück und wünschte, er könnte die Worte wieder zurücknehmen. *Idiot! Gerade hast du mit angesehen, wie ein Junge fast totgetreten wurde, weil er seinen Fuß in einen Steigbügel gestellt hat. Und jetzt redest du so mit einem Kapo?*

»Mittags gibt es Essen.« Der Kapo machte eine abwehrende Bewegung mit seiner schwieligen Hand. »Aber das ist erst in zwei Stunden. Wenn du bis dahin alles erledigt hast, was ich bezweifle ...« – er nahm einen Schwamm und ließ ihn in Alexanders Eimer fallen – »dann kannst du essen.«

Alexander schreckte die lange Liste an Aufgaben nicht. Er war damit aufgewachsen, Zaumzeug sauber zu machen und Ställe auszumisten. Er hatte seine Sommer damit verbracht, Zäune zu reparieren und Heuballen zu stapeln, und die Winter damit, Schnee zu schaufeln. Jeden Morgen vor der Schule hatte er die Eier aus dem Hühnerstall geholt und die Milchkannen zum Haus geschleppt. Schwere Arbeit machte ihm nichts aus. Nur für *wen* er sie erledigte, behagte ihm nicht.

Alexander nahm Serafin den Sattel ab und wischte

mit einem feuchten Tuch über das Leder. Er hatte von einem Ort wie diesem geträumt: ein Stall mit einem Futterraum, einer Kammer fürs Zaumzeug und Dutzenden von Abteilen. Er hatte davon geträumt, zusammen mit seinem Freund Anton Hudak so einen Stall zu besitzen. Da sie auf Nachbarshöfen groß geworden waren, hatten die Jungen über kaum etwas anderes geredet. Als sie zwölf waren, hatten sie ihr Königreich genau geplant und sogar eine verlassene Koppel gefunden, die sie zu ihrem Eigentum erklärt hatten.

Da drüben, hatte Anton gesagt und auf eine Stelle in der Wiese gedeutet, *wird der Auslauf sein.*

Und da, hatte Alexander erwidert und war von seinem Pferd gesprungen und zum Zaun gegangen, *werden die Ställe sein.*

Aus dem ganzen Land würden Leute kommen, um ihre Tiere im *Reiterhof zum Galoppierenden Hengst* abrichten zu lassen. Alexander hatte sogar zwei Holzbretter zusammengenagelt und ein Schild gemacht, es aber nie aufgehängt.

»Aber das werde ich noch«, murmelte Alexander. »Es wird größer und besser sein als alles, was ich mit Anton gemacht hätte.« Er füllte den Eimer mit Wasser, gab etwas Sattelseife dazu und tauchte den Schwamm in die schaumige Flüssigkeit. Dann wischte er Sattel und Zügel sauber, hängte sie zum Trocknen auf und ging zu Serafin. Das weiße Fell war an manchen Stellen schmutzig.

»Dann werden wir dich mal sauber machen«, sagte

Alexander. Er nahm die harte Bürste und fuhr damit über den Rücken des Pferds.

Serafin schnaubte unwillig und stampfte auf.

»Halt still.« Alexander fuhr mit der Bürste durch Serafins zerzauste Mähne. »Je früher wir damit fertig sind, desto eher können wir essen.«

Isidor spähte über die Wand der Pferdebox.

»Was bringt dich auf die Idee, dass er auch nur ein Wort von dem, was du sagst, versteht?«

Alexander achtete nicht auf ihn.

»Es sind Tiere. Sie sind dumm. Wenn sie auch nur einen Funken Verstand hätten, wären sie längst auf und davon.«

»Dumm? Das erste Mal, als ich …« Alexander hielt inne. Er hatte keine Zeit für so etwas. Er musste seine Arbeit erledigen. »Vergiss es.« Er hielt Serafins Kopf und wischte mit dem Schwamm darüber.

Das erste Mal, als er versucht hatte, Sari zu satteln, hatte es damit geendet, dass er auf seinem Hosenboden gelandet war und der Sattel unter dem Bauch des Pferdes baumelte. Sein Vater hatte gelacht und ihm erklärt, dass Pferde tief Luft holen, sobald man die Riemen enger zog. *Sie sind schlau,* hatte sein Vater gesagt und das Stroh aus Alexanders Haaren gezupft. *Du musst den Gurt straff ziehen und sie hin und her führen, damit sie ausatmen.*

Plötzlich krachte es laut. Die Trennwand zwischen Alexander und Isidors Abteilen bebte.

»Nicht so laut!«, rief eine Wache vom anderen Ende

des Stalls. Alexander stellte sich auf die Zehenspitzen und spähte über die Wand. Isidor spielte offenbar Tauziehen mit seinem Fohlen. Er versuchte, einen Fuß hochzuheben, um ihn sauber zu machen, allerdings ohne Erfolg. Das Pferd trat wieder gegen die Wand. Die rosafarbenen Nüstern waren gebläht. Es war ein einfaches Pferd mit einem ehrlichen Gesicht, und Alexander fragte sich, wo der Kommandeur es herhatte und ob es irgendwo auf einem Hof in Polen ein Kind gab, dem man es weggenommen hatte.

»Lass ihren Fuß los«, zischte Alexander. »Wenn du so weitermachst, wird sie wiehern und die anderen Pferde aufschrecken. Nimm den Hufkratzer.« Er deutete auf das gebogene Werkzeug, das neben Isidor am Boden lag. »Und jetzt versuch es noch einmal ganz vorsichtig.«

Isidor nahm den Kratzer und griff nach dem Bein des Fohlens. »Siehst du dieses V über dem Ballen?« Alexander deutete auf die weiche Stelle neben dem Hufeisen. »Mit der Spitze deines Hufkratzers musst du den Dreck wegmachen, der sich dort angesammelt hat. Arbeite von hinten nach vorne, damit du keine Steinchen in den empfindlichen Fuß bohrst. Gut«, sagte er. »Und jetzt stell den Fuß wieder ab – behutsam und vorsichtig – und nimm den nächsten.«

Alexander beobachtete Isidor aus dem Augenwinkel. Der Junge war ungeschickt und ein blutiger Anfänger, aber er ging sanft mit dem Pferd um und machte, was Alexander ihm sagte. »Jetzt kannst du sie abreiben.

Wenn du willst, kannst du mir erst einmal zusehen und es dann so machen wie ich.«

Alexander drehte sich wieder um, während Isidor einen Grasklumpen aus dem Huf kratzte. Der Junge verdiente seine Hilfe zwar nicht, aber das Fohlen konnte ja nichts dafür. Mit einem feuchten Schwamm fuhr er über Serafins Hals. Das Pferd stand stocksteif da – gehorsam, aber gleichgültig.

Alexander unterdrückte ein Gähnen. Die Luft im Stall war warm und von dem süßen Geruch des Heus erfüllt. *Sieh zu, dass du endlich mit der Arbeit vorankommst,* dachte Alexander beim Ausmisten. Er schaufelte die schmutzige Strohauflage in einen Schubkarren, suchte den Boden nach Nägeln ab und verteilte mit dem Rechen sauberes Stroh. Dann kümmerte er sich um Kastanie.

»Serafin wird ungeduldig. Er braucht sein Futter.« Der Kapo zog Alexander aus dem Verschlag des Ponys und lotste ihn den Gang entlang. »Hier bewahren wir das Futter auf.« Er öffnete die Tür und betrat einen Raum, in dem sich Getreide- und Heuvorräte befanden. In der Ecke saß eine Wache und schälte mit einem Federmesser einen Apfel. Alexander sah zu, wie die Schalen auf den Boden fielen. »Du musst die Zuckerrüben zwölf Stunden lang einweichen, bevor du sie einem Pferd verfütterst«, sagte der Kapo und trat die Apfelschale mit seinem Stiefelabsatz in den Dreck. »Karotten«, fuhr er fort und deutete auf einen Behälter, als wüsste Alexander nicht mehr, wie echtes Essen aussah. Alexander starrte auf die unglaublich orangeroten Karotten und dann auf die Äpfel – ganze Äpfel, rote, grüne, saftige Äpfel – in einem Korb an der Tür. »Die Kartoffeln sind da drüben.« Der Kapo deutete auf einen gefüllten Korb. Alexander sah sehnsüchtig auf die schmutzigen braunen Knollen. *Kartoffeln.* Sein Magen verkrampfte sich.

»Wenn du erwischt wirst, wie du auch nur einen Apfelbutzen in deiner Hose versteckst ...« Die Miene des Kapos verfinsterte sich.

»H-hab schon verstanden«, stammelte Alexander. Er lief los, um einen Eimer zu holen. Dann griff er mit den Händen in einen Trog und holte eine Handvoll Weizen heraus, um ihn in Serafins Futtereimer zu werfen. Er fühlte, wie die Körner durch seine Hände rieselten, und hielt sich die Fingerspitzen an die Nase, um den Duft einzuatmen.

»Verschwende keinen Gedanken daran«, sagte der Kapo schneidend. »Wenn du das Futter isst, gibt es zwei Möglichkeiten. Entweder schnappt dich die Wache und bindet dich an den Pfosten draußen ...« Er hielt inne und zog seine buschigen Augenbrauen zusammen. »Oder dein Pferd verliert an Gewicht und dann schnappt dich jemand und bindet dich an den Pfosten draußen.« Er stieß die Tür auf. »Füttere dein Pferd. Der Kommandeur will um zwei ausreiten.«

Alexander stellte den Eimer vor Serafin ab und kehrte in den Futterraum zurück, um einen Eimer mit kaltem, klarem Wasser zu holen. Nachdem er Serafin auch den Wassereimer vorgesetzt hatte, blieb er stehen und wartete darauf, dass das Pferd zu trinken anfing. Er war froh, dass Serafin ein paar Getreidekörner und eine Rübe im Futtereimer übrig gelassen hatte. Alexander bückte sich langsam und wollte nach der Rübe greifen, als Serafin plötzlich den Kopf hochwarf und wütend austrat.

»Komm schon, das ist doch nicht mal eine Handvoll Futter«, sagte Alexander einschmeichelnd und griff wieder nach dem Eimer. Araber waren Wüstenpferde, sie brauchten nicht viel. Das Pferd verdrehte die Augen und stampfte.

»Der Kommandeur hat dich abgerichtet, aber er hat dich auch gefühllos gemacht«, sagte Alexander, ehe er die Box verließ. Er könnte es schaffen, dass Serafin im Laufe der Zeit mit ihm warm werden würde. Man konnte einem Pferd alles beibringen, man brauchte nur Zeit und genug Zucker. Zeit hatte Alexander – er konnte ja nicht weg von hier –, aber ihm fehlte die Kraft. Serafin war gehorsam und würde seinen Anweisungen folgen. Das musste reichen. Zuneigung zu dem Pferd zu entwickeln, würde alles nur verkomplizieren.

Sie mussten miteinander auskommen. Mögen mussten sie sich nicht.

Kapitel 7

Im Essensraum beugten sich die Männer über ihre Schüsseln und schlürften Suppe. Manche saßen auf Stühlen, andere hatten sich mit verschränkten Beinen auf den Zementboden gesetzt und nippten Wasser aus ihren Tassen. Während sich im Futterraum der Pferde eimerweise Gemüse und Früchte stapelten, war der Raum hier leer bis auf einen Metallkessel auf dem Tisch, einen zersplitterten, aber sauber geleckten Holzlöffel und einen leeren Krug.

Alexander hatte das Mittagessen verpasst. Enttäuscht ließ er sich auf einen Stuhl fallen. Im Stall war jede Menge Heu. Wenn die Pferde es essen konnten, versuchte er sich einzureden, dann konnte er das auch. Morgen würde er schneller arbeiten, und wenn die Pfeife zum Mittagessen ertönte, würde er der Erste in der Reihe sein. Er saß still da und sah den Männern beim Essen zu.

»Es ist noch etwas übrig«, knurrte der Kapo zwischen zwei Mundvoll Suppe. Er stellte seine leere Schüssel beiseite und führte eine zweite an den Mund. Alexander löste seine Tasse vom Gürtel und blickte in den

Bottich. Mehr als eine kleine graue Suppenpfütze war nicht mehr da. Sie sah aus wie das Waschwasser seiner Mutter, nachdem sie den Boden gewischt hatte, und roch ganz schwach nach Kartoffeln. Er nahm den Löffel, schöpfte den letzten Rest Brühe zusammen und goss ihn in seine Tasse.

Zu Hause hatte seine Mutter ihm immer die größten Portionen gegeben. Es hatte ihr Freude bereitet, ihm beim Essen zuzuschauen, besonders in jenen letzten Wochen, bevor sie ins Getto gebracht worden waren. Vielleicht hatte sie gedacht, dass ein voller Magen ihn davor schützen könnte, später Hunger zu leiden. Er fragte sich, wo man sie wohl hingebracht hatte, und hoffte, dass sie eine Arbeit hatte, bei der ein paar Kartoffeln aus dem Topf für sie übrig blieben. Alexanders Mutter hatte in ihrer Jugend einen Kaufmannsabschluss gemacht, aber dann hatte sie das Stadtleben aufgegeben, um mit ihrem frischgebackenen Ehemann auf dem Hof zu wohnen. Sie war blitzgescheit, und das würde ihr helfen. Und sie hasste es, müßig zu sein. Alexander konnte sich nicht daran erinnern, dass er jemals von der Schule nach Hause gekommen wäre und sie sich in der Sonne ausgeruht hätte. Sie hatte entweder die Buchhaltung gemacht, Bestellungen aufgegeben, das Essen zubereitet oder die Kühe gemolken. *Sie schlägt sich durch,* dachte er und führte die Tasse zum Mund. *Aber sie wird sich Sorgen um mich machen.* Er blickte an sich herunter auf seinen eingefallenen Bauch. Er hatte zwar nicht gerade Kartoffelklöße zum Mittagessen erwartet, aber doch gehofft, dass es hier mehr als in Birkenau geben würde.

Als sich der Hunger der Männer etwas gelegt hatte, drehte sich das Gespräch auch um andere Dinge als das Essen. Sie sprachen von zu Hause und vom Ende des Kriegs und dass sie bald ihre Frauen und Liebsten im Arm halten würden. Mädchen waren das Letzte, an das Alexander denken wollte. Selbst wenn er jemanden gehabt hätte, der in Košice auf ihn wartete, würde er das ganz bestimmt keinem Fremden auf die Nase binden. Alexander hatte gelernt, den Kopf einzuziehen und den Mund zu halten. Es war auch so schon anstrengend genug, den Tag zu überstehen, ohne dass man kostbare Energie für Gespräche vergeudete. Deshalb vermied er es, am Geschwätz der anderen teilzunehmen, außer wenn er sich etwas davon versprach.

»Kommandeur Ziegler kommt in zwanzig Minuten«, rief der Kapo ihm zu. »In zehn Minuten musst du mit Serafin im Hof sein.«

Alexander ging zu den Toiletten hinter dem Stall. Dort war eine Betonbank mit sieben Löchern, die durch ein Blechdach auf vier Pfosten vor dem Wetter geschützt war. Es gab keine Wände und kein Toilettenpapier – nur ein paar Sackstreifen, die mit einem Ziegelstein beschwert waren, damit der Wind sie nicht davontrug. Es war das erste Mal, dass Alexander die Toilette nicht mit jemand teilen musste, aber er war trotzdem nicht allein.

Einer der Stallburschen zupfte Unkraut neben der Toilette. Er blickte hoch, als Alexander seine Hosen herunterließ, sah ihm einen Augenblick lang zu, dann arbeitete er weiter.

✡

»Zwei Minuten!«, rief der Kapo. Alexander bürstete Serafin noch einmal kurz und wuchtete dann den Sattel des Kommandeurs auf den Rücken des Pferdes.

»Ich brauch dich hier draußen!«, rief der Kapo. Alexander schnappte sich eine Gerte und rannte an Isidor vorbei, der vergeblich versuchte, ein Führseil zu entwirren.

»Hast du nicht von der Sache mit Henryk gehört?« Isidor griff nach der Gerte. »Wir dürfen nicht ...«

»Ich habe jetzt keine Zeit für Geschichten.« Alexander stieß ihn beiseite.

»Alex.« Isidors Stimme klang angespannt. Er schloss seine Finger um die Gerte und riss sie Alexander aus der Hand.

»Jetzt nicht«, zischte Alexander.

»Die Gerte.« Isidor starrte ihn eindringlich an. »Du kannst sie nicht nehmen. Wir dürfen keine Gerten einsetzen.«

»Wo zum Teufel bleibt Serafin?«, knurrte der Kapo von draußen.

Isidor entwand die Gerte aus Alexanders feuchter Hand. »Geh«, sagte er leise. »Ich leg sie wieder zurück.«

Alexander rannte nach draußen und reichte dem Kommandeur die Zügel.

Dieser bestieg Serafin und hob die Hand zum Nazigruß. »Heil Hitler!« Ein SS-Mann – derselbe Mann, den Alexander am Morgen vor den Toren von Auschwitz gesehen hatte – stieg gerade von einem schwarzen Araber und erwiderte den Gruß.

»Herr Höß«, sagte der Kommandeur und lenkte Serafin in einem engen Kreis. »Haben Sie jemals edlere Tiere gesehen?«

Höß – der Name schwirrte durch Alexanders Kopf. Er kannte den Namen. Natürlich. Alexander schauderte. Höß war der Lagerkommandant von Auschwitz. Und einer von Hitlers höchsten Männern.

»Sie stammen eben von einer guten Zuchtrasse ab.« Höß hielt seinem schwarzen Araber einen Zuckerwürfel hin. »Wenn wir doch nur auch Menschen auf diese Weise züchten könnten«, sagte er mit Blick auf Alexander.

Alexander grub seine Fingernägel in die Handflächen. Es war die reinste Hölle, hier in dieser Gluthitze zu stehen und den beiden zuhören zu müssen. Noch schlimmer war es, zuzuschauen, wie der Kommandeur seine Schenkel gegen Serafins Flanken presste und über die Koppel davonritt. Alexander beobachtete die beiden. Das Pferd verfiel in einen leichten Galopp und hielt den Kopf hoch. Seine weiße Mähne flatterte im Wind. Der Kommandeur stellte sich in die Steigbügel und legte seine behandschuhte Hand auf den Nacken des Pferdes, um über den ersten Zaun zu setzen. Serafins seidiges Fell glänzte schneeweiß gegen das dunkle Grün der Weide.

Der Mann war ein versierter Reiter, aber Alexander wusste, dass er selbst besser mit Pferden umgehen konnte. Der Kommandeur verließ sich auf seine Zügel, um das Pferd zu beherrschen. Alexander brauchte so etwas nicht. Er hatte sich beigebracht, wie man ganz ohne Zügel ritt, indem er Sari nur mit seinen Beinen gelenkt und sich nur an ihrer Mähne festgehalten hatte. Ein leichter Druck seiner Knie und Sari wusste, was er von ihr wollte. Der Kommandeur schien stolz darauf zu sein, dass Serafin seinen Befehlen gehorchte, aber die beiden würden nie ein wirklich enges Verhältnis haben. Alexander würde immer der bessere Reiter sein, denn wenn er Sari ritt, dann tat er dies nicht als ihr Herr, sondern als ihr Freund.

»Neuer Junge.« Der Kapo wandte sich an Alexander. »Wie wär's mit etwas Unkrautjäten? Die Männer, deren Stelle du eingenommen hast, wurden erschossen, weil ihre Pferde giftige Beeren gegessen haben.« Er reichte Alexander eine Schaufel. »Halte Ausschau nach dem Kommandeur. Er erwartet von dir, dass du bei seiner Rückkehr am Tor bereitstehst.«

Alexander verbrachte den Rest des Nachmittags damit, Pferdemist zu schaufeln und nach giftigen Pflanzen zu suchen. Er riss ein Büschel Jakobskraut aus und verbrannte die gelben Blumen zusammen mit einer Handvoll Eicheln. Neben ihm reparierten Männer Zäune, und Jungen stritten sich darum, wer den Wassertrog nachfüllen durfte, in der Hoffnung, vielleicht heimlich einen Schluck nehmen zu können, wenn die Wachen ihnen den Rücken zukehrten.

✡

Die Sonne stand bereits niedrig am Himmel, als der Kommandeur von seinem Ausritt zurückkehrte. Er glitt aus dem Sattel und warf Alexander die Zügel zu.

»Versorge ihn für die Nacht.« Er zog eine Karotte aus der Jackentasche und hielt sie Alexander hin. »Da«, sagte er. Ein dunkles Lächeln huschte über sein Gesicht. »Für das Pferd.«

Alexander nahm Serafin das Zaumzeug ab und sah zu, wie die Karotte zwischen den feuchten Pferdelippen verschwand.

Er war gerade damit fertig, Sattel und Zaumzeug sauber zu machen, als der Kapo die Stallburschen in den Hof zusammenrief. Der Kommandeur wartete auf sie. »Meine Gerte. Hol sie her«, blaffte er Alexander an.

Aber ich habe Serafin doch gerade abgesattelt, dachte Alexander panisch. *Wozu braucht er seine Gerte?*

Er rannte in den Stall, nahm die schwarze Ledergerte vom Haken und kehrte mit gesenktem Kopf und ausgestrecktem Arm in den Hof zurück.

Der Kommandeur strich mit seinen manikürten

Händen über den schwarzen Lederstriemen und fing an, die Männer zu zählen.

»Eins.« Er deutete mit der Gerte auf den ersten Mann in der Reihe. »Zwei, drei …« Immer wieder hielt er inne, um einen Mann mit seiner Gerte anzustoßen oder jemandem die Mütze vom Kopf zu schlagen, um nach gestohlenen Sachen zu suchen. Alexander blickte verstohlen an sich herab. Die Zigarette in seinem Aufschlag war zwar nicht zu sehen, aber wenn er sich ausziehen musste, würde sie womöglich herausfallen. Alexander hatte gesehen, dass Häftlinge vor den Baracken rauchten, aber wenn der Kommandeur eine Zigarette bei ihm fand … so etwas konnte ausreichen, um ihn in Wut zu versetzen.

Die untergehende Sonne tauchte die Gesichter der Stallburschen in ein fahles rosafarbenes Licht. Die Wachen sogen ihre Lungen mit Rauch voll und der Kapo kaute auf seinem Daumennagel.

»Zweiundzwanzig, dreiundzwanzig. Dreiundzwanzig!« Der Kommandeur wiederholte die Zahl etwas lauter und der Junge neben Alexander sprang nach vorne.

»Zu langsam«, sagte der Kommandeur. Die Spitze seiner Gerte schnellte durch die Luft und traf das Gesicht des Jungen. Alexander hatte noch nie gesehen, dass eine Gerte für etwas anderes als zum Abrichten von Pferden eingesetzt wurde. Gerten waren für ihn nie Furcht einflößend gewesen.

»Vierundzwanzig!« Als der Kommandeur auf ihn zeigte, trat Alexander sofort nach vorn.

»Fünfundzwanzig!« Der Kommandeur blieb vor Isidor stehen und forderte ihn auf, seine Schuhe auszuziehen. Alle Farbe wich aus Alexanders Wangen und er verfluchte sich selbst für diese Reaktion. Isidor zog seine Stiefel aus und drehte seine Strümpfe um. Sie waren leer. Der Kommandeur sah enttäuscht aus. Er befahl dem letzten Häftling in der Reihe, sich auszuziehen und seine Kleider auszuschütteln. Der Junge hatte dünne Arme und krumme Beine, und als er seine Hose auszog und sie ausschüttelte, zitterten ihm die Knie.

Der Kommandeur hob die Karotte auf, die aus der Hosentasche des Jungen gefallen war.

»Dreh dich um«, sagte er. Sein Mund verzog sich zu einem Lächeln.

Der erste Schlag der Gerte hinterließ einen roten Striemen auf dem Rücken des Jungen. Der zweite riss die Haut auf. Der Junge brüllte vor Schmerz wie ein Tier in einer Falle, aber der Kommandeur hörte nicht auf, bis der Rücken ganz glitschig von Blut war. *Das hätte auch mich treffen können,* dachte Alexander.

Danach verschwand der Kommandeur in einem großen schwarzen Auto. Zwei Stallburschen rannten los, um eine Trage zu holen. Sie legten den Jungen darauf, warfen seine Kleider über den nackten Körper und trugen ihn nach Auschwitz. Der Rest des Trupps folgte im Gänsemarsch. Alexanders Füße taten weh. Er sehnte sich nach seiner Pritsche und dem betäubenden Schlaf. Als die Wachen haltmachten, um sich Zigaretten anzuzünden, mussten auch die Häftlinge stehen bleiben. Alexander blickte zu dem Jungen auf der Liege. Seine Kleider waren blutdurchtränkt und sein Gesicht war aschfahl.

✡

Der vertraute Klang von Zimbeln begrüßte Alexander bei seiner Rückkehr nach Auschwitz. Der Himmel glühte rosa, als die Kapelle für den Stalltrupp einen schwungvollen Marsch spielte. Ruß hing in der Luft und legte sich auf Alexanders gestreifte Jacke. Auf seinen Schultern sammelte sich schwarze Asche. Niemand sprach über die süßlich riechenden Ascheflocken, die Tag und Nacht vom Himmel fielen. Es wäre Alexander lieber gewesen, auf eine andere Art und Weise an die Toten denken zu können. Er hätte sich gerne an seine Schwester erinnert, wie sie Dreirad fuhr oder am Küchentisch saß und Butterkekse aß. Jede Erinnerung wäre besser gewesen als jene vom Viehwaggon, als sie hungrig und verängstigt gewesen war und an seinem Ärmel gezerrt hatte. Er wischte die Asche von seinem Ärmel. Damals hatte er ihr nichts geben können, nicht einmal ein freundliches Wort.

»Mützen ab!« Als er den vertrauten Ruf hörte, drehte er sich um und sah plötzlich Lagerkommandant Höß vor sich stehen. Der Kapo rief: »Siebenundzwanzig

Häftlinge und ein Toter im Lager zurück.« Die Männer, die die Pritsche getragen hatten, stellten sie vor Höß' Schreiber ab. Die Schuhe des Jungen und seine Tasse am Gürtel waren bereits gestohlen worden. Alexander blickte in die leeren Augen des Toten und fragte sich, wie er einen weiteren Tag im Lager überstehen sollte. Er hatte gesehen, wie Männer in Birkenau sich in die Elektrozäune warfen, und sie für Schwächlinge gehalten. Inzwischen fragte er sich, ob Selbstmord nicht vielleicht eine allerletzte mutige Tat war.

Alexander überquerte den verlassenen Hof. Er war froh, dass er den Appell verpasst hatte. Isidor hatte ihm auf dem langen Rückweg gesagt, dass das Abendessen in Auschwitz aus einem Stück Brot, einer Scheibe Wurst, einem Teelöffel Margarine und – an guten Tagen – aus einem Stück Käse bestand. Alexander war schrecklich übel, aber der Löffel Suppe, den er zum Mittagessen abbekommen hatte, reichte nicht, um das schmerzende Loch in seinem Bauch zu füllen. Daher stieg er über den toten Jungen hinweg, den man neben der Tür abgelegt hatte, um sich für das Essen anzustellen.

»Willkommen zu Hause.« Die Ratte öffnete die Tür. »Ich hoffe, ihr seid nicht hungrig.« Er verzog seine Lippen zu einem Lächeln. Alexander blickte in die Baracke. In der Mitte des Raums lag ein Brotmesser auf einem Holzbrett mit ein paar Brotkrümeln. Es roch nach Wurst. Der Stalltrupp hatte nicht nur den Appell verpasst, sondern auch das Abendessen.

Alexander ging mit steifen Schritten zu seiner Pritsche. In Košice hatte er alles darangesetzt, nicht zwischen vier Wänden hocken zu müssen. Im Freien zu sein bedeutete weiten Himmel, endlose Felder und die Möglichkeit zur Flucht. Drinnen hatte er sich immer eingesperrt gefühlt. Jetzt war er tatsächlich eingesperrt. Alexander hätte jede Chance, von hier wegzukommen, ergriffen, aber es gab keine. Aus Auschwitz entkam man nicht. Lautlos fluchend zog er die Jacke aus. Wenn er nichts zu essen bekam, dann würde er sich wenigstens waschen. Er zog seine Stiefel aus und ging zur Dusche. Seine Fingernägel waren schwarz, seine Lippen waren trocken, und er hatte einen schlechten Geschmack im Mund. Er trat unter den kühlen Wasserstrahl und wusch Schweiß und Pferdehaare fort. Dann hielt er sein Gesicht in Richtung Duschkopf und blieb eine Weile so stehen. Er war froh, dass der harte Wasserstrahl wehtat. Er hatte den Tag damit verbracht, sich um ein böswilliges Pferd zu kümmern und es für einen Mann zu kämmen und zu striegeln, der aus reinem Vergnügen andere auspeitschte. Er hatte den Tag damit verbracht, deutsche Kinder zum Lächeln zu bringen und ihre Naziväter stolz zu machen.

Er verdiente es nicht, zu essen.

Kapitel 8

Als Alexander von der Dusche zurückkehrte, stellte er verwundert fest, dass die Barackentür offen stand und die meisten Häftlinge draußen waren. Er blieb an der Tür stehen und sah zu, wie sie zwischen den Baracken hin und her gingen, sich zu Gruppen zusammenfanden, redeten und rauchten. Isidor war bei ihnen. Er sprach zu einem Mann, der sich über eine Pappschachtel beugte. Alexander reckte den Hals. Er sah, wie Isidor eine Zigarette aus seiner Tasche hervorholte und sie dem Mann gab und dafür ein in Wachspapier eingewickeltes Päckchen erhielt.

»Entschuldigung.« Ein kahler Mann mit buschigen Augenbrauen tippte Alexander auf die Schulter.

»Wir brauchen noch jemanden für unseren Minjan.« Der Blick des Mannes glitt zu dem toten Jungen auf dem Boden. Alexander schüttelte den Kopf. »Tut mir leid, ich –«

»Du weißt nicht, was ein Minjan ist? Das macht nichts.« Der Mann zog Alexander zur Tür. »Wir müssen uns beeilen, bevor sie kommen und den Leichnam holen.« Halt suchend legte er eine Hand auf Alexanders

Schulter. »Um für den Toten zu beten, braucht man zwölf jüdische Männer – das ist der Minjan.« Er starrte Alexander aus rot geränderten Augen an. »Wenn wir einen Minjan zusammenbringen, wird Gott über den Toten wachen.«

»Gott?« Alexander lachte laut. »Gott ist nicht hier. Nicht in Auschwitz.« Er schüttelte die knochige Hand des Mannes ab. Alexander dachte an seine Schwester, die krumm wie ein Fragezeichen auf dem schmutzigen Boden des Viehwaggons gelegen hatte, und an seine eigenen unbeantworteten Gebete. »Abgesehen davon haben Gott und ich keine besonders gute Verbindung zueinander.«

»Bitte.« Der Mann ergriff Alexanders Hand. »Er ist mein Sohn.«

»Dann bete für ihn.« Alexander wand sich aus dem Griff des Alten. »Denn Gott tut das ganz sicher nicht für ihn.« Das Gesicht des Mannes fiel in sich zusammen und für einen Moment verspürte Alexander fast so etwas wie Reue.

»Jitgadal we-jitkadasch scheme rabba.« Der alte Mann schlurfte mit gesenktem Kopf zum Leichnam seines Sohnes.

Alexander hielt sich die Ohren zu, aber er hörte trotzdem die hebräischen Worte. Am Morgen des Begräbnisses seines Großvaters hatte sein Vater ihm das Trauergebet beigebracht. Daher kannte er die nächste Zeile, die die Häftlinge jetzt singen würden – *Jehe scheme rabba* –, aber er fiel nicht mit ein. Er konnte keinen Gott loben, der Vätern ihre Söhne nahm. Einen Gott, der Männer dazu zwang, zuzusehen, wie ihre Söhne starben.

✡

Alexander setzte sich auf eine Pritsche und zog die Zigarette, die der SS-Mann ihm gegeben hatte, aus seinem Hosenaufschlag. Isidor ließ sich neben ihm nieder.

»Willst du rauchen?«

»Vielleicht.« Alexander steckte die Zigarette in seine Hosentasche. »Warum?«

»Na ja, falls du kein Raucher bist«, sagte Isidor und zog das Wachspapierpäckchen aus seiner Tasche, »aber hungrig bist, dann könntest du sie gegen so etwas tauschen.« Er schlug das Papier zurück, holte eine Essiggurke hervor und steckte sie in den Mund. »Oder du könntest sie für Brot eintauschen.« Er senkte die Stimme. »Beim heutigen Tagespreis bringt dir deine Zigarette etwa einen Zentimeter Brot ein.«

Alexander sah ihn verständnislos an.

»Die Preise wechseln. Wenn wir schon ein paar Tage lang kein Brot hatten, schießen sie in die Höhe«, erklärte Isidor. »Dann kostet eine Scheibe vier Zigaretten.«

»Vier Zig-«

»Wir haben nicht viel Zeit, bald wird das Licht ausgeschaltet, also sei still und hör zu.« Isidor biss wieder in eine Essiggurke. »Zigaretten sind hier die eigentliche Währung, du kannst damit alles kaufen – Strümpfe, Besteck, eine neue Jacke. Siehst du den mageren Kerl mit der großen Nase da drüben? Das ist Karpowski. Er arbeitet im Warenlager, wo die Soldaten die Koffer hinbringen. Er kann dir eine Zahnbürste beschaffen, eine zusätzliche Decke, ein neues Paar Stiefel, alles, was du brauchst.« Isidor steckte den Rest der Gurke in seinen Mund.

»Wenn es dir aber nur um Brot geht, dann halte dich an die Männer aus unserer Baracke. Die meisten von ihnen würden ihr linkes Bein für eine Zigarette hergeben. Besonders die Russen sind ganz verrückt danach. Sie geben dir ihr ganzes Abendessen nur für einen Zigarettenstummel.«

»Und was ist mit den Wachen?«, fragte Alexander.

»Die wissen Bescheid. Was glaubst du, woher sie ihren Wodka haben?«

»Aber der Kommandeur? Die Durchsuchungen?«

»Ziegler weiß, was läuft«, sagte Isidor. »Er will, dass wir zu essen kriegen, damit wir schuften können. Er will uns nur nicht selbst etwas zu essen geben. Alle haben was davon, solange wir es nicht allzu dreist anstellen. Also sieh zu, dass du nicht erwischt wirst«, fügte er hastig hinzu.

»Ich hatte heute Glück.« Alexander blickte auf die Zigarette in seiner Hand. »Wer weiß, wann ich wieder eine kriege.«

»Du hast wirklich keine Ahnung.« Isidor schüttelte den Kopf. »Was glaubst du, warum ich gelogen habe, um hierherzukommen? Garantiert nicht wegen der Duschen.« Isidor nahm die letzte Gurke aus dem Päckchen. »Unser Trupp erhält jede Woche eine Ration. Manchmal ist es nur eine Handvoll Zigaretten, manchmal ist es eine ganze Stange.« Er leckte die Essigbrühe vom Wachspapier. »Natürlich musst du den Wachen etwas abgeben, und die Ratte kriegt auch ihren Anteil, aber trotzdem.« Er drehte das Papier in seinen Händen. »Ich schätze, das kann ich auch verkaufen.« Er steckte es in seine Tasche zurück. »Es gibt einen riesigen Bedarf an Toilettenpapier.«

»Warum erzählst du mir das alles?«, fragte Alexander und sah Isidor scharf an. »Wir sind quitt. Ich habe dir bei dem Pferd geholfen und du mir mit der Gerte. Du schuldest mir nichts.«

»Ich weiß.« Isidor erwiderte Alexanders Blick. »Ich dachte mir nur … na ja, wir sitzen doch im gleichen Boot.« Er streckte die Hand aus, aber Alexander zuckte zurück.

Isidor ließ die Hand sinken. »Du willst keine Freunde, ich hab's kapiert«, sagte er. »Du hilfst mir bei dem Pferd, und ich sage dir, was ich weiß. Belassen wir es dabei.«

Die Ratte schlug mit dem Hammer auf die verbeulte Radkappe. Alle Häftlinge kehrten in die Baracke zurück, um sich schlafen zu legen. Alexander zog seine

Stiefel aus und wollte gerade in sein Stockbett steigen, als eine knochige Hand sich um seinen Fußknöchel legte.

»Warte.« Vater Jablonski blickte zu Alexander hoch. Das lila Dreieck auf seiner Jacke hob und senkte sich bei jedem mühsamen Atemzug. Der Priester ließ Alexanders Knöchel los und klopfte neben sich auf die Bettkante. Alexander setzte sich und blickte in das Gesicht des alten Mannes. Seine Haut war so blass wie das verknitterte Laken, auf dem er lag. »Hier«, keuchte der Priester. Er streckte seine geäderte Hand aus und hielt Alexander einen Kanten Graubrot und ein Stück Wurst hin. »Ich werde es nicht essen. Nimm du es.« Nur allzu gerne hätte Alexander das Brot aus der feuchten Hand des Priesters genommen, ehe der alte Mann seine Meinung ändern konnte.

»Ich kann nicht«, sagte er stattdessen und schloss Vater Jablonskis Finger über dem Essen. Er war überrascht, wie warm die papierne Haut des Mannes war. »Sie müssen essen. Das ist nicht Ihre Schlacht.«

»Es ist unser aller Schlacht«, erwiderte der Priester mit brüchiger Stimme.

»Wenn das so ist«, sagte Alexander und blickte in die farblosen Augen des alten Mannes, »dann besteht die beste Rache darin, zu überleben.«

»Ich will keine Rache.« Der Priester schüttelte den Kopf. »Ich möchte, dass sie ihren Irrweg erkennen.« Er hielt Alexander das Essen hin.

»Ihren Irrweg?« Alexander stieß das Brot beiseite. »Ich habe heute miterlebt, wie der Kommandeur einen Jungen zu Tode gepeitscht hat, nur weil dieser eine Karotte gestohlen hatte.« Seine Stimme brach. »Diese Leute haben kein Gewissen und keine Schuldgefühle. Sie sind nicht wie wir.«

Der Priester lächelte matt. »Sie sind genauso wie wir, nur dass man ihnen eine Waffe in die Hand gedrückt hat und sie in eine Uniform gesteckt hat und ihnen Befehle gegeben hat, hinter denen sie sich verstecken können.« Der Priester drehte den Kopf zur Seite und blickte zu dem Soldaten an der Tür, der die Häftlinge mit seinem Gewehrkolben zu den Pritschen stieß.

»Ohne diese Uniform ist er nur ein Bündel Stroh«, flüsterte Vater Jablonski. »Nimm ihm die Jacke weg und er fällt zu einem Häufchen zusammen.«

✡

Der Raum lag im Dunkeln, und es würde noch ein paar Stunden bis zur Morgendämmerung dauern, als die Ratte den Bottich in die Baracke zog und Alexander seine erste Tasse Kaffee bekam. Er verkaufte seine Zigarette an einen dürren Russen, der am ganzen Körper Geschwüre hatte, und trank eine zweite Tasse. Ehe er dem Mann die Zigarette aushändigte, forderte er auch die Brotkrusten von ihm. Alexander war überrascht, wie satt er sich danach fühlte. Er hatte sich nicht vorstellen können, jemals wieder satt zu sein, und jetzt hatten zwei Tassen Kaffee und ein paar Brotkrumen dafür ausgereicht. Alexander strich sich über den Bauch. Er war satt, aber er verspürte ein flaues Gefühl im Magen. Er hatte einem sterbenden Mann Nikotin verkauft und ihm dafür sein Essen weggenommen.

✡

Es war noch düster, als der Trupp den Hof betrat. Alexander unterdrückte ein Gähnen und folgte dem Kapo in den Stall. Die Luft dort war warm und ledrig süß und Alexander hätte sich am liebsten neben Serafin ins Stroh gelegt und die Augen zugemacht.

»Kommandeur Ziegler wird heute nicht ausreiten, also musst du Serafin ausführen, nachdem du ihn gefüttert und getränkt hast.« Der Kapo folgte Alexander in die Box und versetzte dem Hengst einen Klaps. Serafin sprang auf die Beine. »Und sieh zu, dass Kastanie fertig ist, wenn die Kinder kommen.«

Serafin stampfte auf und verlangte ungeduldig nach Futter.

»Beweg dich!«, sagte der Kapo.

Alexander nahm einen Eimer und holte Wasser. Er stellte den Eimer etwas zu heftig ab, damit der Inhalt über den Rand schwappte und seine Hände vollspritzte. Dann trat er einen Schritt zurück, leckte seine Finger ab und lauschte, wie der Hengst das kühle, klare Wasser schlürfte. Er war ein hochmütiges Pferd, aber Alexander sehnte sich danach, Serafin zu reiten. Er wollte im Sattel sitzen, den Wind im Gesicht spüren und die Erde unter sich vorbeifliegen sehen.

Alexander war allein im Raum, und die Tür war geschlossen, als er Serafins Futter mischte. Er hatte gerade ein paar Handvoll Körner in Serafins Eimer geschüttet und auch ein paar Körner in seinen Mund gesteckt, als er einen Schrei hörte. Der zweite Schrei war noch lauter. Alexander, dem klar wurde, dass es ein schrilles Pferdewiehern war, griff nach dem Eimer und rannte zurück zu Serafin. Er war froh, als er sah, dass der Hengst immer noch aus dem Wassereimer trank.

Er lief die Boxen entlang und blickte über die Bretterwände, bis er das Pferd entdeckte, das offensichtlich Hilfe brauchte: eine große graue Stute mit geschwollenem Euter. Alexander drängte sich an den Männern vorbei, die vor dem Abteil standen, und hörte, wie die Stute erneut gequält wieherte.

»Tu's nicht!« Isidor packte Alexander am Arm. »Wenn irgendwas schiefgeht, gibt man dir die Schuld. Überlass es *ihm*.«

Neben der Stute stand ein Stallbursche. Alexander blickte von dem Jungen zu dem Pferd. Die Stute atmete schwer, ihr geschwollener Bauch war schweißnass.

Alexander schüttelte Isidors Hand ab. »Ist es so weit?«, fragte er den Stallburschen.

»Ich denke schon … ich weiß es nicht. Ich habe so etwas noch nie gemacht.« Der Junge zuckte die Schultern. Plötzlich ging die Stute in die Knie und ließ sich zur Seite ins Stroh fallen.

»Hat jemand einen Tierarzt verständigt?«, fragte Alexander.

»Ja, aber er ist in Krakau. Ich glaube nicht, dass er es rechtzeitig schafft.«

Alexander ging im Geiste die Liste der Dinge durch, die schieflaufen konnten: Das Fohlen konnte Steißlage haben oder feststecken oder quer liegen oder zu groß für die Mutter sein. Er hatte zwei Möglichkeiten: Entweder machte er sich die Hände schmutzig oder er kehrte zu Serafin zurück und schloss die Tür hinter sich. Wegzugehen war klüger. Und sicherer. Er hatte seiner Mutter versprochen, dass er wieder nach Hause zurückkehren würde. Und Sari hatte er es auch versprochen. Die Stute drehte ihre Ohren zu Alexander. Sie atmete schwer.

Du weißt, was zu tun ist. Die Stimme des Vaters hallte durch seinen Kopf. *Du gehörst zu den Pferden. Sie können dir den Hof wegnehmen und auch die Tiere, aber sie können dich nicht zu einem anderen Menschen machen. Du gehörst zu den Pferden und du kannst die Stute jetzt nicht sterben lassen.*

Alexander wischte sich mit dem Handrücken über die Stirn und kniete sich neben das Tier. Der Stallbursche hatte sich über es gebeugt und strich mit beiden Händen über sein Maul, um es zu beruhigen. Es hob den Kopf, blickte auf seine Flanke und ließ den Kopf wieder sinken.

»Sie hat seit gestern Morgen nichts mehr gefressen«, sagte der Junge leise.

»Das ist normal«, beruhigte ihn Alexander. Er schob den Jungen vom Pferd weg und scheuchte auch die anderen Männer fort. »Es dauert nicht mehr lange.«

Der Junge verzog sich in eine Ecke und Alexander nahm seinen Platz neben der Stute ein. Sie wieherte leise, als er sie hinterm Ohr kraulte. Als Sari im vorletzten Frühjahr ihr Fohlen Paprika auf die Welt gebracht hatte, war Alexander bei ihr geblieben und hatte während ihrer neunzig Minuten dauernden Wehen für sie gesungen. Hier konnte er nicht singen, und selbst wenn man es ihm erlauben würde, hatte er keine Lieder mehr. Also redete er mit ihr. Er redete, während sie stöhnte, und flüsterte ihr ins Ohr, als das Fruchtwasser abging. Er erzählte ihr von dem Hof am Gregorweg Nummer sechs, als ihre Beine ganz steif wurden und ihr Bauch sich verkrampfte. Er sprach mit ihr über Milchkühe und Heuballen und wie schön es gewesen war, auf Saris Rücken durch die Wälder zu reiten. Er hörte erst auf zu reden, als sie anfing zu pressen.

»Ganz ruhig, Mädchen.« Alexander beugte sich über die Hinterläufe der Stute. Als ein Zittern sie durchlief, kauerte er sich neben sie und sah das erste dünne Beinchen mit einer weißen schleimigen Schicht aus ihr herauskommen. Dann das zweite.

»Was ist los? Warum kommt das Fohlen nicht? Steckt es fest?«, fragte der Stallbursche, der zurückgekehrt war.

»Lass ihr Platz.« Alexander drängte den Jungen zurück. »Sie ruht sich nur aus.«

Alexander ging in der Box auf und ab. Er musste zu Serafin zurück und das Pferd ausführen, bevor die Kinder kamen, um auf dem Pony zu reiten. Als das erste Morgenlicht hereinfiel, presste die Stute erneut. Die Nase und der Kopf des Fohlens waren zu sehen, dann kamen die Schultern. Alexander zerriss die Eihaut, packte die dünnen Vorderfüße des Fohlens und zog ein glitschig-nasses Füllen heraus, das noch an der Nabelschnur hing.

Der Stallbursche kniete sich neben Alexander. Seine blauen Augen waren wässrig.

»Vorsicht, die Nabelschnur!« Alexander scheuchte ihn erneut weg. Dann legte er die Hand unter das Fohlen und schob es näher an die Mutter heran. Die Stute hob ihr schweißnasses Maul und schleckte mit ihrer weichen Zunge über das Gesicht ihres Kleinen, ehe sie aufstand, um die Nabelschnur zu zerreißen.

»Vergiss nicht, dem Tierarzt zu sagen, dass er den Nabel des Fohlens mit Jod betupfen muss.« Alexander kämpfte gegen das Glücksgefühl an, das er beim Anblick des kleinen Fohlens verspürte, und wandte sich zur Tür.

»Na, wer sagt's denn?« Der Stallbursche klatschte in die Hände. Alexander drehte sich rasch um. Das Fohlen war bereits aufgestanden und machte die ersten zaghaften Schritte auf seinen wackligen Beinen.

»Er wird bald nuckeln wollen«, sagte Alexander.

Das Fohlen stakste zu seiner Mutter und blieb mit gespreizten Beinen und geöffnetem Maul vor ihren Zitzen stehen. Alexander blickte über die Boxentür hinweg nach draußen. Die Männer hatten sich zerstreut und waren zu ihren Pferden zurückgekehrt. Ein einzelner Wachmann stand am Eingang des Stalls und blickte in den Hof hinaus.

»Die Gäste zuerst!« Alexander nahm seine Tasse vom Gürtel, schob das Fohlen zur Seite und legte die Finger um die kleinen rosa Zitzen der Stute. »Wenn wir nicht gierig sind, reicht es für uns beide und das Fohlen.« Er drückte das Euter und blickte in die Tasse. »Je mehr wir sie melken, desto mehr Milch wird sie produzieren.« Sein bester Freund Anton Hudak hatte Stein und Bein geschworen, dass dieses Zeug besser schmeckte als Kuhmilch, nachdem er seinen Ackergaul auf eine Wette hin gemolken und eine ganze Tasse Milch getrunken hatte. »Du melkst sie früh und ich am Nachmittag.« Alexander winkte den Jungen zu sich. »Nicht mehr als eine halbe Tasse, sonst kriegt das Fohlen Hunger, und man kommt uns auf die Schliche.«

Er nahm die Tasse und trank die süße Milch, dann wartete er darauf, dass der Junge seinem Beispiel folgte. Alexander lächelte, als der Stallbursche ausgetrunken hatte. Jetzt steckten sie beide unter einer Decke. Nun, da der Junge ebenfalls Milch getrunken hatte, konnte er ihn nicht mehr verraten.

Als Alexander endlich wieder bei Serafin war, war es zu spät, um ihn noch auszuführen. Alexander lief gleich weiter zum Pony, sattelte es und führte es sofort nach draußen. Er musste eine Ausrede dafür finden, warum er Serafin nicht rausgebracht hatte. Alexander sah sich auf dem Hof um. Die Wachen saßen zu zweit oder zu dritt beieinander, tranken und spielten Karten. Der Kapo stand alleine an der Stalltür und kaute auf einem Strohhalm. Vielleicht hatte es ja niemand bemerkt …

Alexander hob ein kleines Mädchen auf den Rücken des Ponys und führte es im Kreis herum. Kastanie zuckte mit den Ohren, als würde sie dem munteren Geplapper der Kleinen lauschen. Alexander hätte sich am liebsten die Ohren zugehalten. Er wollte das Geschwatze nicht hören.

»Wie heißt du?«, fragte das Mädchen. Alexander tat so, als hätte er es nicht gehört. »Wie ist dein Name?«, fragte sie noch mal. »Ich weiß den Namen von Kastanie, aber deinen kenne ich nicht. Ich heiße Danika. Danika Therese Hoch. Danika heißt Morgenstern. Hat dein Name auch eine Bedeutung?«

Alexander drehte sich um. Eine blonde Haarsträhne hatte sich aus dem Zopf des Mädchens gelöst und klebte an ihrer Stirn. Sie trug ein weißes Sommerkleid, rote offene Ledersandalen und weiße Handschuhe, mit denen sie das Sattelband umklammerte. Sie erinnerte ihn an Lili.

»Ich habe keinen Namen«, antwortete Alexander

und drehte sich weg. Danika Therese Hoch lachte. Ihr Vater blickte von seinem Buch auf.

»Alexander. Ich heiße Alexander«, sagte Alexander schnell, damit sie endlich still war. Gleich darauf bereute er es schon wieder, denn sie wiederholte seinen Namen laut.

»Guten Tag, Alexander.« Sie lächelte und Alexander konnte ihre Zahnlücke sehen.

Natürlich benutzt sie meinen Namen. Sie ist ja noch ein Kind. Sie hat noch nicht gelernt, zu hassen.

Ihre Miene wurde ernst. »Erzähl mir von diesem Ort.«

»Diesem Ort?« Alexander blickte nervös zum Stall, wo ihr Vater saß.

»Ja.« Ihr Lächeln wurde breiter. »Wie viele Pferde gibt es hier? Können sie tanzen oder irgendwelche Kunststücke vorführen? Was bekommen sie zu fressen?«

Alexander rang sich ein mattes Lächeln ab. Noch zwanzig Schritte, dann war das nächste Kind an der Reihe. »Sie essen Karotten und Äpfel.«

»Vater sagt, ich darf Kastanie beim nächsten Mal etwas mitbringen. Soll ich lieber einen Apfel oder eine Karotte mitbringen?«

»Ich mag lieber Äpfel«, sagte Alexander. »Aber Ponys sind da nicht mäkelig.«

»Papi findet, dass ich mäkelig bin.« Das kleine Mädchen verzog das Gesicht. »Ich hasse Gemüse.« Sie lachte wieder.

»Was ist denn so lustig?«, fragte ihr Vater, der ans Gatter gekommen war, um ihr vom Pony zu helfen. Er griff in seine Tasche und holte eine Zigarette hervor.

»Ach, Papi«, lachte Danika. »Wir haben über Essen geredet. Alexander mag Äpfel.«

Der SS-Mann wurde blass. Er steckte die Zigarette zurück in seine Tasche und hob seine Tochter vom Pony.

Kapitel 9

Alexander zählte seine Zigaretten. Acht. Es waren ursprünglich zwölf gewesen, aber dann hatte die Ratte ihren Anteil gefordert und noch zwei weitere für den Kapo zurückbehalten. Aber immerhin – acht. Alexander hielt sie hoch. »Karpowski«, rief er und fuchtelte mit den Zigaretten herum. »Was kann ich mir für acht Zigaretten kaufen?«

»He!« Karpowski kam mit der Pappschachtel unter dem Arm herbeigeeilt. »Hör auf, so herumzufuchteln.« Er versetzte Alexanders Hand einen Stoß. »Willst du, dass jeder mitkriegt, was du hast, damit man es dir klaut?«

Alexander ließ die Hand sinken. Karpowski setzte sich neben ihn. »Also, was brauchst du?« Er hatte kleine Fältchen um Mund und Augen, als er lächelte. »Eine Zahnbürste? Strümpfe?« Er wühlte in der Schachtel.

»Was ist das?« Alexander deutete auf ein gelb-weißes Stück Wachspapier unter einer Wodkaflasche.

»Das«, sagte Karpowski und rutschte noch etwas näher an Alexander heran. »Das ist Krówka.« Er blickte auf die Zigaretten in Alexanders Hand. »Das Zeug ist schwer zu kriegen, eine echte Rarität.« Wieder blickte er auf die Zigaretten.

»Krówka?«, wiederholte Alexander leise. »Was ist das?«

»Krówka ist ein Stück Himmel. Es ist Toffee und schmeckt herrlich.« Er nahm das Päckchen aus dem Korb. »Hast du es noch nie probiert?« Alexander schüttelte den Kopf. Seine Augen klebten förmlich an dem gelb-weißen Papier.

»Normalerweise verlange ich zehn Zigarettenstummel.« Karpowskis Blick glitt zurück zu den Zigaretten in Alexanders schweißnasser Hand. »Aber da du, wie ich sehe, nur acht hast, gebe ich mich damit zufrieden.«

»Acht Zigaretten?« Dafür würde Alexander einen ganzen Laib Brot von den Russen bekommen. Er blickte hinüber zu Vater Jablonski, der reglos auf seiner Pritsche lag. Der Narr hatte seit vier Tagen nichts mehr gegessen. Er war so zerbrechlich wie ein Vogel. Seine dünnen Finger waren wie Klauen und seine Nase stach wie ein Schnabel aus seinem schmalen Gesicht hervor. Alexander hatte ihm Brot angeboten, aber er hatte es abgelehnt.

»Ganz wie du willst.« Karpowski hielt Alexander ein gelbes Stück Käse unter die Nase. »Schmeckt nicht ganz so gut, aber füllt den Magen.« Der Käse roch nach alten Strümpfen.

»Nein.« Alexander deutete auf die Süßigkeit. »Ich will das.«

Er reichte Karpowski die klammen Zigaretten, nahm das Konfekt und lief zum Bett des Priesters. »Hier.« Alexander wickelte das Krówka aus und hielt es an die Lippen des alten Mannes. Vater Jablonski blickte ihn mit verschleierten Augen an. »Kind, du weißt, dass ich nicht esse«, sagte er ruhig. »Ich will es so. Ich bin bereit.«

Die Ratte schlug scheppernd auf die Radkappe und Alexander kletterte auf seine Pritsche hinauf. Das Konfekt zerschmolz in seiner Hand. *Sturer Alter,* dachte er. *Gott sieht dich nicht. Und Hitler auch nicht.* Alexander schob das Toffee zwischen seine Lippen. Es roch nach Vanille und Geburtstagen und schmeckte wie Sommer. Er lutschte an den weichen Ecken, schmeckte Butter, Sahne, Milch und Zucker. Er spürte die kleinen Kristalle auf seiner Zunge und dazu einen Hauch von etwas dunkel Geröstetem weiter innen. Karamell! Alexander lutschte fester. Karamell! Er hielt das Toffee mit der Zunge fest, nahm die Süße in sich auf und fragte sich, ob Isidor es wohl an seinem Atem riechen würde. Als er sich von Isidor wegdrehte, berührte er mit dem Fuß das Bett neben sich und merkte, dass es leer war. Er streckte die Hand aus und tastete im Dunkeln. Auf der Pritsche lag niemand. Und auch das Bett daneben war leer.

Alexander drehte sich wieder um. »Es fehlen Männer«, sagte er leise zu Isidors stoppeligem Hinterkopf. »Warum?«

Isidor wandte sich langsam um. »Ach, jetzt willst du plötzlich reden?«

»Ja.« Alexander hätte es dabei belassen sollen, aber er konnte nicht anders. Isidor kam sich oberschlau vor. »Wir haben eine Abmachung. Ich helfe dir mit dem Pferd, und du erzählst mir, was du weißt. Also raus mit der Sprache.«

Die Tür zur Kammer der Ratte öffnete sich quietschend. Eine Taschenlampe leuchtete auf. Mit angehaltenem Atem wartete Alexander, dass die Ratte ihren Rundgang machte. Als die Schritte verklangen, stützte sich Isidor auf seinen Ellbogen und beugte sich zu Alexander. Sein Atem roch nach Essiggurken.

»Wenn ein Trupp vom Arbeitseinsatz zurückkehrt und Männer fehlen, dann lässt Höß alle draußen warten, bis der Trupp vollzählig ist. Wenn noch nicht alle hier sind, dann liegt das daran, dass einer aus ihrer Truppe geflohen ist.«

Alexander lag auf seiner Pritsche und wartete auf den ersehnten Schlaf. Erschrocken riss er die Augen auf, als die Barackentür aufgestoßen wurde und die fehlenden Männer nacheinander hereinkamen. Er beobachtete, wie sie im Mondschein in ihre Stockbetten stiegen, und stellte fest, dass sechs Betten leer blieben.

✡

Die Ratte schlug mit dem Hammer auf die verbeulte Radkappe und Isidor schlug die Augen auf.

»Sechs Betten sind leer«, sagte Alexander sofort.

Isidor setzte sich auf, warf die Decke zur Seite und schwang seine Beine über die Bettkante. »Sie wurden erschossen.«

»Wer wurde erschossen?«, fragte Alexander mit schreckgeweiteten Augen.

»Die sechs Männer, die in den Betten schliefen.«

»Warum?«, fragte Alexander, obwohl er es eigentlich gar nicht wirklich wissen wollte.

»Wenn ein Mitglied eines Trupps flieht, erschießen die Wachen zur Strafe ein paar andere Männer.«

»Und der Entflohene?«, fragte Alexander schockiert.

»Die Wachen hätten den Männern gar nicht erlaubt, in die Betten zurückzukehren, wenn sie den Mann nicht gefangen hätten.«

»Ist er hier?« Alexander ließ den Blick durch den Raum schweifen.

Isidor schüttelte den Kopf. »Du wirst schon noch erfahren, wer es ist. Dafür werden sie schon sorgen.«

Alexander sah von seinem Bett aus zu, wie zwei Männer einen Leichnam zur Tür schleppten. Der Tote war mit einem Laken bedeckt. Es war nicht der Entflohene. Am Schwung der Stirn und der Form der Nase erkannte Alexander, dass es sich um Vater Jablonski handelte. Seine Arme hingen schlaff herunter, und seine Knöchel schrammten über den Boden, als die Männer ihn durch die Tür trugen. Alexander verspürte einen brennenden Schmerz in seinem Brustkorb. Er hatte schon mehr Leichen gesehen, als er zählen konnte, aber diesmal war es anders. Das war ein Mann, der sich diesen Ort und diesen Kampf ausgesucht hatte. Ein Mann, dessen regloser Körper zu Gott und der Welt schrie und das Unrecht anprangerte.

Alexander blickte hinab auf das leere Bett, wo der Priester gelegen hatte. Auf der Strohmatratze war noch der Abdruck seines Körpers zu sehen und am Bettende lag seine gefaltete Jacke. Alexander beugte sich vor und berührte das kalte Metall des silbernen Priesterkreuzes. *Törichter Mann,* fluchte er halblaut. *Ich habe ihm etwas zu essen angeboten. Er hätte nicht sterben müssen. Es ist seine eigene Schuld. Seine Schuld.* Alexander zog die Hand vom Kreuz zurück. *Nicht meine.*

»Schma jisrael Adonaj elohejnu ...« Isidor stellte sich neben Alexander und sagte das alte Gebet.

»... Adonaj echad.« Ein Mann in der nächsten Bettreihe fiel in das Gebet mit ein. Die Männer stiegen von ihren Betten herunter und kamen aus dem Bad geschlurft, bis zwölf sich um das leere Lager versammelt hatten.

»Höre, Israel, der Ewige ist unser Gott, der Ewige ist einzig«, wiederholte Isidor das Bekenntnis. Die Ratte stand mit gesenktem Kopf hinter ihm. »In dieser Stunde der Trauer danken wir Gott für seine große Gnade.« Alexander nahm die Silberkette vom Bett des Priesters und schleuderte sie quer durch den Raum. »Welche Gnade hat Gott Jablonski erwiesen?« Er wandte sich an die anderen Männer. »Welche Gnade hat er irgendeinem von uns erwiesen?« Vater Jablonski war gestorben und hatte Gott und die Hoffnung mit sich genommen. »Es gibt keine Gnade, ihr Narren.« Alexander starrte die Männer an, als wären sie schwer von Begriff. »Gott hält nicht seine Hand über uns.« Er nahm die Jacke des Priesters und stopfte sie unter sein Kissen. »Gott nicht und auch sonst niemand.«

✡

»War das Pony ungezogen?«, fragte Danika Therese Hoch schmollend. Sie hatten schon die halbe Strecke zurückgelegt, aber Alexander hatte sich immer noch nicht umgedreht, um sie zu begrüßen. »Du sprichst nicht mit mir, also hat dich entweder Kastanie geärgert oder ich.«

»Ich bin nicht verärgert«, sagte Alexander mit niedergeschlagenen Augen. Er war zu erschöpft, um verärgert zu sein. Zu ausgelaugt davon, andere Menschen sterben zu sehen.

»Ich aber schon.« Das Mädchen zerrte an den Zügeln, damit Kastanie langsamer ging. Alexander drehte sich um. Danikas Augen waren rot, die Haut fleckig. Alexander blickte hinüber zum Vater des Mädchens. Er ruhte sich im Schatten einer Silberbirke aus und hatte die Nase in ein Buch gesteckt. Er durfte ihr Stirnrunzeln nicht sehen. Sie war hier, um auf dem Pony zu reiten und Spaß zu haben.

»Papi schickt mich weg«, hickste sie. »Ich soll bei meiner Tante in Berlin bleiben!« Sie zog ein Spitzentaschentuch aus ihrer Rocktasche und schnäuzte sich. »Er sagt, das hier ist nicht der richtige Ort für Kinder.« Alexander entdeckte in ihrem Gesicht die gleiche Traurigkeit und Verwirrung wie bei seiner Schwester an dem Tag, als sie in die Viehwaggons verfrachtet worden waren. Damals hatte er Lili angelogen, als sie ihn gefragt hatte, warum die ungarische Polizei die Türen verriegele. *Damit wir sicher sind,* hatte er gesagt. *Sicher.*

»Er hat recht«, sagte Alexander. »Das hier ist nicht der richtige Ort für Kinder.«

»Er wollte nicht, dass ich heute hierherkomme«, fuhr sie fort und schnäuzte sich noch einmal laut. »Aber ich habe ihn überredet.« Sie wartete darauf, dass Alexander etwas sagte. »Ich muss mich doch von Kastanie verabschieden und von dir.« Sie redete gegen sein Schweigen an, aber Alexander hörte ihr nicht mehr zu. Er dachte an Max, der ihm gesagt hatte, dass ihre Freundschaft zu gefährlich sei, und an Hilde, die durch ihn hindurchgeblickt hatte, als sie sich auf der Straße begegnet waren, und an Martin, der ihm gesagt hatte, dass er nicht mehr wiederkommen solle, und an Anton …

Alexander grub seine Fingernägel so tief in die Handflächen, dass sie tiefe Halbmonde hinterließen. Anton, sein bester Freund, der ihn Christusmörder genannt und ihm ins Gesicht gespuckt hatte. Einsamkeit und Selbstmitleid tippten ihm auf die Schulter, aber Alexander verscheuchte sie. Ohne Danika Therese Hoch war er besser dran. Ohne sie und alle anderen.

Er hob Danika aus dem Sattel und stellte sie auf den Boden. Das kleine Mädchen schlang die Arme um das Pony. »Das ist so ungerecht«, sagte sie und drückte einen Kuss auf den staubigen Hals des Tiers. »Ich will hierbleiben.«

Alexander zog sie vom Pony weg. »Du schaffst das«, murmelte er und ließ ihre Hand sofort wieder los. Sie hatte die gleichen kleinen Finger wie seine Schwester, die gleichen tränennassen blauen Augen und die gleiche Schnute. Alexander sah sie an. Er konnte sie nicht hassen. Er hasste ihren Vater und Hitler und auch sich selbst ein bisschen dafür, dass er ein Jude war, aber nicht Danika Therese Hoch. »Du schaffst das«, wiederholte er sanft. »Auf Wiedersehen, Danika.«

Er brachte Kastanie in ihre Box zurück und folgte Isidor in den Essensraum, wo der Kapo an einem Bottich stand und Suppe in Schüsseln austeilte. Zuerst stellte er drei Schüsseln für sich selbst beiseite, dann rollte er die Ärmel hoch und tauchte seine behaarte Hand in den Kessel. Er fischte eine Kartoffel heraus und ließ sie in die erste Schüssel fallen, danach angelte er sich eine Karotte für die zweite.

»Der Nächste!«, rief er.

Alexander hielt seine Tasse hoch, aber er wollte mehr als nur wässrige Suppe. Nun, da er Karamell gekostet hatte, wollte er Essiggurken und Käse und Marmelade für sein Brot.

Hastig kippte Alexander die Suppe hinunter. Dann verließ er den Raum und ging dorthin, wo die Reitausrüstung aufbewahrt wurde. Er suchte die Wand nach Dingen ab, die er in die Baracke schmuggeln konnte, um sie gegen Essen einzutauschen. Die Futtersäcke konnte man an den Nähten auftrennen und als Stoff verkaufen, die Satteldecken konnten als Kissen dienen, und die Führseile konnten in Streifen geschnitten und als Gürtel oder Schnürsenkel benutzt werden. Hier lag so viel Zeug herum. Von nun an würde er Karpowski nicht mehr brauchen. Mit diesen Dingen konnte er seine eigene Schachtel auffüllen. Alexander nahm einen Striegel vom Putzkasten. Daneben lag eine Hufzange. Er fragte sich, was er dafür alles bekommen würde. Ein Laib Brot war das Mindeste. Wenn er doch nur einen Weg finden würde, wie er die abendliche Durchsuchung des Kommandeurs umgehen konnte.

Isidor kam zu ihm. Er nahm eine Bürste aus dem Putzkasten und gähnte.

»Heinz!«, rief einer der Soldaten den Kapo. Er hatte dünner werdendes rotes Haar und ein von Narben entstelltes Gesicht. »Einer deiner Juden schläft bei der Arbeit ein.« Isidor erstarrte.

»Bist du müde?« Der Soldat baute sich vor ihm auf. »Willst du schlafen?« Er zog den Knüppel aus seinem

Gürtel. »Ich kann dafür sorgen, dass du schläfst.« Er stieß den Knüppel gegen Isidors Brust.

»Immer habt ihr den Spaß.« Der Kapo stellte sich zwischen Isidor und den Soldaten. »Wie wär's, wenn ihr zur Abwechslung mal mir einen überlasst? Ich will ihm schon lange eine Lektion erteilen.« Er rammte Isidor seinen Ellbogen in den Magen und der Junge sackte nach vorn. Die Mundwinkel des Wachmannes hoben sich.

»Warum nicht?«, sagte er und steckte seinen Knüppel wieder zurück. »Du kannst ihn haben.«

Der Kapo bedankte sich mit einem Nicken, dann packte er Isidor am Kragen, zerrte ihn zu seiner Pferdebox und stieß mit dem Fuß die Tür hinter sich zu.

»An die Arbeit!«, fuhr der Wachmann Alexander an. Er knöpfte seine Jacke zu und stapfte nach draußen.

»Er war ein guter Junge«, sagte ein Mann neben Alexander.

»Was soll das heißen?« Alexander wandte den Blick nicht von Isidors Abteil.

»Na ja, er ist dadrin mit dem Metzger ...« Der Mann nahm einen Striegel aus dem Putzkasten und wandte sich zum Gehen.

»Metzger?«, rief Alexander ihm nach.

»Ja, Metzger.« Der Mann blieb stehen. »Er hat auf einem Schlachthof gearbeitet, bevor sie ihn wegen Mordes eingesperrt haben. Zehn Jahre hat er gekriegt. Er soll ein Hackbeil benutzt haben.«

Alexander rannte zu seiner Box und zwängte sich an Serafin vorbei, der ungehalten schnaubte. *Der Kapo hat einen geschorenen Kopf wie ich,* dachte Alexander und drückte seinen Kopf an die Wand. *Er trägt einen gelben Stern.* Alexander suchte nach einer Erklärung, nach einem Grund, warum der Kapo es darauf angelegt hatte, Isidor zu schlagen. Die Wand bebte, und Serafin stellte die Ohren auf, um herauszufinden, was die dumpfen Geräusche zu bedeuten hatten. Alexander hörte das Krachen von Holz. Irgendetwas wurde gegen die Wand geschleudert. Isidor schrie auf, dann herrschte lange Zeit Stille, und schließlich hörte man ein Geräusch, wie wenn Zweige brächen.

Alexander hielt sich die Ohren zu und rutschte an der Wand herab, bis er mit hochgezogenen Knien im Stroh saß. Schmerz bohrte sich durch seinen Kopf. Er wünschte, die Wand zwischen den Boxen wäre aus Stein, dann würde er nicht jedes Mal die Erschütterung spüren, wenn der Junge gegen die Bretter krachte. Er stellte sich vor, wie auf der anderen Seite Isidors Blut floss, und er hasste sich dafür, dass er überlegte, ob er wohl das nächste Opfer des Kapos sein würde, statt über die Bretterwand zu steigen und dem Jungen zu helfen. Alexander saß da und lauschte auf die qualvolle Stille. *Isidor wollte mein Freund sein.* Er schüttelte den Kopf. *Dabei habe ich nicht die geringste Ahnung, wie ich jemandem ein Freund sein könnte.*

Kapitel 10

Alexander sah, wie Isidor aus dem Stall gehumpelt kam. Die Hose war zerrissen, das Knie blutete, und sein Gesicht war verschmiert. Ein Riss klaffte an Isidors Nasenwurzel und sein linkes Auge war zugeschwollen. Er sah aus, als wäre er von einem Traktor überfahren worden. Aber er stellte sich in die Reihe und wartete mit gesenktem Blick, während der Kommandeur nacheinander die Männer mit seiner Gerte anstieß und nach einem Zuckerwürfel oder welkem Gemüse durchsuchte, das ihm einen Grund zum Aussortieren bieten würde.

Dann humpelte er hinter Alexander zurück nach Auschwitz. Kurz vor dem Kontrollpunkt deutete er auf das Haupttor. Vor dem Eingang stand ein Mann mit Frack und Zylinder. Er war kein Musiker, Alexander hatte ihn zuvor schon in der Baracke gesehen. Es war ein großer, schlanker Mann mit dunklen Augen und blasser Haut. Jetzt war eines seiner Augen violett und die Haut über seinen Wangenknochen war blau verfärbt und geschwollen. Man hatte ihm die Hände auf den Rücken gefesselt und er trug ein Pappschild um den Hals.

»Das ist er«, sagte Isidor. »Der Flüchtige von gestern Nacht.«

Alexander kniff die Augen zusammen und las die gekritzelten Worte auf dem Schild: *Hurra, ich bin wieder da.*

Die Wachen verschwanden, kaum dass sie das Haupttor passiert hatten, und überließen es dem Kapo, seine Arbeiter zur Ratte zu bringen. Wegen Isidor waren sie langsamer als sonst vorangekommen. Das Licht war bereits erloschen, als die Ratte sie in die Baracke scheuchte.

»Brauchst du Hilfe, um ins Bett zu kommen?«, fragte einer der Männer vom Stalltrupp, dessen Name Alexander nicht kannte und auch gar nicht kennen wollte.

»Mir geht's gut«, hörte Alexander Isidor sagen, der sich bereits auf seine Pritsche hochgezogen hatte.

»Aber dein Bein …«, wunderte sich Alexander und kletterte hinter Isidor her.

»Das ist nicht weiter schlimm«, sagte Isidor. »Es ist nur ein Kratzer.«

Ein *Kratzer?* Alexander dachte an die bebenden Bretterwände und an das Krachen von Knochen.

»Der Kapo ist in Ordnung«, raunte Isidor in Alexanders Ohr. »Das Blut ist nur zur Schau.«

»Ich verstehe nicht«, sagte Alexander. »Man nennt ihn den Metzger.«

»Das Gerücht hat er selbst in die Welt gesetzt.«

»Er selbst?«

»Hör zu«, sagte Isidor, plötzlich ernst. »Das musst du für dich behalten.«

»Heißt das, der Kapo ist auf unserer Seite?«, fragte Alexander zweifelnd.

»Ich denke schon.« Isidor zog seine Stiefel aus und legte sich hin. »Manchmal, wenn die Wachen zusehen, muss er eine Nase brechen. Aber wenn es geht, lässt er dich in Ruhe. Er ist in einer ziemlich beschissenen Lage.«

»Wie meinst du das?«, fragte Alexander. Der Kapo bekam drei Schüsseln Suppe und musste nicht arbeiten.

»Er darf sich keinen Fehler erlauben. Falls doch, wird er degradiert und zurück in die Baracke geschickt.«

»Um wieder so zu leben wie wir alle«, schnaubte Alexander.

»Nein«, sagte Isidor. »Der letzte Kapo, der seine Stelle verlor, hat genau einen Tag in seiner alten Baracke überlebt. Seine Männer haben ihn schon in der ersten Nacht zu Tode geprügelt.«

✡

Alexander wachte um Mitternacht auf und hielt sich den Magen. *Nein,* dachte er mit zusammengebissenen Zähnen. *Ich darf nicht krank werden. Das darf nicht sein.*

Er versuchte sich aufzusetzen, aber der Schmerz wütete in seinem Bauch. Kraftlos sank er auf die Pritsche zurück. Er war von einem Pferd abgeworfen worden, er war in ungleichen Kämpfen fertiggemacht worden, aber nichts hatte sich so angefühlt wie das. Der Schmerz fuhr wie ein glühend heißer Spieß durch seine Eingeweide. Alexander stopfte sich die Ecke seiner Decke in den Mund, um nicht laut aufzuschreien, und schlang die Arme um den Bauch.

Er musste auf die Toilette. Wenn er es bis dorthin schaffte, würde er das, was an seinem Gedärm nagte, loswerden. Er stemmte sich auf die Ellbogen und versuchte sich aufzusetzen, als eine neue Schmerzwelle ihn erfasste. Er atmete sie weg, glitt vom Bett herunter und stolperte im Dunkeln Richtung Toilette. Aber es war zu spät.

Kraftlos sank er auf den Fußboden des Bads. Um seine Hosenbeine bildete sich eine Pfütze. Falls ein anderer Häftling ihn so sah, war er erledigt. Er war krank. Die Männer konnten es sich nicht leisten, ihn in seiner Nähe zu haben, solange er vielleicht ansteckend war. Ein Blick auf ihn, wie er auf dem Boden in seiner eigenen Scheiße lag, würde genügen. Sie würden ihn sofort auf die Krankenstation bringen. Alexander konnte es ihnen nicht verdenken, er würde das Gleiche tun. Er kroch zum Waschbecken und drehte den Hahn auf. In der Krankenstation würden sie ihm keine Medizin geben, sondern ihn auf eine Pritsche legen und dort verrotten lassen, bis die SS kam, um die Station zu räumen. Es war kein Krankenhaus, sondern ein Warteraum fürs Krematorium.

Alexander zog seine Hose aus, warf sie in das Becken

und wusch sie unter Magenkrämpfen aus. Niemand durfte es erfahren. Er kniete sich hin und wischte die Fliesen auf, spülte seine Hose noch einmal durch und säuberte auch sich selbst. Niemand durfte es erfahren, absolut niemand.

Er schleppte sich zu einer Toilette, sackte auf dem kalten Sitz zusammen und schlang die Arme um den Bauch. Erst als er davon ausgehen konnte, dass sein Darm völlig leer war, zog er die nasse Hose wieder an und kehrte im bläulichen Mondlicht zu seinem Bett zurück. Sein Magen tat immer noch weh, aber die Krämpfe waren einem dumpfen Schmerz gewichen. Wenn ich ein paar Stunden Schlaf abbekomme, redete er sich gut zu, dann werde ich den Marsch überstehen – und auch die Pferde. Dann wird es nicht das letzte Mal sein, dass ich die Sterne oder den Mond gesehen habe …

✡

»Alex! Wach auf!«

Alexander öffnete die Augen. Isidor beugte sich über ihn und blickte ihn mit besorgter Miene an.

»Ich bin schon wach.« Er schlug Isidors Hand weg.

»Du siehst fürchterlich aus.«

»Mir geht's gut.« Alexander zwang sich zu einem Lächeln. »Siehst du?« Er kletterte aus dem Bett, blieb einen Moment stehen, dann rannte er Richtung Toilette.

»Ich habe gestern Nacht gehört, wie du aufgestanden bist«, sagte Isidor, der ihm gefolgt war. »Kannst du überhaupt von der Toilette weg?«

Alexanders Darmgrippe war wie ein Ungeheuer, das die Zähne fletschte. »Gib mir eine Minute!« Das Ungeheuer grub seine Zähne in Alexanders Magen und er klappte zusammen. Isidor rannte davon.

»Isi! Nein!« Alexander versuchte ihn aufzuhalten, aber es war zu spät. Er war weg.

Steh auf, sagte Alexander zu sich selbst. Er umklammerte den Toilettensitz mit beiden Händen. *Steh auf und geh hinaus.* Aber er schaffte es nicht. Sobald er auch nur aufzustehen versuchte, gaben seine Beine unter ihm nach. Der ganze Raum drehte sich. Alexander sank auf die Toilette und vergrub den Kopf in den Händen.

»Hier.« Isidor hielt ihm einen gehäuften Teelöffel unter die Nase. Alexander blinzelte beim Anblick des gallertartigen Klumpens.

»Was ist das?«

»Medizin, damit dein Durchfall aufhört.«

Alexander führte den rostigen Löffel an die Lippen und schluckte das weiße Zeug hinunter. Es schmeckte wie roher Teig.

»Du solltest ein paar Tage auf das Mittagessen verzichten.« Isidor half ihm aufzustehen. »Keine Suppe, nur Kaffee und Brot.«

»Woher hast du die Medizin?«, stieß Alexander hervor und krümmte sich wieder. »Vielleicht brauche ich noch mehr davon.«

Er wollte nur noch ins Bett. Stattdessen ging er nach draußen und wartete darauf, dass die Ratte den Befehl zum Abmarsch gab.

»Ich kenne jemanden«, raunte Isidor ihm zu. »Joseph Baumann vom Ackertrupp, vier Betten weiter.« Er schlug Alexanders Hände weg, die dieser über den Bauch gelegt hatte, denn die Wachen drehten ihre Runden.

»Woher kriegt er das Zeug?«, fragte Alexander schnell.

»Da ist ein Mann. Ein Bauer. Er versteckt manchmal Sachen für die Häftlinge unter den Heuballen. Medikamente, Obst, einmal sogar ein gehäutetes Kaninchen.«

»Was wird mich ein weiterer Löffel davon kosten?«

»Zuckerwürfel«, antwortete Isidor. »Oder Zigaretten. Hast du welche?«

Alexander schüttelte den Kopf.

✡

»Stimmt etwas nicht?« Der Kapo folgte Alexander in den Stall. »Bist du krank?« Er packte Alexander an der Schulter und drehte ihn zu sich herum.

»Nein, mir geht's gut«, stammelte Alexander. Er befreite sich aus dem festen Griff und ging zu Serafins Box. »Ich war nur kurz draußen, um …« *Um was?* Alexander geriet in Panik. Sein Kopf war vom Schmerz immer noch ganz benebelt. *Was hatte er draußen zu suchen gehabt?*

Der Kapo stand direkt hinter ihm, Alexander konnte ihm nicht ausweichen.

»Wenn du nämlich krank bist«, sagte der Kapo und baute sich vor Alexander auf, »dann kann ein anderer das Pony rausführen.«

»Nein.« Alexander schüttelte heftig den Kopf. *Nein, ich darf diese Arbeit nicht verlieren.* »Nein, ich bin …« Er suchte nach den richtigen Worten.

Der Kapo hob die Hand, damit er schwieg.

»Ich kann veranlassen, dass jemand anderes deine Arbeit übernimmt«, sagte er mit gesenkter Stimme. »Dann kannst du Goldberg beim Beschlagen der Pferde helfen … in der Nähe der Toiletten.« Sein Blick huschte zu dem Soldaten am anderen Ende des Stalls, der sie beide beobachtete.

»Keine Widerrede!«, brüllte er plötzlich laut. Er packte Alexander beim Kragen und zerrte ihn an der Wache vorbei. »Raus mit dir, und zwar sofort!«

✡

Der blaue Tag wurde zur schwarzen Nacht.

»Du hast dich gar nicht bedankt«, sagte Isidor leise, als die Männer im Dunkeln zum Lager zurückkehrten.

»Wofür?«, fragte Alexander.

»Für die Medizin.« Isidor ging am Kontrollpunkt vorbei in die Baracke. »Du bedankst dich nie bei mir.

Dabei bin ich der Einzige, der mit dir spricht. Oder ist dir das noch gar nicht aufgefallen?« Isidor schüttelte den Kopf. »Vergiss es.«

»Gut«, sagte Alexander schroff. »Denn ich erwarte auch keinen Dank von dir, wenn ich dir Platz mache und du zusehen kannst, wie ich mein Pferd striegle und sattle. Unsere Abmachung gilt. Und wir haben beide etwas davon.« Die Medizin hatte geholfen, sodass er nicht mehr ständig auf die Toilette rennen musste, aber sein Magen war immer noch in Aufruhr, und seine Haut war feuchtkalt.

»Wie hast du es geschafft, den Zucker am Kommandeur vorbeizuschmuggeln, um Baumann zu bezahlen?«, fragte Alexander ohne ein Wort der Entschuldigung.

Isidor stieg zu Alexander hoch auf die Pritsche. »Gib mir deine Jacke.«

»Was?« Alexander setzte sich auf. »Heißt das, du verrätst es mir nur, wenn du meine Jacke dafür bekommst? Fahr zur Hölle!«

Isidor verdrehte die Augen. »Willst du jetzt wissen, wie ich die Zuckerwürfel geschmuggelt habe, oder nicht?«

»Ich werde dir garantiert nicht meine Jacke geben«, sagte Alexander finster.

»Also gut.« Isidor griff an seinen Kragen und machte die ersten drei Knöpfe auf. Eine verborgene Tasche kam zum Vorschein. »Komm mit.«

Alexander rannte hinter ihm her zur Nachbarbaracke.

Sie sah genauso aus wie ihre und auch hier roch es wie in einem Zwinger. Es gab die gleichen schmutzigen Wände, die gleichen ausgezehrten Körper, die gleichen schmutzigen Betten. Isidor blieb vor einem alten Mann stehen und schüttelte ihm die Hand.

»Jeno Weisz, darf ich vorstellen, Alexander …« Isidor zögerte. »Alexander …«

»Altmann.« Alexander trat aus dem Schatten hervor und schüttelte die Hand des Alten.

»Was willst du?«, fragte der Mann ihn und zog einen Stoffstreifen aus seiner Hosentasche.

Was ich will? Ich will eine Mahlzeit. Ich will einen Arzt. Ich will nach Hause.

»Soll ich ein Loch nähen?« Er betastete Alexanders zerschlissene Jacke.

»Jeno ist Schneider. Früher hat er dreiteilige Anzüge gemacht«, erklärte Isidor. »Jetzt stellt er maschinell SS-Uniformen her.«

»Ah, er will eine Tasche.« Der Schneider nickte und knöpfte Alexanders Jacke mit seinen spinnenfeinen Fingern auf. »Diesen Stoff kann ich besorgen.« Er öffnete die Jacke und strich mit seinem krummen Zeigefinger über den Saum. »Wenn wir sie hier annähen, sieht es keiner.« Er ließ die Jacke los.

Alexander musste an seine Mutter denken, wie sie sich am Abend vor ihrem Abmarsch ins Getto über ihre Nähmaschine gebeugt und Goldmünzen in das Futter ihrer warmen Winterjacke eingenäht hatte. Ihren

Trauring hatte sie im Saum versteckt und zwei Goldketten in den Schulterpolstern.

»Das wird dich aber etwas kosten.« Der Schneider streckte die Hand aus. »Was hast du zu bieten?«

»Momentan gar nichts.« Alexander knöpfte seine Jacke zu. »Aber in ein paar Tagen kann ich dir Zigaretten bringen.«

Der alte Mann grinste. »Ich will zehn.«

»Sieben.« Isidor packte Alexander am Ärmel und zog ihn mit zur Tür. »Genauso viel, wie du von mir verlangt hast!«

Kapitel 11

Alexander stand auch den nächsten Tag durch und fiel danach erschöpft auf seine Pritsche. Als er am darauffolgenden Morgen erwachte, ging alles wieder von vorne los. Er zwang sich, die Kinder der SS-Leute anzulächeln und ihnen in den Sattel des Ponys zu helfen. Er fütterte Serafin und führte ihn aus, er striegelte die Pferde, pflegte die Sättel und mistete die Ställe aus, Tag für Tag. Die Zeit schien sich zusammenzufalten und aus Tagen wurden Wochen.

Der Sommer ging in den August über und die Blätter an den Birken verfärbten sich orange. Die Hitze schwächte sich ab und die Tage wurden kürzer. Alexander hatte jedes Zeitgefühl verloren. An einem blassen Herbsttag wurde er fünfzehn, aber er war sich nicht ganz sicher, an welchem. Es spielte keine Rolle. Wichtig war nur, dass er den nächsten Tag überstand, seine Aufgaben erfüllte, keinen Ärger bekam und sich von Birkenau fernhielt, wo der Tod lauerte.

Das Schicksal seiner Eltern raubte ihm den Schlaf, die letzten Stunden seiner Schwester verfolgten in sogar in den Tag hinein, aber wenigstens der Hunger ließ nach, seit er sich aufs Stehlen verlegt hatte. Er nahm, was er kriegen konnte. Bei jeder Handvoll Getreide, die er in den Futtereimer füllte, steckte er ein paar Körner in den Mund, und wenn sich die Gelegenheit ergab, versteckte er Kartoffelschalen in seinem Geheimversteck. Er molk die Stute, tauschte Zigaretten gegen Brot und Käse und vermied es ansonsten, in das Leben der anderen verwickelt zu werden. Er war trotzdem noch hungrig, seine Arme waren dünn, seine Schultern schmal und seine Kniescheiben wölbten sich über dürren Beinen, aber er war nicht so ausgemergelt wie manch andere. Nicht so ausgemergelt wie die Männer, deren Essen er verschlang. Männer, die seine Zigaretten kauften und die von der SS aus ihren Betten geholt und weggebracht wurden. Alexander sah die Männer fortgehen, die er mit seinen Zigaretten vergiftet hatte. *Ich kann sie ja nicht zwingen, mit dem Rauchen aufzuhören,* sagte er sich. *Ich werde mich nicht schuldig fühlen, weil ich ihnen das gegeben habe, was sie wollten. Ich bin nicht derjenige, der über ihr Leben entscheidet.*

Der Kommandeur ließ alle seinen Jähzorn spüren. Es gab Tage, da kam er nur in den Stall, um jemanden zu peitschen. Dann suchte er sich einen Stallburschen aus, nahm irgendeine Kleinigkeit zum Anlass – ein Pferd, das müde wirkte, eine Mähne, die nicht gestriegelt war – und schlug den betreffenden Jungen mit seiner Gerte. Der schwarze Riemen knallte bei jedem Schlag wie ein Gewehrschuss. Es war nur eine Frage der Zeit, bis Alexander an der Reihe war.

Er weigerte sich, darüber nachzudenken. Weigerte sich, über das Sterben nachzudenken – oder das Leben –, denn er fürchtete sich vor beidem. *Du musst nur den Tag überstehen,* sagte er sich. *Konzentriere dich auf die Pferde.*

Wenigstens versuchte er es. Er tat so, als merkte er nicht, dass die Erde bebte und der Himmel voller Flugzeuge war und dass die Männer hinter vorgehaltener Hand über den Vormarsch der russischen Truppen spekulierten. Denn am nächsten Tag war der Himmel wieder leer. Nichts hatte sich geändert, und das würde auch so bleiben. Alexander hielt Augen und Ohren offen, aber sein Herz verschloss er. Er verlor keinen Gedanken an die Zukunft und versuchte, die Vergangenheit loszulassen. Doch oft holten ihn seine Erinnerungen ein, insbesondere in den ruhigen Augenblicken zwischen dem Einschäumen der Pferde und dem Striegeln und auch während der langen Fußmärsche. Er ertappte sich dabei, wie er von den dunklen Augen seiner Mutter und dem geschwungenen Schnurrbart seines Vaters tagträumte. Nur gelegentlich ließ er die bohrenden Erinnerungen zu – an das Lachen seiner Schwester oder Paprikas weiche Nüstern. Dann saß er eine Weile da und ließ die Vergangenheit aufleben, ehe er sie wieder verdrängte.

Während er darauf wartete, dass der Kommandeur

von einem langen Tagesritt zurückkehrte, dachte er wieder einmal an zu Hause. Plötzlich kam Serafin mit hängendem Kopf in den Hof getrottet.

»Hast du dir Serafin heute Morgen angesehen?« Der Kommandeur glitt aus dem Sattel. Alexander nahm die Zügel und nickte.

»Irgendetwas stimmt nicht. Er hat die Sprünge verweigert.«

Alexander blickte auf die Reitgerte und dann auf die Striemen des malträtierten Pferdes.

»Ich will, dass er wieder in Ordnung kommt.« Die Stimme des Kommandeurs knisterte vor Wut.

Alexander führte Serafin in seine Box. Als er das Zaumzeug abnahm, stöhnte der Hengst.

»Ist ja gut.« Alexander drückte seine Finger gegen Serafins Hals. »Lass mich mal sehen.« Serafins Puls raste. »Was hast du denn, mein Junge?« Alexander drückte mit einem Schwamm sauberes Wasser in Serafins Maul.

Das Pferd leckte sich noch die Tropfen von den Lefzen, dann fiel es einfach um.

Alexander merkte, wie ihm der Schweiß auf die Stirn trat. Serafin lag am Boden, seine silbrigen Flanken waren schmutzig vom Stroh. Er ließ die Zunge aus dem Maul hängen und sein Atem ging keuchend.

»Steh auf!« Alexander gab ihm einen Schubs, aber der Hengst rührte sich nicht.

Alexander ließ sich auf die Knie fallen. »Steh auf!«

Serafin schloss die Augen.

»Nein, tu das nicht. Schlaf jetzt nicht ein. Hier, friss etwas.« Alexander nahm eine Handvoll Stroh und hielt es an Serafins Maul.

Das Pferd schlug mit den Beinen aus, schaffte es aber nicht aufzustehen. Es hob den Kopf, um Alexander anzuschauen.

»Es wird alles wieder gut.« Mit hängenden Schultern kauerte Alexander neben dem Hengst. Er musste wie ein Pferd denken, um Serafin helfen zu können. Wenn Alexander krank war, mochte er niemanden um sich haben, und auch sonst war er am liebsten für sich allein. »Ich bin eben kein Herdentier«, sagte er zu sich. »Ich brauche niemanden, der sich um mich kümmert, das kann ich ganz allein.«

Wenn er ein Herdentier wäre, dann würde er jemanden bei sich haben wollen, der ihn beschützte. Alexander legte sich neben Serafin ins Stroh und streichelte seinen Rücken. Er dachte an die Geräusche, die Pferde machten – wiehern, schnaufen, prusten, schnauben –, und er versuchte, die Stille mit tröstenden Worten zu füllen.

»Ich passe auf dich auf«, flüsterte er in Serafins Ohr. »Dir wird es schnell wieder besser gehen.« Alexander vergrub sein Gesicht in Serafins Mähne. »Das ist bald vorbei, und ehe du dich's versiehst, bist du wieder zu Hause.« Er strich mit seiner schwieligen Hand über Serafins Nüstern und lauschte auf seine mühevollen

Atemzüge. Nach einer Weile stand er widerstrebend auf und ging zur Tür.

Er traf den Kapo in der Futterkammer an.

»Ruf den Tierarzt. Serafin muss untersucht werden.«

Der Kapo kam sofort zu ihm. »Bist du dir sicher?« Seine Worte waren eine Warnung.

Alexander nickte. Er wusste, dass Serafins letzter Stallbursche erschossen worden war, weil das Pferd eine Bauchkolik bekommen hatte. Und er wusste auch, dass der Kapo zuerst den Tierarzt und danach sofort den Kommandeur verständigen würde.

»Ich bin sicher«, sagte er leise.

✡

Alexander verzog sich in die Ecke, als der Tierarzt in Begleitung des Kommandeurs Serafins Box betrat. Er war ein schlaksiger Mann mit dichten Lockenhaaren.

Der Tierarzt zog ein abgenutztes Stethoskop aus seiner Arzttasche und hörte Serafin ab. Alexander stand mit klopfendem Herzen an der Wand und wartete.

»Wollen Sie nicht zuerst einen Blick auf die Füße werfen?«, fragte der Kommandeur. »Diese jungen Burschen haben keine Ahnung davon, wie man Pferde beschlägt oder Hufe pflegt.«

Der Tierarzt hielt seinen arthritischen Finger an die Lippen, schloss die Augen und bewegte das Stethoskop über Serafins Brust.

»Es ist das Herz«, sagte er schließlich und ließ das Stethoskop sinken.

»Was soll das heißen, *es ist das Herz?*« Der Kommandeur wich einen Schritt zurück.

»Er hat Herzgeräusche.«

Herzgeräusche. Alexander dachte daran, wie sein Vater das Ohr gegen ein neugeborenes Fohlen gepresst hatte und es danach für vollkommen gesund erklärt hatte. *Sein Herz murmelt,* hatte sein Vater erklärt und damit das zusätzliche Geräusch zwischen zwei normalen Herzschlägen gemeint. Viele gesunde Pferde hatten so etwas.

Der Tierarzt legte das Stethoskop zusammen und verstaute es in seiner Tasche. »In manchen Fällen sind diese Geräusche ein Anzeichen für eine Fehlfunktion des Herzens. In anderen Fällen liegen keinerlei gesundheitliche Probleme zugrunde.«

»Und wie ist es hier?«, blaffte der Kommandeur. Der Tierarzt kniff den Mund zusammen. Alexander verkroch sich noch etwas weiter in die Ecke. Unter seinen Achseln bildeten sich Schweißflecken.

»In diesem Fall liegt meiner Meinung nach eine ernsthafte Erkrankung vor.« Der Tierarzt blickte auf das Pferd. »Serafins Herzklappe schließt nicht richtig.«

»Sind Sie sich sicher?«, fragte der Kommandeur schroff.

Der Tierarzt nickte.

»War das schon immer so? Oder ist das Herz erst seit

Kurzem schwach?« Der Kommandeur richtete die Frage an den Tierarzt, blickte dabei jedoch Alexander an. »Hätte man etwas dagegen tun können?«

Alexander zuckte zusammen. Er wartete auf die Antwort des Tierarztes und hoffte inständig, dass er nicht ihm die Schuld gab. *Sag es,* flehte Alexander im Stillen. *Sag, dass es nicht meine Schuld ist.*

»Solche Dinge passieren eben.« Dem Tierarzt war anzumerken, dass er sich nicht wohl in seiner Haut fühlte. »Niemand trägt die Schuld daran. Wahrscheinlich hat er diese Herzschwäche bereits von Geburt an. Im Grunde genommen«, der Arzt wählte seine Worte sehr sorgfältig, »heißt das nur, dass man ihn nicht allzu sehr beanspruchen darf.«

Alexander schoss vor Erleichterung das Blut ins Gesicht. Wenn jemand für Serafins Herzschwäche verantwortlich zu machen war, dann der Kommandeur, weil er ihn so hart rannahm.

»Heißt das, er taugt nicht mehr für einen Galopp? Keine Sprünge über den Zaun? Keine Rennen?« Der Kommandeur blickte den Tierarzt scharf an.

»Nein. Andernfalls riskieren Sie, dass sein Herz versagt.« Der Tierarzt stand auf. »Die Hauptsache ist doch, dass es für Serafin Hoffnung gibt. Mit etwas mehr Ruhe hat er gute Überlebenschancen. Alles, was er braucht –«

»Also hat der SS-Mann, der ihn mir empfohlen hat, mich übers Ohr gehauen?« Der Kommandeur sprach leise, sein Mund war eine schmale, zornige Linie. »Das Tier wurde mir als perfektes Exemplar seiner Rasse angepriesen, als ein Pferd von hervorragender Abstammung. Man hat mir einen Champion versprochen.« Der Kommandeur stieß Serafin mit seinem Stiefel an. »Und nun das.« Er verzog den Mund, als hätte er in eine saure Zitrone gebissen.

Das Pferd stöhnte.

»Lassen Sie uns nach draußen gehen.« Der Tierarzt nahm den Kommandeur beim Arm und führte ihn zur Tür. »Dort können wir die weitere Behandlung besprechen«, sagte er nervös. Die Tür schlug hinter ihnen zu.

Alexander trat aus dem Schatten und streichelte Serafins Hals. Der Kommandeur und der Tierarzt setzten ihr Gespräch auf der anderen Seite der Stallwand fort. Alexander hörte nur einzelne Brocken ihrer gedämpften Unterhaltung; Wortfetzen, aus denen sich nichts ablesen ließ.

»Alles wird gut«, sagte Alexander leise. Serafins Lider flatterten. Alexander nahm eine Decke aus dem Regal, zog sie über das Pferd und legte sich, Nase an Nase, neben Serafin.

✡

Alexander stand gebeugt da und wusch mit einem Schwamm den Schweiß von Serafins Flanken, als plötzlich die Tür aufging. Er hob den Kopf. Sein Blick fiel auf zwei Paar Stiefel.

»Erschieß ihn!«, zischte der Kommandeur.

Der Kapo runzelte fragend die Stirn.

»Habe ich mich nicht klar genug ausgedrückt?« Der Kommandeur zog seine Pistole. »Ich will, dass du ihn erschießt.«

Alexander starrte den Mann mit offenem Mund an. *Es ist nicht meine Schuld,* hätte er am liebsten geschrien. Aber er brachte kein Wort heraus. *Ich will nicht sterben.* Er grub die Finger in die Handfläche. *Noch nicht. Nicht, bevor mein Vater wieder zurückkommt. Nicht, bevor meine Mutter* … Seine Augen wurden feucht. Seine Mutter. Er hatte ihr versprochen, durchzuhalten und nach Košice zurückzukehren.

Im kantigen Gesicht des Kapos zuckte ein Muskel. »Ich soll ihn erschießen? Jetzt sofort?«

Der Kommandeur nickte. »Wie ich gehört habe, hast du Erfahrung in solchen Dingen.« Er grinste hämisch. Alexanders Herz raste.

»Gut, dann haben wir uns ja verstanden.« Der Kommandeur steckte seine Waffe ins Halfter zurück. »Du wirst das Pferd erschießen und den Kadaver wegschaffen.«

Das Pferd erschießen? Alexander atmete tief aus. *Das Pferd!* Ihm war ganz flau und schwindlig vor Erleichterung. Nicht er sollte erschossen werden, sondern Serafin. Nach der Welle der Erleichterung, die ihn erfasst hatte, kam die Scham. Pferde waren sein Leben. Einerseits mochte er Serafin zwar genauso wenig wie den Kommandeur, andererseits liebte er Pferde ebenso sehr wie sein Vater. Außerdem gab es keinen Grund, Serafin zu töten.

»Ich könnte mich um ihn kümmern.« Ohne nachzudenken, hatte Alexander die Worte laut ausgesprochen.

»Was war das?« Der Blick des Kommandeurs verfinsterte sich. Der Kapo schüttelte nur den Kopf.

Alexander verfluchte sich innerlich. Hätte er doch nur den Mund gehalten. Aber er hatte das schon einmal erleben müssen. Er hatte Saris traurige Miene noch vor Augen, als er ihr Fohlen der ungarischen Polizei kampflos ausgehändigt hatte. Der Schutzwall, den er um seine Vergangenheit aufgebaut hatte, bröckelte, und die Erinnerung daran, wie die Polizei den Hof gestürmt und die Herausgabe der Pferde gefordert hatte, traf ihn mit voller Wucht.

Serafin zu retten würde das, was er Paprika angetan hatte, nicht ungeschehen machen, ebenso wenig wie das, was er zu Lili gesagt hatte, als sie erschöpft den Viehwaggon verließ.

»Ich könnte ihn pflegen«, fuhr er halbherzig fort. »Er kann immer noch von Nutzen sein. Die Kinder könnten auf ihm reiten. Sie bestürmen mich immer, sie endlich auf einem richtigen Pferd reiten zu lassen …« Alexanders Stimme war mit jedem Wort leiser geworden.

»Ich will, dass er erschossen wird.« Der Kommandeur kam mit seinem Gesicht so nahe heran, dass

Alexander sogar riechen konnte, was er zum Frühstück gegessen hatte. »Ich verabscheue jeden Makel der Rasse.« Der Kommandeur lehnte sich zurück und musterte Alexander von Kopf bis Fuß, als sähe er ihn zum allerersten Mal. »Aber da dir an dem Pferd so viel liegt und du alles richtig machen willst«, sagte er und lächelte plötzlich, »wirst *du* ihn auch erschießen.«

Kapitel 12

Der Kapo begleitete den Kommandeur nach draußen und ließ Alexander bei Serafin zurück. Alexander sank ins Stroh. Er spürte Serafins dampfenden Atem auf seiner Haut. Das Pferd lag neben ihm, den Kopf flach auf den Boden gedrückt und mit ausgestrecktem Schweif. Alexander spürte, wie ihm die Tränen in die Augen traten. *Reiß dich zusammen!,* rief er sich zur Ordnung. *Ihn gernzuhaben ist kindisch. Es ist ein Zeichen von Dummheit und Schwäche.* Alexander wünschte, er wäre nicht dünnhäutig und weichherzig, sondern aus Stein – kaltem, hartem Stein. *Du bist zu weich geworden.* Er stand auf und schüttelte das Stroh von seinen Kleidern. *Und das hat dazu geführt, dass du ihn jetzt erschießen musst.*

Alexander stellte sich vor Serafin. Er hatte noch nie ein Tier erschossen. Einmal hatte er wegen einer Wette ein Kaninchen getötet. Mit einer Schleuder und einem scharfkantigen Stein. Anton hatte ihn beglückwünscht, aber Alexander war danach heimlich zu der Stelle zurückgekehrt und hatte das Tier begraben.

Die Tür öffnete sich knarrend.

»Bringen wir es hinter uns«, sagte der Kapo knurrend. Er zog eine Pistole aus der Jackentasche und hielt sie Alexander hin. Die schwarze, polierte Waffe glänzte in dem gebrochenen Licht. Mit so einer Pistole drangsalierten die Wachen die Häftlinge. Sie stießen die Mündung gegen den Kopf oder die Brust der Männer. Alexander starrte auf den langen schwarzen Lauf.

»Eine Kugel zwischen die Augen, das dürfte genügen.« Der Kapo drückte Alexander eine Pistole in die Hand und richtete eine zweite auf Alexanders Kopf. »Die hier ist für den Fall, dass du auf dumme Ideen kommst.«

Alexander fasste mit zitternden Fingern die Waffe und drehte sich zu Serafin um. Der Hengst lag schwer atmend im Stroh. *Du oder er,* sagte Alexander zu sich selbst. *Du. Oder. Er.*

»Nun mach schon.« Der Kapo presste seine Pistole an Alexanders Wange. Alexander hob den Arm, zielte auf Serafins Stirn und legte den Finger an den Abzug.

»Ich kann nicht«, sagte er leise und verfluchte im Stillen seine Feigheit. »Ich kann es nicht.«

Der Kapo riss Alexander die Pistole aus der Hand. »Dann geh mir aus dem Weg.« Er stieß Alexander beiseite und stellte sich vor das Pferd. »Falls jemand fragt, ich habe gesehen, wie du es getan hast.« Er blickte Alexander kalt an. »Und jetzt verschwinde.«

Alexander taumelte den Gang entlang und blieb vor der Box stehen, in der die Stute war. Er ging hinein und nahm einen Eimer. Die Stute richtete die Ohren auf, als der Schuss ertönte. Alexander hörte ihn auch. Eine einzelne Kugel, die einen Körper durchdrang.

Serafin war tot.

Ohne ihn bin ich besser dran. Alexander streckte die Hand aus, um das Fohlen zu streicheln, dann schlang er die Arme um den schmalen Körper und drückte sein Gesicht gegen den Hals des Kleinen. *Nein!* Er stieß das Fohlen von sich und berührte stattdessen die Stute. Er würde nicht weich werden. Seine Schwäche hätte ihn gerade das Leben kosten können. Dieses Risiko würde er kein zweites Mal eingehen. Der Einzige, um den er sich ab sofort kümmern würde, war er selbst. Er selbst und nichts und niemand sonst. Alexander zwang sein Herz dazu, langsamer zu schlagen. Er nahm seine Tasse vom Gürtel und griff nach den Zitzen der Stute, um sie zu melken. »Er war ein boshaftes Pferd«, sagte er und drückte zu. »Boshaft und gefährlich. Ihm wäre es egal gewesen, wenn der Kommandeur *mir* eine Kugel in den Kopf gejagt hätte.« Alexander lehnte sich auf dem Melkschemel zurück und grub die Fingernägel in den Arm, um seinen Zorn unter Kontrolle zu bekommen. Er bohrte die Nägel tief in die sommersprossige Haut, bis Blut kam.

Alexander spürte, wie ihm die Tränen in die Augen stiegen. *Nein.* Er sprang auf. *Du wirst jetzt nicht weinen. Du wirst zurückgehen und den Kapo fragen, ob du ihm helfen sollst, das tote Pferd in den Hof zu schaffen.*

Er trank die Tasse leer, wischte sich übers Gesicht

und kehrte zu Serafins Box zurück. An der offenen Tür blieb er stehen. Der Tierkadaver lag in der Ecke. Um ihn herum drängten sich die Männer und stritten um ausgebeulte, blutverschmierte Säcke. Alexander erbrach sich aufs Stroh. Er hatte erlebt, wie Männer Mäuse gegen Zigaretten tauschten und sie hinter dem Stall über einem offenen Feuer rösteten. Er hatte von einem russischen Häftling gehört, der einen Hund erschossen und dessen Körperteile einzeln verkauft hatte. Aber nie ein Pferd. Niemals. Alexander rannte wie gehetzt ins Freie.

»Alex, warte!« Isidor lief hinter ihm her und stieß ihn gegen die Stallwand. »Sie haben die Säcke in meine Box gebracht. Sie haben gefragt, ob ich sie verkaufe ...« Isidors Wangen röteten sich. Er ließ Alexanders Schultern los und seine Arme sanken schlaff herab. »Sie haben mich gefragt, ob ich für sie das Fleisch verkaufe. Ich habe Nein gesagt.«

Alexanders Knie gaben nach. Isidor setzte sich neben ihn auf den Boden und schlang die Arme um die Beine. Die Sonne stand schon tief und es wurde langsam dunkel im Stall.

»Es tut mir leid wegen Serafin.« Isidor zog eine Rübe aus seiner Tasche und bot sie Alexander an. »Ich wusste nicht, dass du ihn in dein Herz geschlossen hast.«

»Das hatte ich auch nicht.« Alexander verspürte einen brennenden Schmerz in der Brust. »Es ist nur ... er hat doch nichts Schlimmes getan.« Alexander starrte auf seine Schuhe. »Sie hätte nicht sterben müssen.« Er schloss die Augen und sah im Geiste seine Schwester aus dem Viehwaggon steigen.

»*Sie?*«, fragte Isidor, aber Alexander hörte ihn nicht.

»Sie war unschuldig. Sie hat ihnen vertraut. Sie hat *mir* vertraut.« Alexander vergrub den Kopf zwischen den Knien.

»Ich dachte, Serafin ist ein Hengst und keine Stute«, sagte Isidor verwirrt. »Wer ist *sie?*«

Alexander hob den Kopf. »Lili«, antwortete er. »Meine Schwester.«

»Du hast eine Schwester?«

»Ich *hatte* eine Schwester.« Alexander stand auf und wischte sich den Staub von den Kleidern. »Und ich hatte ein Pferd, um das ich mich kümmern sollte. Wie es aussieht, habe ich auch das verloren.« Seine Miene wurde unerbittlich. »Aber du bist ganz gut dran, was?« Er stieß seinen Finger gegen Isidors Brust. »Du weißt deinen Vorteil bestimmt zu nutzen. Nach allem, was ich gesehen habe, wirst du guten Profit machen.« Er versetzte Isidor einen Stoß. »Es ist mir egal, ob du das Fleisch verkaufst. Von mir aus könntest du ihn höchstpersönlich zerlegt haben.« Er packte Isidors Jacke und ballte seine Faust um den Stoff. »Hauptsache, ich kriege meinen Anteil.«

Die Sirenen ertönten. Der Kapo rief die Männer zur Inspektion. Alexander ließ Isidor los, wischte sich mit dem Ärmel die Nase und ging in den Hof hinaus zu den stummen Bäumen, deren kahle Äste sich zum Himmel streckten.

Wolken verdunkelten die Sterne und ein kühler Luftzug streifte Alexanders Gesicht. Aber er dachte nicht an den bevorstehenden Winter und daran, ob er in der Kälte überleben würde. Er dachte an morgen und daran, ob er am nächsten Tag immer noch seine Arbeit hatte.

Bei ihrer Rückkehr marschierten sie wie immer am Kontrollpunkt vorbei Richtung Baracke.

Die hämische Stimme der Ratte übertönte den Gesang der Vögel. »Hüpfen, rollen, laufen, drehen!«

Eine Gruppe von Häftlingen befolgte eilig seine Befehle. Die Männer fielen auf die Knie und rollten über den Kies. Die Hosenbeine waren so durchgescheuert, dass man die blutigen Knie sah. Alexander blickte zu den weißen Sternen hoch. Dort oben war kein Gott. Die Geschichten, die man ihm im Unterricht erzählt hatte, waren nichts als Lügen. Die Gerechten wurden nicht belohnt, die Bösen nicht bestraft. Er holte einen Kanten Brot aus seiner eingenähten Tasche und reichte ihn der Ratte. Der Mann nickte kurz, dann trat er beiseite und ließ ihn vorbei.

Alexander kletterte sofort in sein Stockbett und zog sich die Decke über den Kopf. Isidor legte sich neben ihn, schob irgendetwas unter die Decke und drehte sich auf die andere Seite. Alexander tastete nach dem Gegenstand. Es war ein ganzer Berg von Zigaretten, die mit einer Schnur zusammengebunden waren.

»Dein Anteil«, sagte Isidor. Seine Stimme war kalt wie der Winter. »Wir sind quitt.«

Alexander versteckte die Zigaretten unter der Matratze, vergrub sich in sein Bett und wartete. Aber da war kein Kloß in seiner Kehle, kein Druck auf seiner Brust, keine Schuldgefühle, die er hätte niederkämpfen müssen, keine Gewissensbisse. *Du bist eine Festung,* sagte er zu sich. *Eine undurchdringliche Steinmauer. Ein Fels.*

Warum fühlte er sich dann innerlich so leer?

✡

Als er am nächsten Tag aufwachte, regnete es in Strömen. Er ging vor die Baracke, schlug den Kragen hoch und hielt ihn fest, um nicht sofort pitschnass zu werden. Die Ratte räusperte sich kurz, dann ratterte sie die Nummern aller Mitglieder des Stalltrupps herunter. Serafin war tot und der Kommandeur würde einen Schuldigen bestrafen wollen. Alexander wagte nicht, Luft zu holen. Er würde bestimmt nach Birkenau zurückgeschickt werden. Einer nach dem anderen traten alle Stallburschen nach vorn. Die Ratte blickte auf das Blatt Papier und rief die letzte Nummer auf: A10567.

Alexander atmete aus. Er nahm seinen Platz in der Reihe ein und marschierte hinter dem Blockführer her. Bei jedem Schritt durch den Schlamm machten seine Stiefel ein schmatzendes Geräusch. Der Kapo wartete bereits am Haupttor. Sein Gesicht war unter seinem großen schwarzen Regenschirm nicht zu erkennen.

Alexander hatte gehofft, aus der Miene des Kapos ablesen zu können, welches Schicksal ihn erwartete. Aber die Augen des Mannes waren verborgen, also musste er mit einem Knoten im Magen darauf warten, bis er aufgerufen wurde.

»A10567!«

Alexander schlurfte nach vorn. Er hätte eigentlich froh sein müssen, dass seine Nummer auch dabei war. Sie würden ihn sicher nicht den ganzen Weg bis zu den Ställen marschieren lassen, nur um ihm dort zu sagen, dass er seine Arbeit los war. Es hätte sich wie ein Triumph anfühlen müssen. Stattdessen war er einfach nur müde.

Die Erde war so aufgeweicht, dass Alexanders Stiefel voller Schlamm und seine Hose durchnässt war, als er schließlich am Stall ankam. Der Kommandeur stand im Freien und wartete auf den Stalltrupp, ein SS-Mann neben ihm schützte ihn mit einem Schirm gegen den weinenden Himmel. Er zählte die Männer durch und schickte sie zu ihren Pferden – bis auf Alexander, dem er befahl, vor der Box von Kastanie zu warten.

»Du brauchst dich nicht mehr um Kastanie zu kümmern. Ich habe einen neuen Jungen angefordert. Zeig ihm, wo er das Stallzeug für das Pony findet und wie er es füttern soll«, befahl der Kommandeur.

Das war's also, dachte Alexander. *Mein letzter Tag bei den Pferden.* Er ging zur Box des Ponys und ließ sich gegen die geschlossene Tür fallen. Auf der anderen

Seite der Tür hörte er Kastanie leise wiehern, und er fragte sich, ob er die Gelegenheit bekäme, sich von dem Pony zu verabschieden und dabei noch ein letztes Mal in den Eimer zu greifen und eine Handvoll Getreide zu stehlen.

»Kommandeur Ziegler möchte, dass Jacob sich um Kastanie kümmert«, murmelte der Kapo und zog seinen tropfnassen Mantel aus. »Du wirst ihn heute herumführen und ihm alles zeigen, damit er morgen alleine zurechtkommt.« Er nahm seinen feuchten Schal ab und warf ihn zum Trocknen über die Stalltür. »Zeig ihm, wie man das Zaumzeug anlegt und welchen Sattel er für das Pony braucht«, sagte er und gähnte. Alexander suchte in seinem Gesicht nach einem Ausdruck des Bedauerns, aber sein Blick war leer, und seine Miene verriet nichts.

»Heißt das, ich habe kein Pferd mehr?«, fragte Alexander.

Die Augen des Kapos begannen zu funkeln. Ein Lächeln erhellte sein Gesicht. »Oh doch, das hast du.« Er bugsierte Alexander zu Serafins Box.

Alexander wich gerade noch rechtzeitig zurück, als plötzlich die Tür aufflog und zwei Männer herausgestürmt kamen.

»Verrücktes Vieh«, fluchte der eine und spuckte einen blutigen Zahn in seine Handfläche.

Der zweite Mann humpelte. »Es hat uns zwei Stunden gekostet, bis wir ihn endlich hierhergeschafft hatten«, sagte er mit wildem Blick und wischte sich dann erschöpft den Schweiß ab. Beim Weggehen zog er ein Bein nach. »Viel Glück mit diesem Teufel.«

Alexander zuckte erschrocken zusammen, als sich die Holzbretter krachend bogen, weil das Tier dahinter wie in einem Trommelwirbel seine Hufe dagegenschlug, sodass Alexander schon fürchtete, die Tür würde aus den Angeln fliegen.

»A10567.« Der Kapo stieß Alexander vorwärts. »Darf ich dir das neue Reitpferd des Kommandeurs vorstellen?«

Kapitel 13

Alexander blickte über die Stalltür in die Augen des neuen Hengstes. Das Pferd hatte sich in die hinterste Ecke zurückgezogen und sah Alexander mit hocherhobenem Kopf herausfordernd an.

Alexander schluckte. »Wie heißt er?« Vorsichtig hob er den kalten Metallriegel an. Das Pferd verdrehte die Augen, dass sie fast ganz verschwanden.

»Das weiß ich nicht. Den SS-Leuten ist der Name egal, wenn sie Pferde beschlagnahmen. Der Kommandeur wird es sich nächste Woche anschauen und ihm einen Namen geben.« Der Kapo spähte durch die Tür auf das Pferd und fügte hinzu: »Falls es dann immer noch da ist.«

Alexander starrte in die kohlschwarzen Augen des Hengstes. Ziegler gab seinen Pferden also nur dann einen Namen, wenn er sich dazu entschloss, sie zu behalten. Dann war es leichter, sich ihrer zu entledigen, falls sie den Erwartungen nicht entsprachen. So wie es schwerer war, sie zu erschießen, wenn sie einen Namen hatten. *Genauso wie bei uns,* dachte Alexander.

Der Hengst bleckte die Zähne. Er war rabenschwarz

bis auf eine weiße Blesse und vier perfekte weiße Stiefel. Ein stattliches Pferd, vielleicht fünfzehn Handspannen hoch, sehr muskulös und mit großen, weit auseinanderstehenden Augen und einer breiten Stirn. Ein Araber. Alexander stieß die Tür auf. Das Pferd blähte die Nüstern und machte einen Satz, um Alexander zu vertreiben. Alexander schlug die Tür rasch wieder zu und schob den Riegel vor. Kaum hatte er das getan, rannte der Hengst so heftig gegen die Wand, dass sich die Bretter bogen und Alexander rückwärts zu Boden geschleudert wurde.

»Hat der Kommandeur dieses Pferd überhaupt schon einmal gesehen?« Alexander stand auf und rang nach Luft.

Der Kapo nickte. »Er mag seine Pferde feurig.«

Das Pferd schnaubte und schlug mit den Hufen so heftig gegen die Tür, dass das Holz splitterte.

Alexander respektierte ein Pferd mit eigenem Willen, aber dieses hier war nicht bloß eigensinnig.

»Er ist nicht eigensinnig«, sagte Alexander. »Sondern verrückt.«

»Dann rück ihn gerade.« Das Pferd wieherte, als der Kapo mit dem Stiefel gegen die Tür trat. »Serafin war für den Kommandeur ein Ärgernis. Er will nicht noch ein Pferd, das er nicht gebrauchen kann. Er will, dass der Hengst übernächsten Mittwoch bereit ist, damit er mit ihm ausreiten kann. Du hast also zwölf Tage Zeit, um ihn abzurichten.«

Dieses Pferd wird mehr als nur ein Ärgernis für den Kommandeur, dachte Alexander mit einem Anflug von Panik. *Er wird ihn abwerfen und dann* – Alexander hielt den Atem an –, *dann wird der Kommandeur an diesem Tag zwei Kugeln abfeuern.*

»Du kannst mit dem Pferd draußen auf der Koppel üben, sobald die Kinder weg sind und Kastanie wieder im Stall ist.« Das Gesicht des Kapos wurde weicher. »Du schaffst das schon. Das Pferd braucht nur ein bisschen sanfte Überredung.« Er hob den Riegel. »Du hast viel zu tun. Am besten, du fängst gleich an.« Er machte die Tür auf, stieß Alexander in die Box und schloss die Tür hinter ihm.

Das Pferd legte die Ohren an und bleckte die Zähne. *Siehst du die zurückgelegten Ohren?,* hörte Alexander seinen Vater sagen. *Er wird gleich ausschlagen. Und die gebleckten Zähne? Das heißt, dass er wütend ist und beißen will.* Alexander wich so weit zurück, wie es nur ging.

»Immer mit der Ruhe, Junge«, sagte er leise. Das Blut rauschte in seinen Ohren. »Ich will nur warten, bis du dich abgeregt hast. Ich werde mich nicht bewegen.«

Das Pferd knirschte mit den Zähnen. Alexander blickte in seine Augen, die so hart und schwarz wie polierte Steine waren. Er hatte noch nie ein Pferd abgerichtet. Sari hatte schon einen Sattel getragen, als er zum ersten Mal auf ihren Rücken gestiegen war, und Paprika war für das Zureiten noch zu jung gewesen.

Alexander ging vorsichtig auf das Pferd zu und

streckte die Hand aus. Das Tier stieg und trat mit seinen großen Hufen nach ihm. Als Alexander den Arm vor den Kopf hob, um sich zu schützen, verdrehte das Pferd die Augen und ließ die Hufe fliegen. Alexander musste sich flach gegen die Stalltür drücken, damit er nicht getroffen wurde.

»Wie gut, dass du ihm gleich zeigst, wer hier der Boss ist.« Der Kapo blickte über die Stalltür, als das Pferd seine Hufe wieder auf dem Boden hatte. Alexander lächelte matt. Er hatte gesehen, wie Menschen Pferden ihren Willen aufzwangen. Wie Pferde mit Seilen fixiert wurden oder mit verbundenen Augen so lange geritten wurden, bis sie vor lauter Erschöpfung nicht mehr buckeln konnten. Wie Pferde zu Fall gebracht und festgebunden wurden. Wie Pferde mit Gürteln geschlagen wurden, bis ihr Willen gebrochen war. Als Paprika zwei Jahre alt war, hatte Alexanders Mutter Herrn Gelbert gebeten, sie zuzureiten. Alexander hatte am Zaun gestanden und zugesehen, wie Gelbert das Fohlen eines anderen Jungen sattelte, während er selbst darauf wartete, Paprika zu ihm auf die Koppel zu führen. Als das Fohlen zu dem Jungen zurückgebracht wurde, hatte es blutverschmierte Hinterbeine.

Alexander sah den Araber an. Das Fell an seinem Hals war abgeschabt und die Haut unter dem Seil war rau. Sein Blick fiel auf die Halsschlinge, und er wusste genau, er würde und könnte sie nie benutzen, um das Tier zu unterwerfen. Er würde das Pferd auch nicht mit der Gerte schlagen oder es fesseln. Das würde bei dem Hengst nur Widerstand und Zorn hervorrufen – denselben Zorn, den auch er verspürte, wenn er am Morgen auf seiner Pritsche erwachte und feststellte, dass dies alles Wirklichkeit und nicht nur ein schlimmer Traum war. Wenn man ein Pferd in die Knie zwang, brachte man ihm nur Furcht bei. Alexander erinnerte sich noch gut an den enttäuschten Blick seiner Mutter, als er mit Paprikas Sattel in der Hand von Gelberts Hof zurückgekommen war. Er hatte es nicht fertiggebracht, den Willen des Pferdes brechen zu lassen. Er hatte es damals nicht gekonnt und er konnte es auch jetzt nicht. Gerade hier nicht.

Ich bin kein Stein. Alexander blickte zu dem Pferd auf. *Jedes Mal, wenn ich in den Lauf eines Gewehrs gestarrt habe und so getan habe, als wären mir die anderen egal, bin ich nicht stärker geworden, sondern habe mich selbst ein Stück mehr aufgegeben.* Alexander sank auf die Knie. Er war keine undurchdringliche Mauer. Er war eine Schale, eine leere Hülle, die beim ersten Windstoß davongeweht werden würde. Er wusste nicht, was der nächste Tag bringen würde, und zum ersten Mal seit langer Zeit war es ihm gleichgültig.

»Ich kann das nicht mehr«, sagte er und blickte in die dunklen Pferdeaugen.

Er stand auf und ging zu dem Hengst. Es war besser, in einem Stall von einem Pferd totgetreten zu werden, als von der Hand eines SS-Soldaten zu sterben. Er betrachtete die muskulösen Beine des Tieres. *Nur ein kurzer Tritt an den Kopf, und das war's.* Alexander trat noch einen Schritt vor.

Der Hengst bleckte die Zähne und schlug mit beiden Hinterfüßen aus. Er verfehlte sein Ziel, riss aber das Regal von der Wand. Ein Eimer, eine Flasche Pferdeshampoo und ein Hufkratzer fielen auf den Boden.

»Was ist denn hier los?« Isidor stieß die Tür auf.

»Nichts«, sagte Alexander, ohne ihn anzusehen. »Ich schließe nur gerade Bekanntschaft mit dem neuen Hengst des Kommandeurs.«

»Schließt du Bekanntschaft oder bist du lebensmüde?« Isidor packte Alexander am Ärmel und zog ihn zur Tür. »Du hast deine Schwester verloren, aber bestimmt gibt es jemanden, der auf dich wartet.«

»Ich werde seinen Willen nicht brechen. Ich kann es nicht.«

»Dann musst du eben einen anderen Weg finden«, sagte Isidor. »Du kennst dich mit Pferden besser aus als alle anderen.«

Alexander sah wieder in das dunkle Gesicht des Hengsts. Er würde dieses verrückte Tier nur satteln können, wenn es das auch zuließ.

»Ich habe einen Vater und eine Mutter«, sagte Alexander leise, aber Isidor war schon nicht mehr da. Er wandte sich wieder dem Hengst zu, vermied es jedoch, ihm in die Augen zu sehen. Er erinnerte sich daran, wie furchtsam Paprika in den ersten Wochen ihres Lebens in seiner Gegenwart gewesen war. Sein Vater hatte ihm gesagt, dass sie ihn als eine Art Raubtier ansah und dass er erst ihr Vertrauen gewinnen und für sie Teil ihrer Familie werden musste, bevor er sie trainieren konnte. Es hatte Monate gedauert, bis Paprika so weit war.

Für den Araber blieben ihm nur zwölf Tage.

Ich muss zu einem Teil seiner Familie werden. Alexander riskierte einen Blick. Die Augen des Arabers waren schmal und er hatte die Lippen zusammengepresst. Alexander holte tief Luft und wagte einen Schritt auf ihn zu. Er hörte, wie er mit den Zähnen knirschte.

»Ich mach nur einen ganz kleinen Schritt. Ich werde dich nicht anfassen …« Der Araber wieherte gellend, riss die Augen auf und stampfte mit den Füßen. »Brrr!« Seine Flanken waren dunkel vor Schweiß und er spannte alle Muskeln an. »Ich will das genauso wenig wie du, aber ich habe eine Aufgabe zu erledigen, und wenn mir das nicht gelingt, kommt keiner von uns beiden hier wieder raus.« Das Pferd blickte ihn bockig an. »Ich werde dir nicht wehtun, das verspreche ich dir.« Alexander dachte an das, was sein Vater gesagt hatte. *Ein freundliches Wort bewirkt mehr als ein Peitschenschlag.* Der Araber senkte den Kopf und starrte Alexander durch seine Stirnmähne hindurch an.

Alexander bückte sich und nahm etwas Heu in die Hand.

»Bist du hungrig, mein Junge?« Langsam streckte er die Hand aus. »Hier, friss.« Das Pferd schnüffelte.

Alexander hielt dem Hengst das Heu vors Maul, und für einen kurzen Moment berührten seine Finger das schweißnasse Fell, bevor das Pferd zurückwich. Alexander erschrak, als der Araber verängstigt in die Höhe stieg und dann mit zuckenden Muskeln und weit aufgerissenen Augen in den Staub fiel. Er kannte diesen Blick. Er hatte ihn bei Tieren gesehen und auch bei Menschen. Er hatte ihn in den Augen seiner Mutter gesehen an dem Tag, als sein Vater weggebracht worden war. Und er hatte ihn in seinem eigenen Gesicht gesehen, als er in Birkenau zum ersten Mal in einen Spiegel geblickt hatte.

Das Pferd hatte den gleichen Blick wie Lili, als sie aus dem Viehwaggon gestiegen war und die Männer in den blau-weißen Lumpen gesehen hatte. Das Pferd war nicht zornig, es hatte Angst.

»Jemand muss dir sehr wehgetan haben«, sagte Alexander leise. Bei seinen Worten rappelte sich das Pferd wieder auf. »Ich konnte Lili nicht retten.« Alexander spürte, wie ihm die Knie zitterten. »Und wenn der Kommandeur dich in zwölf Tagen loswerden will, dann kann ich nichts dagegen tun.« Alexander ging einen Schritt von der Wand weg. »Wir haben zwölf Tage. Ich kann nicht versprechen, dass wir danach immer noch hier sind, aber ich werde tun, was ich kann.«

Er richtete sich zu seiner vollen Größe auf. Der Araber würde seine Stimmung aufnehmen. Wenn er ängstlich war, dann war das Pferd es auch.

Der Araber. So konnte er ihn nicht nennen. Wenn er das Pferd trainieren sollte, dann brauchte es auch einen Namen. *Jeder verdient einen Namen.* Alexander hatte seinen Vater gefragt, wie Sari zu ihrem Namen gekommen war. *Deine Mutter hat ihn ausgesucht,* hatte sein Vater geantwortet und dabei den geschwungenen Hals des Pferdes gestreichelt. *Sari bedeutet feine Dame. Das passt gut zu ihr, findest du nicht?*

Alexander blickte das Pferd an, seine gefletschten Zähne und die weiße Blesse in dem schwarzen Gesicht.

»Mitternacht«, sagte er schließlich. »Ich werde dich Mitternacht nennen.«

Kapitel 14

Das Pferd stand mit gespreizten Beinen und gesenktem Kopf in der Ecke und atmete schwer. *Verschwende nie die ersten paar Tage im Leben eines Fohlens,* hatte Alexanders Vater gesagt und Paprika dazu ermuntert, ihre ersten zaghaften Schritte weg von Sari zu unternehmen. *Sie hat Angst, alles ist neu, und sie erwartet von uns, dass wir ihr ein Zuhause geben.*

Alexander senkte den Kopf und ließ die Schultern hängen. Das Pferd schien von seinem Blick eingeschüchtert zu sein, vielleicht würde es helfen, wenn er so tat, als würde er ihm keine Aufmerksamkeit schenken. *Er soll sich erst an meinen Geruch und meine Stimme gewöhnen, und dann, wenn er mir vertraut, werde ich ihm einen Sattel auflegen und ihm dem Kommandeur übergeben.* Alexanders Herz pochte. Das Pferd hatte guten Grund, Angst zu haben.

Im Stall war es kalt, aber Alexanders Hände waren feucht. Mit dem verfilzten Schweif zwischen den Beinen stand der Hengst in der Ecke. *Wie kann ich ihm zeigen, dass ich ihm nichts tun will?* Alexanders Herz pochte immer noch heftig. Wenn er wollte, dass Mitternacht sich beruhigte, dann musste er zuerst selbst zur Ruhe kommen. Er atmete langsamer und überlegte, wann er das letzte Mal entspannt gewesen war, wann er sich das letzte Mal sicher gefühlt hatte. Er schloss die Augen und kehrte in Gedanken in die Küche am Gregorweg Nummer sechs zurück. Seine Mutter machte Apfelstrudel. Sie warf den Teig auf den Tisch und rollte ihn aus, knetete und zog ihn, fügte Apfelschnitze, Rosinen und Zimt hinzu. Das Radio war eingeschaltet und sein Terrier Spitz leckte den Zucker vom Boden auf. Alexander war acht Jahre alt und es gab weder gelbe Sterne noch Stacheldrahtzäune. Er hatte einen besten Freund und einen Platz in der Fußballmannschaft … Doch dann nahmen sie ihm den Vater weg. Alexander fluchte leise. Jedes Mal, wenn er an früher dachte, verfinsterten sich die Erinnerungen, und er wäre am liebsten in ein Loch gekrochen.

Mitternacht trat schnaubend gegen die Wand.

»Was ist los?«, rief der pockennarbige Soldat vom Gang her. »Bring dein Pferd unter Kontrolle, sonst peitsche ich euch beide aus.«

»Ja, Herr!«, erwiderte Alexander schnell, damit der Wachmann blieb, wo er war. »Es wird nicht noch einmal passieren.«

Es wird nicht noch einmal passieren? Alexander fuhr mit den Fingernägeln über seine Handfläche. *Du bist ein Idiot, Altmann. Ein Idiot ohne einen Plan.* Er lockerte die Fäuste und schüttelte die Arme aus. Er musste ruhig bleiben. Vielleicht sollte er mit dem Pferd reden, obwohl ihm eigentlich gar nicht nach Reden zumute war. Er war noch nie sehr gesprächig gewesen, aber jetzt blieb ihm nichts anderes übrig.

»Ich verstehe, warum der Kommandeur dich ausgesucht hat.« Er senkte den Blick und sprach ganz leise. »Du bist ein schönes Pferd. Gerade Fesseln, keine Schwellungen, lange Beine, gute Füße.« Der Hengst ließ den Schweif locker hängen. Alexanders Worte schienen ihn zu beruhigen.

Die Männer, die das Pferd in die Box verfrachtet hatten, hatten eine Karotte im Stroh liegen lassen. Alexander hob sie auf und hielt sie ihm hin. Mitternacht stampfte mit den Hufen.

»Die ist für dich«, lockte ihn Alexander. Er versuchte, die Hand ruhig zu halten. »Lass dir Zeit.« Er bemühte sich, keine hastige Bewegung zu machen.

Mitternacht drehte sich blitzschnell um und schnappte.

»Aua!« Alexander befreite seinen Arm aus dem Maul des Pferdes und stolperte rückwärts. Nur mit Mühe hatte er einen Schrei unterdrücken können. Sein Ärmel war zerrissen. Der Hengst hatte einen blutigen Stofffetzen zwischen den Zähnen. »Du Bastard!«, fuhr Alexander ihn an. Er umklammerte seinen Arm und starrte auf die Stelle, wo man die Spuren der Pferdezähne sehen konnte. Dann rappelte er sich auf. »Wenn du auch nur einen Schritt näher kommst …« Mit der unverletzten Hand ergriff er eine Mistgabel und stocherte in der Luft. Angst und Zorn waren stärker als der Schmerz. Eine merkwürdige Hitze stieg in seiner Brust auf und er wagte einen Satz auf das Pferd zu. Sein Gesicht wurde immer heißer und seine Kehle war wie zugeschnürt. »Denkst du, du kannst mich herumschubsen? Glaubst du, ich stehe nur da und lasse mir das gefallen?« Er richtete die Zinken gegen das Pferd. Der Hengst zog sich in eine Ecke zurück und ließ die Hufe gegen die Wand krachen. »Glaubst du, du kannst tun, was du willst, und ich wehre mich nicht?« Mitternacht wieherte. Alexander spürte ein heißes Prickeln auf der Haut. Es war ein gutes Gefühl, sich zu wehren, selbst wenn seine Wut sich gegen den Falschen richtete. Er fuchtelte noch einmal mit der Mistgabel herum, dann ließ er sie fallen. Er war nicht wütend auf das Pferd, er war wütend auf die Welt, wütend auf sich und wütend auf Gott.

Er schnappte die Karotte und steckte sie sich in den Mund. Das Seil, das um den bebenden Hals des Pferds gebunden war, erinnerte ihn an ein Bild in einem Buch aus dem Regal seines Vaters. Darin ging es um den berühmten Pferdeflüsterer John Rarey, der die Vorderbeine seiner Pferde gefesselt hatte. Dann hatte er die Tiere dazu gebracht, sich hinzulegen, damit er sie streicheln und ihnen so zeigen konnte, dass sie keine Angst zu haben brauchten. Alexander seufzte. Mitternacht würde ganz sicher nicht zulassen, dass er das Seil anfasste, und selbst wenn er es in die Hände bekam, konnte er den Hengst nicht auf die Knie zwingen. Alexander hatte gesehen, was der Kommandeur dem Stallburschen angetan hatte, der sein Pferd reiten wollte. Er mochte sich gar nicht erst ausmalen, was der Mann mit einem Juden machte, der sein Pferd in die Knie zwang. Alexander nahm die Mistgabel und lehnte sie gegen die Wand. Er hatte das Gefühl, mitten in einem tiefen dunklen Brunnen zu sitzen, aus dem es kein Entrinnen gab.

Ein kalter Schmerz kroch durch seinen Arm. Er schloss die Augen und stützte die Hände auf die Knie. Es musste einen Ausweg geben.

✡

Alexander wippte auf den Zehen, damit seine Füße nicht einschliefen. Sein rechtes Bein war taub, weil er so lange auf der Stelle gestanden hatte. Trotzdem war er noch keinen Schritt weitergekommen. Mitternacht vertraute ihm immer noch nicht. Die letzten drei Stunden hatte er damit verbracht, das Pferd zu ignorieren, um ihm den Eindruck zu vermitteln, dass sie jede Menge Zeit hatten und es keinen Grund gab, ins Schwitzen zu geraten. Die dunklen Ovale unter seinen Achselhöhlen verrieten das Gegenteil. Er hatte zwölf Tage, um den Araber zu satteln – und nicht die geringste Ahnung, wie er das bewerkstelligen sollte. Jedes Mal, wenn er versuchsweise einen Schritt näher an ihn heranging, schnappte Mitternacht nach ihm.

Sein verletzter Arm pochte und seine Kehle war ausgetrocknet. Wenn das Pferd doch nur sprechen könnte. Wenn es Alexander doch einfach sagen könnte, aus welchem Grund es so scheu war. Weder sein Kopf noch sein Hals noch seine Beine wiesen irgendwelche Verletzungen oder Narben auf. Auch sein Rücken und seine Schultern nicht. Was auch immer ihm zugestoßen war, es war tief unter die Haut gegangen.

»Ich habe es verstanden«, sagte Alexander ruhig. »Du bist schlecht behandelt worden. Genauso wie ich.«

Mitternacht schnaubte und stampfte.

»Wir haben alle so manche Grausamkeiten erlebt.« Alexander versuchte, die richtigen Worte zu finden. »Du darfst nicht zulassen, dass es dich bitter macht.« Er richtete die Augen auf Mitternachts Flanke. »Du kannst nicht allen misstrauen.«

Alexander verließ die Box, um Wasser zu holen. Die Wolken standen tief und bedrohlich am düsteren Himmel. Er zog seine Jacke enger um sich und eilte zum Trog.

»Was ist mit deinem Arm passiert?« Bei Alexanders Anblick zog Isidor seinen Eimer aus dem Wasser.

»Nichts, das ist nur ein Kratzer.«

»Nur ein Kratzer?« Isidor runzelte die Stirn. »Sieht aus wie ein Biss.«

Alexander hob den Eimer aus dem Trog. Er wusste, er müsste Isidor eigentlich dafür danken, dass er zu ihm gekommen war und ihm zugeredet hatte, aber er fand keine Worte.

»Es ist das Pferd, oder?« Isidor rannte Alexander hinterher. »Wenn du Hilfe brauchst …«

»Nein.« Alexander drehte Isidor den Rücken zu. »Ich schaffe das schon.«

»Ich weiß.« Isidor hielt Alexander die Stalltür auf. »Wenn du irgendetwas brauchst oder reden willst …« Er wurde rot. »Über das Pferd … oder deine Schwester.«

»Nein, danke.« Alexander hantierte geschäftig mit den Bürsten. Über Lili zu sprechen, würde sie nicht zurückbringen, und über Mitternacht zu jammern, würde ihn nicht zähmen. Er betrat die Box und stieß mit dem Fuß die Tür hinter sich zu.

Das Pferd trank gierig, und als Alexander ihm eine Stunde später einen Eimer mit warmem Getreidebrei vorsetzte, leckte es den Eimer sauber. Alexander versuchte erst gar nicht, das getrocknete Blut von Mitternachts Hals zu waschen oder den Schmutz von seinen Hufen zu bürsten. Er stand mit niedergeschlagenen Augen und gesenktem Kopf da, in der Hoffnung, dass das Pferd ihn irgendwann als Teil des Stalls ansehen würde, der nicht bedrohlicher war als die Holztür oder das Regal. Alexander verließ an diesem Tag nur dreimal die Box, einmal, um Wasser zu holen, einmal für den Getreidebrei und einmal, weil er auf die Toilette musste.

Ihm war ganz schwindlig vor Hunger, als er schließlich den Stall verließ, um mit den anderen den langen Rückmarsch nach Auschwitz anzutreten. Es nieselte, sein Hals juckte von dem feuchten Kragen, und sein Arm pochte. Die Männer rochen wie nasse Schafe.

»Drei Tote.« Der Kapo nickte Höß zu, als sie am Kontrollpunkt vorbeikamen. Alexander marschierte hinter ihm her durch das Lagertor, vorbei an den blattlosen Birken bis zu dem großen Backsteingebäude, in dem ihr Trupp einmal im Monat rasiert und desinfiziert wurde. Er ließ seine regennassen Kleider auf der Bank zurück und stellte sich in die Reihe. Mit der rechten Hand verdeckte er seinen verletzten linken Arm. Nach dem Duschen kehrte er noch nass in die Baracke zurück. Seine Kopfhaut stach, wo er rasiert worden war. Sein Arm pulsierte.

»Willst du was?« Ein grobknochiger Russe streckte ihm einen trockenen Kanten Brot hin. Aber Alexander hatte alle Zigaretten von Isidor gegen einen Schal eingetauscht. Er stieg in sein Stockbett und zog die Decke hoch, doch die Kälte drang ihm trotzdem unter die Haut. Auf den Herbst würde bald der Winter folgen und er wollte darauf vorbereitet sein. Er musste Zigaretten horten und Zuckerwürfel stehlen, damit er sich einen Mantel kaufen konnte. Er überlegte, ob Baumann wohl auch Mützen anbot. Er brauchte eine wärmere Hose und dickere Strümpfe. *Falls ich den Winter überhaupt noch erlebe,* dachte er bitter. *Elf Tage. Ich habe elf*

Tage, um ein Pferd zuzurichten, das sich vor seinem eigenen Schatten fürchtet. Elf Tage, um das umzusetzen, was Vater mir beigebracht hat. Er atmete tief aus und versuchte, keine Panik aufkommen zu lassen. *Ich kann das nicht. Niemals.* Er grub die Fingernägel in die Hand. *Ich habe nicht die geringste Ahnung, wie man ein wildes Pferd zähmt. Mitternacht weiß das. Und in elf Tagen weiß der Kommandeur es auch.*

Kapitel 15

Alexander verbrachte die nächsten drei Tage damit, still wie ein Pfosten zu stehen und darauf zu warten, dass Mitternacht ihm entgegenkam, ihm ein Zeichen gab oder einen Schritt auf ihn zumachte. Sein Plan ging nicht auf. Seine Stimme und sein Geruch waren dem Pferd inzwischen so vertraut wie die Holzbalken seiner Box, aber sobald Alexander dem Hengst auch nur ein bisschen zu nahe kam, trat er nach ihm. Er vertraute Alexander genauso wenig, wie Alexander den Wachen vertraute. Das Wetter machte es nicht besser. Der Sturzregen prasselte auf das Blechdach und machte den Hengst nervös. Jedes Mal, wenn es am Himmel donnerte, scharrte Mitternacht ängstlich mit den Hufen.

»Wie ich sehe, ist immer noch das Pferd der Boss.« Der Kapo spähte über die Tür. »Du hast noch acht Tage.« Er nickte Alexander zu und ging weiter. Alexander sah ihm hinterher. Es ärgerte ihn, dass der Kapo längst erkannt hatte, was Alexander erst jetzt begriff.

Der Kapo hatte recht, so kamen sie nicht weiter. Alexander blickte dem Pferd direkt in die Augen. Mitternacht war immer noch der Boss. Die ganze Zeit hatte

Alexander versucht, sein Vertrauen zu gewinnen, dabei hätte er sich vielmehr Respekt verschaffen müssen. Als sein Vater ihm erklärt hatte, dass Paprika sich fürchtete, und Alexander dazu aufgefordert hatte, ihr ein Zuhause zu geben, hatte er auch noch etwas anderes gesagt. Etwas, das Alexander erst jetzt wieder eingefallen war. *Sie sucht nach einem Anführer, der ihr zeigt, wo's langgeht.*

Er blickte auf seine zerlumpten Kleider, auf seine Stiefel mit den losen Sohlen an den spindeldürren Beinen. »Ein Anführer bin ich nicht gerade«, sagte er und machte einen Schritt auf das Pferd zu. »Aber du wirst dich mit mir begnügen müssen.« Mitternachts Augen wurden rund und er wich einen Schritt zurück. »Ich weiß nicht, was dir zugestoßen ist, dass du so ängstlich bist«, fuhr Alexander fort und blickte dabei in Mitternachts schwarzes Gesicht. »Und weißt du, was? Es ist völlig egal. Du wirst mir vertrauen müssen. Ich bin alles, was du hast.«

Ein Blitz tauchte den Himmel in metallisches Licht. Mitternacht machte einen Satz zur Seite. Alexander nahm einen Eimer und tauchte sein Gesicht ins Wasser, um zu trinken. Dann holte er eine Handvoll Rüben aus dem Futtereimer und stopfte sie sich in den Mund.

»Von jetzt an werde *ich* zuerst essen und trinken.« Er stellte den Eimer auf den Boden und wappnete sich innerlich. Seit der Hengst ihn in den Arm gebissen hatte, war er ihm nicht mehr so nahe gekommen. Mitternacht mochte es nicht, in die Enge getrieben zu werden. Alexander hatte ihm genug Raum gelassen, dabei hätte er genau das Gegenteil tun sollen. Er nahm ein paar Rüben und ging, ohne auf den finsteren Blick des Hengsts zu achten, auf ihn zu. Er blickte betont an ihm vorbei, und die ganze Zeit über sprach er mit ihm, deckte mit der Hand die Rüben ab und tat so, als würde es ihm nichts ausmachen, dass Mitternacht ihn weit überragte.

Der Schweißgeruch des Arabers vermischte sich mit seinem. Dann hatte er seine rechte Hand plötzlich unter dem Maul des Pferdes. Mitternacht hatte nicht einmal Zeit zurückzuschrecken.

Alexander schluckte. Er hielt die Hand ruhig und versuchte herauszufinden, wer von ihnen den stärkeren Willen hatte. Aus der Nähe war Mitternacht noch furchteinflößender. Unter seinem tintenschwarzen Fell war sein Muskelspiel zu sehen. Die weißen Blitze tauchten seinen Hals in ein helles Licht. Alexander wagte einen weiteren Schritt. Als der Donner nachließ und aus dem Regen Hagel wurde, stand er Schulter an Schulter mit dem Pferd. Das Trommeln der Hagelkörner klang wie Schüsse. Mitternacht wieherte laut und ließ Alexander keine Sekunde aus den Augen. Als wäre er zu dem Schluss gekommen, dass Alexander tatsächlich der Stärkere war, senkte er plötzlich den Kopf und blies durch seine Nüstern.

Alexander blieb der Mund offen stehen. *Mitternacht überlässt mir die Führung!*, dachte er fassungslos. Er hielt seine flache Hand vor das Maul des Pferdes, und um auch ja keine Zeit zu verlieren, berührte er mit der anderen Hand das Tier, allerdings nur ganz leicht und mit bebenden Fingern. Er behielt die Hand so lange dort, bis der Hengst zu zittern aufhörte.

Als Mitternacht auch noch die letzten Reste aufgefressen hatte und sein Bauch voll und seine Augen schwer waren, nahm Alexander die Hand wieder weg und holte eine Bürste aus dem Regal.

Er hatte die Bürste mit den weichsten Borsten ausgesucht, aber als er wieder vor dem stampfenden Pferd stand, fragte Alexander sich doch, ob er die Dinge nicht vielleicht überstürzte. Er streckte die Hand aus und wartete. Es dauerte nicht lange und der Hengst schnüffelte an den weichen Borsten.

Alexander legte die Bürste auf das Bein des Pferds. Es wich erschrocken zurück und schien nach ihm treten zu wollen. Alexander murmelte beruhigend und fuhr mit der Bürste in langen, weit ausholenden Kreisen über das Hinterbein, bis der Hengst seinen Schweif locker ließ und nicht mehr schauderte.

»Wir müssen dich waschen.« Alexander griff nach einem Lappen. Das Seil um den Hals hatte die Haut aufgerieben und das Fell abgeschabt. Alexander tauchte den Lappen in einen Eimer und wusch mit dem tropfenden Stofffetzen das getrocknete Blut vom Hals. Als er den Lappen über Mitternachts Kopf ausdrückte, riss das Pferd die Augen auf, und als er dann mit dem

Lappen über den Nacken hinweg bis zu seinen Augen strich, wich Mitternacht zurück. Er riss das Maul auf und stieg in die Höhe. Seine kräftigen Vorderbeine sausten durch die Luft, aber bevor er wieder aufkam, sprang Alexander rasch zur Seite.

»Also gut«, stieß Alexander keuchend hervor. »Ich werde deinen Kopf nicht anfassen.« Er ließ den Lappen in den Eimer fallen und ärgerte sich über sein Pech. Warum musste er ausgerechnet ein kopfscheues Pferd erwischen? Wie zum Teufel sollte er ihm jemals das Halfter überstreifen? *Das braucht Zeit,* hätte sein Vater jetzt gesagt. *Zeit und Geduld.* Aber er hatte keine Zeit. Ihm blieben nur noch acht Tage. Er musste es heute schaffen, das Halfter anzulegen. Alexander ging im Geiste alles durch, was er dem Pferd beibringen musste, bevor der Kommandeur es reiten konnte. Sein Magen grummelte, aber er hatte keine Zeit fürs Mittagessen. Er stopfte sich eine Handvoll Heu in den Mund. Es war trocken und fad und kratzte in seinem Hals, aber er spuckte es nicht aus. Er kaute, bis das Heu ein Breiklumpen war, dann schluckte er es hinunter. *Man kann sich an alles gewöhnen,* dachte er und fuhr mit den Händen durchs Stroh. In Auschwitz hatte er sich an so vieles gewöhnt: an Blut und Hunger, an schmutzigen Rauch und an den Tod. Selbst Gewehrschüsse schreckten ihn nicht mehr auf. Er hatte schon so viele gehört, dass er dagegen abgestumpft war.

Alexander blickte zuerst den Hengst und dann das

Lederhalfter an, das an einem Haken an der Wand hing. »Wenn du etwas oft genug siehst, dann verlierst du die Angst davor«, sagte er. Entschlossen nahm er Serafins Halfter.

»Es wird dir nicht wehtun.« Er strich mit den Fingern über die Lederriemen. »Es ist ganz harmlos.« Er warf das Halfter von einer Hand in die andere. Mitternacht verfolgte mit seinen dunklen Augen jede Bewegung. Alexander balancierte das Halfter auf seinem Kopf. Er streckte den Finger durch die Messingringe und hoffte, dass er damit Mitternachts Neugier wecken konnte. Dann legte er es auf den Boden und ging zwischen dem Halfter und dem Pferd hin und her, bis der Hengst seine Muskeln entspannte und sein Rücken locker wurde.

»Also gut.« Alexander schlang sich das Genickstück des Zaumzeugs um den Hals. »Jetzt bringe ich es dir.« Langsam ging er auf das Pferd zu, blieb jedoch sofort stehen, sobald Mitternacht zurückwich. Erst beim vierten Mal ließ das Pferd ihn an sich herankommen.

»Lass dir Zeit.« Alexander hielt ihm das Halfter hin. »Aber nicht zu lange.«

Mitternacht hob den Kopf, kam einen Schritt näher und schnüffelte am Leder.

»Braver Junge!« Alexanders Angst schmolz dahin. Er tätschelte das Pferd, legte die Arme über seinen Rücken und drückte die Wange an seinen Hals. »Ich habe dir gleich gesagt, dass wir es schaffen«, murmelte er und kraulte dabei Mitternachts Schulter. Das war die Stelle, an der Sari sich am liebsten streicheln ließ: dort, wo der Hals in den Widerrist überging. Alexander richtete sich auf und ließ die Hände sinken. Er spürte, wie seine Gefühle ihm entglitten. *Du bist hier, um eine Aufgabe zu erledigen,* ermahnte er sich. *Leittiere schmusen nicht. Sie versuchen nicht, Freundschaft zu schließen. Sie fordern Respekt ein und erwarten gutes Benehmen.* Er holte eine Karotte aus seiner Tasche und fütterte das Pferd. Dann nahm er entschlossen die Schultern zurück und kehrte Mitternacht den Rücken zu.

Er ging immer wieder hin und her, bis ihm die Arme wehtaten und sein Körper ganz steif war. Er marschierte so lange auf und ab, bis der Hengst es zuließ, dass Alexander ihn mit dem Halfter berührte. Als er es endlich tat, ohne den Schweif zwischen die Hinterbeine zu klemmen, holte Alexander eine zweite Karotte aus der Tasche. Jedes Mal, wenn das Pferd sein Gewicht verlagerte oder die Muskeln anspannte, ging Alexander zur Tür. Es gab keinen Grund, den Hengst dafür zu bestrafen, dass er sich fürchtete. Wegzugehen war für ihn Bestrafung genug. Mitternacht war kein zorniges Pferd. Er hatte nur Angst und wollte auf keinen Fall allein sein. Er war ein Pferd, und das bedeutete, er war ein Herdentier. Es lag in seiner Natur, die Gesellschaft zu suchen.

Der Morgen verstrich. Es wurde Mittag und dann Nachmittag. Alexander brauchte drei Stunden und ein ganzes Bündel Karotten, bis er mit dem Halfter Mitternachts Nase berühren konnte, ohne dass das Pferd scheute. Er würde den Araber bald nach draußen führen müssen. Aber wenn er ihn drängte, dann würde der Hengst bockig werden, und er müsste wieder ganz von vorne anfangen. Ein ums andere Mal legte er das Halfter an Mitternachts Nase. Am späten Nachmittag, als nur noch ein paar Stunden Tageslicht übrig waren, senkte das Pferd endlich den Kopf und ließ es zu, dass Alexander das Halfter über sein Maul legte. Alexander griff lächelnd in die Mähne und zog den Hengst zu sich.

»Wie wär's mit einem kleinen Spaziergang?« Er schlang das Seil durch den Halfterring und ging zur Tür. Er wünschte, sein Vater wäre hier, um das zu erleben. »Du würdest ihn mögen«, flüsterte er in Mitternachts Ohr.

Drei Wachmänner sahen zu, wie Alexander den Hengst nach draußen führte. *Lass sie glotzen,* dachte Alexander. *Lass sie den Jungen anstarren, der ein wildes Pferd gezähmt hat.* Mit stolzgeschwellter Brust und hocherhobenen Hauptes marschierte er an ihnen vorbei. Heute war er nicht nur eine Nummer. Heute war er ein Leittier, ein Pferdetrainer, ein Cowboy, ein Mann. Der Kapo drückte ihm ein paar Zuckerwürfel in die Hand. Alexander ließ sie in die Tasche gleiten, verstärkte seinen Griff um das Führseil und trat in den Hof hinaus.

Die Koppel war leer und der Hof verlassen, bis auf zwei Wachen, die im Schutz der Bäume standen. Alexander streckte seine Zunge heraus, um den Regen aufzufangen. Er war froh, dass er einen Packen Zigaretten gegen einen warmen Schal eingetauscht hatte. Es war gut, im Freien zu sein, auch wenn der Regen wie ein dicker Vorhang herunterfiel und der Boden nur noch aus Schlamm bestand. Die letzten Tage hatte er in der Pferdebox verbracht, dabei gehörte er genau hierher: mit einem Pferd auf eine Koppel, die Taschen voller Zuckerwürfel und immer den Geruch von Stroh an den Kleidern. Das Blut schoss Alexander ins Gesicht. Fühlte sich so Glück an? Er konnte sich nicht mehr erinnern. Am Tor blieb er stehen und legte die Hand auf den Riegel. Er hoffte, dass es für Mitternacht noch nicht zu früh war, um auf die Koppel zu gehen. Das Pferd war seit vier Tagen im Stall eingesperrt gewesen, und es erinnerte sich bestimmt noch daran, wie es ängstlich wiehernd durch den Hof gezerrt worden war.

Ein Blitz erhellte den Himmel. Entsetzt sah Alexander, wie Mitternacht die Ohren zurücklegte und die Nüstern blähte. Der Hengst war angespannt wie ein Gummiband. Alexander erschrak, denn er kannte diesen Blick. Es war der Blick eines Pferdes, das sich jeden Augenblick losreißen konnte. Er nahm die Schultern zurück und blickte so finster und entschlossen wie nur möglich. *Ich muss groß sein. Groß genug, um ihm zu zeigen, wer der Herr ist.* Er schob den Riegel zurück und stieß das Tor auf.

»Rein mit dir!« Alexander zog das Seil straff und

behielt sowohl den Hengst als auch die Wachen im Auge. Das Pferd schnaubte laut und die Soldaten hörten auf zu reden. »Komm schon, Junge«, bat Alexander. Er grub seine Fersen in den schlammigen Boden und packte das Seil noch fester. Mitternachts Fell war dunkel von Schweiß und seine Augen rollten wild.

»Bring ihn unter Kontrolle«, rief einer der beiden Soldaten und kam unter dem Blätterdach hervor. Alexander zerrte wieder am Seil, aber es nützte nichts. Der Hengst war dreimal so groß wie er, und wenn er sich aus Alexanders Griff befreien und über den Hof galoppieren wollte, gab es nichts, was ihn aufhalten würde. Als Alexander merkte, wie ihm das Seil immer mehr entglitt, geriet er in Panik.

»Die Blitze tun dir nichts. Mitternacht, bitte«, flehte er leise. Die beiden Soldaten kamen näher.

»Bist du taub«, zischte der größere der beiden. »Sieh zu, dass dein Pferd Ruhe gibt, sonst sorge ich dafür.«

Ein Blitz zuckte durch die Wolken. Angstvoll wiehernd machte Mitternacht einen Satz rückwärts, um sich loszureißen.

»Das erledige ich«, hörte Alexander einen der Soldaten rufen.

Im selben Moment, als der Hengst wieder mit den Vorderfüßen aufkam, sah Alexander, wie der Soldat seinen Mantel aufknöpfte und nach der Waffe griff.

Kapitel 16

Alexander waren seine vom Seil aufgeschürften Finger egal, als er sah, wie Mitternacht über den Hof galoppierte.

»Nicht schießen!«, rief er den Soldaten hinterher, die sich an die Verfolgung machten. Ein weiterer Blitz tauchte die Wolken in ein silbriges Licht. Als Mitternacht für einen Moment stehen blieb und zum Himmel blickte, bekam Alexander das Seil zu fassen. Er packte das zerfaserte Ende und grub die Fersen in den Boden. Aber der Hengst setzte sich sofort wieder in Bewegung und zog Alexander wie einen Sack Getreide hinter sich her über den steinigen Boden.

Alexanders Hose riss auf, und die Knöpfe sprangen von seiner Jacke, als er über den schroffen Untergrund schlitterte. Seine Handflächen bluteten, aber er hielt das Seil eisern fest. Er konnte nur hoffen, dass das Pferd stehen blieb oder zumindest langsamer wurde und vor dem Stacheldrahtzaun zurückschreckte.

Doch der Hengst beschleunigte sein Tempo sogar noch. Mittlerweile hatte er sogar Schaum vor dem Mund.

»Das schaffst du nicht!«, rief Alexander entsetzt. »Der Zaun ist zu hoch!« Er hörte das Klicken der geladenen Waffe. Ihm war klar, dass es klüger wäre, sich von dem Pferd zurückzuziehen und das Seil loszulassen, aber er brachte es nicht fertig. Es war *seine* Schuld. Der Sturm jagte dem Pferd Angst ein, und wenn es sich gegen den Drahtzaun warf und dabei die Brust aufriss, dann war ganz allein Alexander dafür verantwortlich.

Plötzlich spannte Mitternacht die Hinterbeine an und hob den Kopf.

»Nein!«, brüllte Alexander, als ihm klar wurde, dass der Hengst zum Sprung ansetzte. »H-h-halt!«

Das Seil entglitt seinen Fingern und Alexander schlug hart mit dem Kopf auf. Rasch wischte er sich den Kies aus den Augen und rappelte sich auf. Im allerletzten Moment war der Hengst vor dem Zaun zurückgescheut.

Die Wachen steckten ihre Waffen zurück in die Pistolenhalfter. Mit klopfendem Herzen humpelte Alexander durch den Schlamm. Das Pferd zitterte und hatte den Schweif eingezogen, schien aber unverletzt zu sein, denn nirgendwo war Blut zu sehen. Es war also aus eigenem Antrieb vor dem Zaun stehen geblieben. Es hatte innegehalten, weil er, Alexander, es ihm befohlen hatte. *Mitternacht hat mir gehorcht.* Alexanders Herz wurde ganz weit. *Er hat mir gehorcht und ich habe ihn gerettet.*

Der Hengst senkte den Kopf und leckte sich die Lippen. Alexander war froh, dass dem Pferd nichts passiert war; es war schweißnass und zittrig, aber am Leben. Alexander hatte es tatsächlich geschafft. Er hatte das Pferd gerettet. Er hatte ein Leben gerettet. Alexander fuhr mit der Hand über Mitternachts schlammbespritzten Rücken und stupste ihn an, wie Sari Paprika gestupst hatte.

Er hatte dem Hengst versprochen, ihn zu beschützen, und das hatte er auch getan.

Die Wachmänner verschwanden wieder unter ihren Regenschirmen. »Alles wird gut«, sagte Alexander leise. Und zum ersten Mal seit langer Zeit glaubte er das auch.

»Also schön, dann lass uns weitermachen.« Alexander stieß das Tor auf und der Hengst folgte ihm auf die Koppel. »Fangen wir mit den grundlegenden Dingen an.« Er nahm einen Zuckerwürfel aus der Tasche, um Mitternachts Vertrauen zu stärken, aber als er die Hand ausstreckte, wich das Pferd nach links aus und rannte aufgeregt im Kreis herum.

Alexander stand mitten im Regen, die Kälte kroch unter seine Haut, und der schwarze Schlamm drang durch seine Stiefel. Er hätte das Pferd gleich wieder in den Stall zurückbringen sollen, aber für Reue war es jetzt zu spät. Es wurde bald dunkel, und er würde nicht zulassen, dass die viele Mühe umsonst gewesen war. Alexander sah Mitternacht fest in die Augen. *Wenn du davonspringst, dann nur, wenn ich es dir sage.* Er nahm ein altes Seil vom Zaun und warf es vor Mitternachts Füße, damit das Pferd einen Satz zur Seite machte.

»Du willst laufen?«, brüllte Alexander gegen den Wind an. »Dann los.«

Der Hengst warf den Kopf zurück und drehte mit schnellen, ungleichmäßigen Schritten auf der Koppel seine Runden. Er hatte die Ohren immer in Alexanders Richtung gestellt und ließ ihn keine Sekunde aus den Augen.

Alexander trieb ihn immer weiter an. Er schlug mit dem Seil auf die Erde und zwang den Hengst dazu, eine Runde nach der anderen zu laufen, bis seine Flanken schweißnass waren. Er achtete nicht auf die anderen Häftlinge, die ihre Pferde tränkten und ihn beobachteten. Als die Blitze nachließen, gab er Mitternacht aus seinem festen Blick frei und erlaubte ihm, langsamer zu werden. Er hoffte, dass das Pferd ihn endlich an sich heranlassen würde. Aber Mitternacht wich erneut aus.

»Oh nein, du bleibst hier!« Alexander versperrte ihm den Weg. »Du tust das, was ich dir sage.« Er schnalzte mit dem Seil, schickte den Hengst in die entgegengesetzte Richtung und steigerte das Tempo so lange, bis Mitternacht sich weigerte, auch nur einen Schritt weiterzugehen, und Alexander mit gespitzten Ohren ansah.

»Also gut, Schluss für heute.« Alexander ließ das Seil fallen. Mitternacht verließ seinen Platz am Zaun, um zu ihm zu kommen. Aber als Alexander ihn direkt anblickte, scheute er erneut. So ging das immerzu weiter. Alexander scheuchte ihn im Kreis herum und hoffte, dass der Hengst irgendwann begreifen würde, was er ihm beibringen wollte: Wenn du folgst, kannst du dich ausruhen. Wenn du wegläufst, musst du schwitzen.

Das Kräftemessen fand erst ein Ende, als Alexander ein Stein an der Schulter traf. Er drehte sich um und sah den Kapo mit erhobenem Arm an der Stalltür stehen.

»Bring ihn rein!« Der Kapo ließ den Arm sinken. »In einer halben Stunde ist Abmarsch.« Er ging weg, um auch die anderen Häftlinge in den Stall zu schicken.

Alexander wandte seine Aufmerksamkeit wieder dem Pferd zu. Er musste es irgendwie schaffen, Mitternacht in den Stall zu locken.

»Du hörst erst auf, wenn ich es dir sage.« Alexander versuchte, seine aufsteigende Panik niederzukämpfen. Es waren schon fast alle Pferde für die Nacht in den Stall zurückgebracht worden. Er sah hinüber zu den Wachen. Sie hatten die Pistolen zwar weggesteckt, behielten ihn aber im Auge.

»Du hast den Kapo gehört, also bring ihn rein«, rief der eine und stieß mit dem Fuß das Gatter auf.

Alexander ließ die Arme sinken und rührte sich nicht. Er wartete, bis das Pferd sich entspannte, damit es ihn endlich an sich heranlassen würde. Mitternacht senkte den Kopf und wurde langsamer.

Als das Pferd schließlich direkt vor Alexander stehen blieb, wagte er sich einen Schritt vor. Er griff in seine Tasche, doch sie war leer.

»Tut mir leid, mein Junge, ich habe leider nichts für dich.« Mitternacht schaute auf Alexanders blasse Hand und berührte mit seiner Nase die tiefen, halbmondförmigen Abdrücke. Sein Atem strich heiß über Alexanders Haut. »Wenn du mit reinkommst«, sagte Alexander und griff mit zitternden Händen nach dem Nackenseil, »dann kriegst du eine Belohnung.«

Alexander nahm das Seil und marschierte Richtung Zaun. Er hörte, wie der Hengst hinter ihm hertrabte, als würde sie ein unsichtbares Band miteinander verbinden. *Er vertraut mir!* Alexander zwang sich dazu, die Arme hängen zu lassen, um gar nicht erst in Versuchung zu kommen, sie um den Hals des Pferds zu legen. Er biss sich auf die Lippe, damit die Wachen sein Lächeln nicht sahen. Nass bis auf die Haut, mit hämmerndem Kopf und wunden Fingern, hatte Alexander das Gefühl, als wäre er verprügelt worden, denn alles tat ihm weh. Und doch war er in Hochstimmung, denn Mitternacht vertraute ihm.

»Da bist du ja endlich.« Der Kapo scheuchte Alexander in den Stall. »Wir brechen in fünf Minuten auf.« Alexander nickte nur. Dann drehte er sich um und blies in Mitternachts Nüstern. Das Pferd blickte ihn mit glänzenden Augen an und schnaubte.

»Morgen probieren wir den Sattel aus.« Alexander holte eine Decke aus dem Regal.

»Was hast du denn, mein Junge?« Alexanders Blick war auf das linke Bein des Hengstes gefallen. Auf die dünne rote Linie, aus der Blut auf den Huf sickerte.

Mitternacht hatte offensichtlich Schmerzen, seine Augen waren ganz schmal geworden. Er machte einen Schritt vorwärts und stellte sich auf das rechte Bein. Das linke zog er nach.

Kapitel 17

Am Winterhimmel hingen tiefe Wolken, als Alexander im Morgengrauen auf den Abmarschbefehl wartete. Sieben Tage. Er hatte noch sieben Tage, um das Pferd des Kommandeurs an einen Sattel zu gewöhnen. Trotz des Pullovers, den er heimlich unter der gestreiften Jacke trug, stach ihn die Kälte wie mit Nadeln in die Haut. *Ein Geschenk*, hatte Isidor am Abend zuvor gesagt. Er hatte die Strickjacke in Alexanders Schoß gelegt und die Tasse Suppe, die Alexander ihm als Gegenleistung angeboten hatte, mit einer Handbewegung abgelehnt. *Weil du den Willen des Pferds gebrochen hast.* Alexander hatte nicht lange gezögert und sich auch nicht ausdrücklich bedankt, sondern war in die ausgefransten Ärmel geschlüpft und hatte die gesplitterten Knöpfe zugemacht. »Das habe ich nicht«, hatte er nur gesagt und war in sein Bett gestiegen. »Man bricht nicht den Willen eines Pferds. Man zähmt es.«

Alexander rieb sich die Hände, um sie zu wärmen. *Vielleicht habe ich ja trotzdem etwas gebrochen,* überlegte er beunruhigt und dachte an Mitternachts verletztes Bein.

Was, wenn unter der blutenden Wunde der Knochen gesplittert ist? Er schüttelte den Kopf, als könnte er so den Gedanken vertreiben. Es würde Monate dauern, bis so ein Riss verheilt wäre. Er hatte nur sieben Tage und keinerlei Möglichkeiten. Selbst wenn er die Zeit gehabt hätte, Mitternachts verletztes Bein zu behandeln, könnte er trotzdem niemandem etwas davon sagen. Die einzige Person mit Sachverstand, an die er sich wenden konnte, war der Tierarzt. Aber einen erneuten Arztbesuch konnte er nicht riskieren. Nicht nach der Sache mit Serafin. Wenn er daran dachte, fühlte er sich immer noch miserabel. Er hatte versprochen, Mitternacht zu beschützen. Er hatte das Pferd gebeten, ihm zu vertrauen. Kein Leittier würde ein Mitglied seiner Herde im Stich lassen, wenn es verletzt war.

»Sie gehören dir«, sagte die Ratte und übergab dem wartenden Kapo den Stalltrupp.

»Abmarsch!«, brüllte der Kapo und fuchtelte mit seinem Stock. Alexander drehte den Kopf zum Lagerkommandanten Höß, der am Tor stand. Er trug eine pelzbesetzte Mütze und einen Schal, den er sich bis zur Nase hochgezogen hatte. Nachdem Alexander den Kontrollpunkt passiert hatte, setzte er seine verschlissene Mütze wieder auf und blickte nach vorn. In einiger Entfernung sah er im Halbdunkel einen Leichnam im Schlamm liegen. Ein Mann scherte aus der Reihe, um ihn von der Straße zu zerren. Alexander rannte hinter ihm her und beide beugten sich über den Toten. Alexander packte die Handgelenke und der Mann nahm die Beine. Keiner von beiden blickte in das blau gefrorene Gesicht des Jungen, als sie ihm die Handschuhe von den Fingern und die Stiefel von den Füßen zogen.

»Wer zuerst kommt, kriegt die besten Sachen.« Der Kapo zwinkerte Alexander zu, als dieser sich wieder vor Isidor in die Schlange einreihte und mit rotem Gesicht die Handschuhe des toten Jungen über seine Frostbeulenfinger streifte.

»Er braucht sie nicht mehr«, sagte Alexander leise. Er wusste selbst nicht so genau, warum er zu einer Erklärung ansetzte. »Wenn ich sie nicht genommen hätte, dann hätte es ein anderer getan.«

»Ich weiß«, sagte Isidor, aber er klang nicht völlig überzeugt.

Die Männer setzten ihren eisigen Marsch fort. Die Kälte drang unter Alexanders Haut. Seine Augen tränten und die Nase lief. Ihm tat alles weh, und er war wie benommen von dem Schlafmangel, aber er marschierte weiter, weil er es kaum erwarten konnte, zu dem Pferd in den Stall zu kommen.

Als im Osten das erste Licht am Himmel zu sehen war, erreichte der Trupp den Hof. Auf Befehl des Kapos öffnete der bewaffnete Wachmann die Stalltür. Alexander wollte sofort losrennen.

»An die Arbeit!«, brüllte der Kapo und scheuchte die Männer davon.

»Nicht so schnell.« Er packte Alexander beim Kragen

und zog ihn aus der Reihe. »Du kannst dich später um das Pferd des Kommandeurs kümmern. Zuerst …«

Alexander befreite sich aus seinem Griff. »Egal, was es ist, ich tue alles, was man von mir verlangt. Ich brauche nur eine Minute im Stall«, stammelte er. »Bitte.«

»Das geht nicht.« Der Kapo zog seinen Stock aus dem Gürtel. »Der Kommandeur will dich sehen.«

Alexander schloss die Augen. Also wusste der Kommandeur bereits von Mitternachts Verletzung.

»Was will er denn?«

Der Kapo zuckte die Schultern, aber beide kannten die Antwort. Der Kommandeur war ein jähzorniger Mann. Es gab Tage, da kam er in den Stall, einfach weil er jemanden schlagen wollte. *Jetzt bin ich an der Reihe,* dachte Alexander und schluckte. *Ich habe die Verletzung des Pferds für mich behalten und jetzt werde ich dafür bestraft.*

Im selben Moment tauchte auch schon der Kommandeur im Hof auf. »A10567?«

»Hier«, antwortete der Kapo für Alexander. »Das ist der Junge, der sich um Ihren Araber kümmert. Er hat gute Fortschritte gemacht.«

Der Kommandeur winkte den Kapo aus dem Weg und ging zu Alexander.

»Steig ins Auto.«

Eine schwarze Mercedes-Limousine fuhr vor. Der Kommandeur setzte sich auf den Rücksitz und forderte Alexander auf, neben ihm Platz zu nehmen. »Damit ich dich im Auge behalten kann«, sagte er. Ein Lächeln huschte über sein Gesicht. »Falls du versuchst zu fliehen«, er schlug seine Jacke zurück und legte die Hand an die Pistole, »bringe ich dich höchstpersönlich um.«

Alexander brach der Schweiß aus, als er sich auf das weiche Leder setzte. Er hatte seiner Mutter versprochen, wieder auf den Hof zurückzukehren. An jenem Tag hatte sie am Zaun gestanden, der das Frauenlager von dem Männerlager trennte. Es war sein dritter Tag in Birkenau gewesen. Sie hatten ihre Finger durch den Stacheldraht ineinander verschränkt und sich an den Händen gehalten. »Lili ist fort«, hatte sie gesagt und seine Finger gedrückt. »Lebe weiter, Alex. Lebe für uns alle.«

Sein Blick fiel auf die Hände des Kommandeurs. Hände, die einen Stallburschen für den Diebstahl einer Karotte zu Tode geprügelt hatten. Der Mann hatte dicke, fleischige Finger. Alexanders eigene Finger waren knochig. Er blickte auf seine dünnen Hände und seine spindeldürren Beine. Im Vergleich dazu wirkten die Beine des Kommandeurs aufgebläht und seine Schenkel wie angeschwollen.

Alexander sah zum Fenster hinaus. Sie fuhren durch die schmalen Straßen einer Stadt, vorbei an einer Schule und einer Bibliothek, einem Rathaus und einem Park. Alexander stieg der Duft von frischem Brot in die Nase. Er hörte ein Kind lachen und sah, wie ein Mann in einem Regenmantel stehen blieb, um seinen Hund zu tätscheln. Ein ältliches Pärchen trank in einem Restaurant Tee. Ein Restaurant … Alexander drückte sich die Nase an der Fensterscheibe platt.

»Nimm die Mütze ab«, blaffte der Kommandeur ihn an, als eine Frau mit ihrem Kinderwagen hastig in einer Toreinfahrt verschwand. »Du jagst ihnen Angst ein.«

Alexander legte seine gestreifte Mütze in den Schoß, und als der Fahrer das Auto vor einem schwarzen, schmiedeeisernen Tor anhielt, nahm der Kommandeur seine Uniformmütze ab und fuhr sich mit den Fingern durchs Haar. Er rückte seine Krawatte zurecht, knöpfte seinen Mantel zu und sprang aus dem Wagen, um ein kleines Mädchen in einem pelzbesetzten Mäntelchen zu umarmen, das am Tor wartete.

»Papa!« Ein zweites Mädchen griff mit ihren Handschuhen nach ihm. »Wir haben auf dich gewartet.« Aus ihrem Mund stiegen kleine Atemwölkchen auf.

»Uns ist kalt«, riefen die beiden Kinder gleichzeitig.

Der Kommandeur bückte sich und hob das Mädchen in dem pelzbesetzten Mäntelchen auf seine Schultern, dann packte er das zweite Kind und wirbelte es herum.

»Wenn das so ist, sollten wir wohl besser hineingehen«, sagte er lachend und setzte dem schwarz gelockten Mädchen seine Mütze auf.

Er hat Kinder. Der Gedanke verursachte Alexander Übelkeit. Das Mädchen in dem Mäntelchen hatte die gleichen buttergelben Haare und schiefergrauen Augen wie ihr Vater. Das Mädchen mit den schwarzen Locken hatte Grübchen. So wie Lili.

»Raus mit dir!« Ein Wachmann zog Alexander aus dem Wagen und stieß ihn zur Tür eines zweigeschossigen Backsteinhauses. »Zieh deine Schuhe aus.«

Alexander zog die Stiefel seines Vaters von seinen mit Blasen bedeckten Füßen, stellte sie sorgfältig vor dem Eingang ab und folgte dem Soldaten durch einen weiß gefliesten Hauseingang ins Innere. Er vergrub seine Zehen in dem Teppich und ließ den Blick über die glatten weißen Wände schweifen. An einer waren Haken angebracht, an die man Mäntel und Schlüssel hängen konnte, und auf einem kleinen Tisch reihten sich Bilder in Mahagonirahmen: Sonnenschein und Lächeln hinter Glas gefangen.

»Weiter!«, bellte der Soldat und versetzte Alexander einen Stoß. Sie kamen an vier geschlossenen Türen vorbei und an einer, die offen stand. Für Alexander sah es nach einem Wohnzimmer aus, mit dicken Vorhängen, die bis auf den Boden reichten, einem ledernen Sessel, einem Buchregal und einem kleinen Tisch, auf dem Geschirr stand. Es waren Dinge, die er früher einmal für selbstverständlich gehalten hatte und die ihm jetzt wie hergezaubert vorkamen. Eine Teekanne, eine Porzellantasse mit Muster, eine Serviette. Dinge, die er verkaufen konnte. Dinge, die er essen konnte. Er blickte an einer von gelben Winterastern überquellenden Vase vorbei durch ein Fenster in einen kleinen Garten hinaus.

»Bring ihn in die Küche«, befahl der Kommandeur und ging an dem Wachmann vorbei den Gang entlang.

Die Küche? Alexanders Augen wurden groß.

Der Kommandeur lachte. »Ihr Juden denkt immer nur an eure Mägen. Ich habe dich nicht hierhergebracht, damit du isst. Sondern damit du arbeitest. Uns ist ein Jude ausgefallen.«

»Papa!«, kreischten seine Töchter. Sie drängten sich an Alexander vorbei und holten ihren Vater an der Treppe ein. »Wir haben im Wohnzimmer den Tisch gedeckt und Mama hat uns heiße Schokolade gemacht. Bitte.« Beide nahmen eine Hand ihres Vaters und zogen ihn gemeinsam die Stufen herunter.

»Also gut, meine Lieblinge. Nur eine Tasse, dann ist es Zeit für euren Mittagsschlaf.«

»Wer ist das?« Das Mädchen mit den schwarzen Locken und den Wollhandschuhen deutete auf Alexander. Er blickte an sich herab und sah, was sie sah. Einen schmutzigen Jungen in einer schmuddeligen gestreiften Jacke.

»Niemand«, antwortete der Kommandeur und ging mit seinen beiden Töchtern an Alexander vorbei. »Also, wo ist jetzt diese heiße Schokolade, die ihr mir versprochen habt?«

Alexander betrat die Küche. Seine verkrusteten Füße hinterließen Abdrücke auf dem Boden.

»Warte hier. Gleich kommt eine Küchenhilfe«, sagte der Soldat und ließ Alexander allein zurück. Alexander wartete, bis die Schritte sich entfernten. Dann hob er den Kopf. Auf dem Holztisch direkt vor ihm lag ein noch warmer frischer Laib Brot in einer Backform, daneben ein Stück weiche Butter und ein Glas dunkle Pflaumenmarmelade. Alexander fühlte sich ganz benommen.

»Alles in Ordnung mit dir?« In der Tür war eine Frau mit einem Korb voller Erbsen aufgetaucht. Alexander nickte und blickte wieder auf seine Füße. Er spürte, dass die Frau ihn beobachtete. Aus dem Augenwinkel sah er den Saum eines Rocks und kalbslederne Schuhe. Er sah zu, wie die Schuhe sich über den weißen Linoleumboden bewegten und am Waschbecken stehen blieben. Er hörte, wie eine Schranktür geöffnet wurde und dann das Klirren von Glas, das mit Wasser gefüllt wurde.

»Trink.« Die Frau drückte ihm das Glas in die Hand. Sie hatte lackierte Fingernägel und an ihrem linken Ringfinger trug sie einen goldenen Ehering. Einen Ehering. Alexander erstarrte. Sie war Zieglers Ehefrau.

Alexander trank langsam und beobachtete sie durch das Kristallglas. Als sie lächelte, vertieften sich die Fältchen um ihre Augen. Ihr Haar war schwärzer als das ihrer Tochter und ihre Augen grüner. Alexander trank aus und stellte das Glas auf den Tisch.

»Danke«, sagte er und spürte noch das Wasser in seinem Mund.

»Wer bist du?«, fragte die Frau und strich sich eine Haarsträhne aus dem Auge.

»Ich?« Alexander richtete sich auf. »A10567.«

»Nein.« Die Frau schüttelte den Kopf. »Wie ist dein Name?« Sie sah Alexander fragend an, und als er nicht antwortete, streckte sie die Hand aus und hielt sie ihm hin. »Ich bin Anna Ziegler, die Frau des Kommandeurs. Und wer bist du?«

Alexander blinzelte.

»Alexander Altmann«, flüsterte er. Der Name lag sperrig auf seiner Zunge. Er streckte die Hand aus. »Alexander Altmann«, wiederholte er, nur um seinen Namen noch einmal zu hören, ihn noch einmal zu schmecken. Die Frau ergriff seine Hand. Sie verdrehte ihm nicht den Arm und fesselte seine Hände auch nicht ans Tischbein. Sie schüttelte sie einfach und ließ sie dann los, als wäre es das Normalste auf der Welt, einem Juden die Hand zu schütteln.

»Der junge Herr Altmann.« Sie lächelte. »Möchtest du eine Tasse Tee?« Alexander klappte die Kinnlade herunter. Der Kommandeur war im Zimmer nebenan! Er zwang sich dazu, ihr zu antworten.

»Der Kommandeur, Ihr Mann, hat mich zum Arbeiten hierhergeschickt.«

»Ja, ich weiß«, sagte sie und griff nach dem Teekessel. »Wie wäre es mit einem Stück Kuchen?«

Sie drängte ihn, sich hinzusetzen. Auf einen Stuhl. An einem Tisch. Sie stellte ein Stück Mohnkuchen vor ihn hin und eine Tasse warmen Tee.

»Ein Stück Zucker oder zwei?«

Alexander hielt zwei Finger hoch. Er wünschte, er

hätte seine Fingernägel sauber gemacht. Er blickte vom Tisch zur Tür und wieder zurück zum Tisch, wo ein Stück Kuchen auf dem Teller lag, aus ganz viel Zucker und Eiern. Er musste an Isidor denken, der mit einem Messer in der Hand im Stall auf Mäusejagd gegangen war, und an sein eigenes Abendessen, eine verschrumpelte Zwiebelschale, die er sich eine ganze Woche lang aufgespart hatte. Sein Magen knurrte.

»Nur zu.« Sie lächelte und schob den Teller näher an ihn heran.

Alexander machte sich über den Kuchen her, ohne auch nur einen Gedanken daran zu verschwenden, einen Löffel zu benutzen. Dann trank er den Tee. Die Zuckerkristalle explodierten auf seiner Zunge. Er lutschte und kaute und schluckte und strich auch noch die letzten Brösel in seine Hand. Dann stand er auf.

»Draußen sind einige Dinge zu erledigen. Am besten, du fängst mit dem Holzhacken an.« Es klang fast wie eine Frage. »Die Baumstämme liegen schon bereit.« Die Frau ging zur Tür. »Wir brauchen zwei Körbe Anzündholz.«

Alexander ließ die letzten Mohnkrümel in seinen Mund rieseln und folgte ihr nach draußen. Sein Blick fiel jedoch nicht zuerst auf den Holzhaufen und auch nicht auf die ordentlichen Reihen mit Schwarzwurzeln neben den Pastinaken, sondern auf die dicke schwarze Rauchsäule, die jenseits der Backsteinmauer in den Himmel stieg. Er fluchte leise und kniff die Augen zusammen. Dabei war es so ein guter Tag gewesen. Ein Kuchentag. Sein Magen war voll. Er drehte dem Rauch den Rücken zu. Er wollte lieber die Sonne spüren, die sich inzwischen hervorgewagt hatte, und noch eine kleine Weile alles vergessen. *Tat sie das auch immer, wenn ihr Ehemann von der Arbeit zurückkam? Tat sie das jedes Mal, wenn sie nach draußen ging und die rußige Luft einatmete oder ein halb verhungertes Kind in blau-weißen Lumpen sah? Die Augen schließen, um alles zu vergessen?*

»Ich hoffe, wir sehen uns wieder«, sagte sie und ging zur Tür zurück. Alexander nahm die Axt in die Hand. Er wollte sich bei ihr bedanken, wollte sie fragen, warum sie ihm etwas zu essen gegeben hatte und was sie wusste. Stattdessen nickte er nur und beugte sich über das Holz.

Kapitel 18

Alexander ging mit einem Gewehrlauf im Rücken den langen Kiesweg vor dem Haus des Kommandeurs entlang und kehrte mitten in der Nacht nach Auschwitz zurück. Im Lager schliefen bereits alle. Sogar die Hunde waren still. Er stieß die Tür zur Baracke auf und tastete sich im Mondlicht in den Waschraum. Dort machte er das Licht an und schloss die Tür, um die Ratte nicht aufzuwecken. Seine Verletzungen vom Vortag hatten sich dunkelrot verfärbt, und seine malträtierten Handflächen sahen jetzt noch schlimmer aus, weil er sich beim Holzhacken Splitter eingezogen hatte. Er zog sie nacheinander heraus, schlüpfte aus den Kleidern und trat unter die Dusche. Das heiße Wasser brannte auf seiner Haut, aber die Wärme tat gut.

Er eilte über den kalten Zementboden, kletterte in sein Stockbett – und erstarrte. Unter seiner Decke lag etwas. Es war klein, glatt und kalt. Er tastete mit seinem rechten Fuß danach und berührte es mit den Zehen. Als es sich nicht bewegte, fasste er unter die Decke, zog es hervor und hielt es ins Mondlicht.

»Es ist für das Pferd«, murmelte Isidor und drehte

sich um. »Aber du kannst es auch selbst nehmen.« Alexander legte die Hände um das kleine Konservenglas, schraubte den Metalldeckel auf und schnupperte.

Knoblauch. Knoblauch und – er hielt sich das Glas dicht an die Nase – Minze. Knoblauch, um die Wunden zu säubern, und Minze, um den Schmerz zu lindern.

»Woher weißt du von der Verletzung?«

»Ich habe dich heute in das Auto des Kommandeurs steigen sehen.« Isidor stützte sich auf den Ellbogen. »Ich habe angeboten, dein Pferd zu füttern, und als ich sein Bein gesehen habe ... na ja, die Wunde hat ziemlich tief ausgesehen, also bin ich losgegangen, um –«

»Den Tierarzt zu holen?« Alexanders Gesicht verfinsterte sich.

»Nein, natürlich nicht«, sagte Isidor fast beleidigt. »Ich bin losgegangen, um Medizin zu holen. Ich kenne jemanden aus der Krankenstation, einen Apotheker aus Prag. Ich habe ihm schon mehrfach einen Gefallen getan und er schuldete mir etwas.«

»Danke«, sagte Alexander leise in die Dunkelheit. Er wusste, dass Isidor eigentlich mehr verdient hätte, ein Gespräch oder zumindest ein paar Worte. Aber dazu müsste er die Mauer einreißen, die er zwischen ihnen errichtet hatte, und sein eigenes Schweigen überwinden. Nur leider hatte er keine Ahnung, wie.

»Schon gut«, murmelte Isidor schlaftrunken.

Alexander legte das Glas in seine Mütze und schob es unter die Decke. Sein Vater hatte immer gesagt, dass in schweren Zeiten entweder das Beste oder das Schlimmste in den Menschen zutage tritt. Seit er nach Auschwitz gekommen war, hatte er nur die dunkle Seite gesehen, und inzwischen erwartete er schon gar nichts anderes mehr. Deshalb war dieser Tag auch so überraschend gewesen. Er war in die Küche des Kommandeurs gestolpert und hatte dessen Frau kennengelernt. Sie hatte ihn vor ein Kaminfeuer gesetzt, um die Kälte aus seinen Knochen zu vertreiben. Ihm eine Tasse Tee mit Zucker und ein Stück Mohnkuchen gegeben, um seinen Hunger zu stillen. Sie hatte ihn angeblickt und keinen Häftling gesehen, sondern einen Jungen, der etwas zu essen brauchte. Einen Jungen, der seinen Namen zurückhaben wollte.

Alexander drehte sich auf die Seite. Er hatte sich eingeredet, dass die Frau des Kommandeurs eine Ausnahme war, und weil er sich das nicht erklären konnte, hatte er es auch gar nicht erst versucht. Aber jetzt hatte Isidor ihm Medizin gegeben und es drängte sich ihm ein Gedanke auf. Wenn es zwei gute Menschen an diesem schrecklichen Ort gab, dann waren vielleicht auch noch andere hier. Vielleicht ließ sich das Gute nicht nur in Tieren, sondern auch in Menschen finden. Alexander schloss die Augen und zum ersten Mal seit langer Zeit fiel er trotz der Kälte in einen tiefen, traumlosen Schlaf.

✡

Alexander wachte am nächsten Morgen vor allen anderen auf. Die Baracke lag still da. Es war nicht die erzwungene nächtliche Stille, sondern eine andere Ruhe, ohne Wind oder Regen oder die kleinen Geräusche des Lebens. Zweige, die gegen Glasscheiben klopften, das Flattern von Flügeln – die Geräusche, die man für selbstverständlich nahm, bis sie weg waren. Alexander setzte seine Mütze auf und stieg von seinem Stockbett herunter. Irgendetwas hatte sich verändert. Er schlich zur Tür, stieß sie auf und blinzelte gegen helles Weiß an. Während alle geschlafen hatten, war Schnee gefallen!

Jemand rührte sich in dem Bett neben der Tür. »Tür zu, oder ich hau sie dir auf den Kopf.« Ein Stiefel segelte durch den Raum und landete mit einem dumpfen Aufprall vor Alexanders Füßen. Er schloss die Tür und wartete darauf, dass die Ratte aus ihrer Kammer kam. Er hätte keine Zeit verloren, wenn er zu Hause aufgewacht wäre und Neuschnee vorgefunden hätte. Er hätte seine Stiefel angezogen und wäre zur Hintertür hinausgestürmt. Er hätte die Ski angeschnallt, um mit seinem Hund Spitz den Hügel hinunterzufahren. Oder er hätte einen ganzen Stapel Schneebälle geformt, um sie auf seine Schwester zu werfen. Ganz sicher wäre er nicht dringeblieben und hätte zugesehen, wie sich die Welt weiß färbte.

Als er schließlich nach draußen gehen durfte, war der Schnee bereits dreckig von den schweren Soldatenstiefeln. Aber jenseits des Haupttors, auf dem Waldweg, der zu den Ställen führte, glitzerte der Schnee im kalten blauen Licht. Draußen vor dem Lager war die Erde weiß und weich.

Mit nassen Füßen und tauben Fingern marschierten die Männer des Stalltrupps an den kahlen Bäumen vorbei. Alexander trottete durch den Schnee und versuchte, mit der Zunge eine Schneeflocke aufzufangen. Er spürte seine müden Knochen, aber zumindest hatte er gut geschlafen. Unter seiner Mütze befand sich eine Salbe für das Pferd. Ungeduldig wartete Alexander, bis der Kapo in seine Trillerpfeife blies, dann rannte er zur Box. *Sechs Tage.* Er hatte noch sechs Tage Zeit.

Mitternacht hatte sich in eine Ecke zurückgezogen. Als Alexander eintrat, senkte der Hengst den Kopf und blickte weg. *Er weiß immer noch nicht, was er von mir halten soll.* Alexander blieb an der Tür stehen. *Kein Wunder. Ich habe ihn verlassen.* Er besah sich das verletzte Bein. Das Blut war angetrocknet und hatte sich schwarz verfärbt.

Alexander holte tief Luft und ging langsam auf den Hengst zu. Er hätte nicht genau sagen können, seit wann er Mitternachts Gefühle lesen konnte, aber als er nun vor ihm stand, wusste er genau, dass der Hengst sich nach seiner Herde sehnte.

»Tut mir leid.« Alexander hob ganz langsam die Hand. Das Pferd wieherte leise, dann kam es aus seiner Ecke hervor und stupste Alexander am Ellbogen. Nach allem, was passiert war, wollte das Pferd ihm immer noch sein Vertrauen schenken. »Danke.« Alexander streichelte den Hals des Arabers. »Ich werde versuchen, mich zu bessern. Ich werde versuchen, dich zu beschützen.« Er hätte gerne noch viel mehr getan – wäre noch viel mehr für das Pferd gewesen –, aber er war nur der Stallbursche. Mitternachts Leben lag in den Händen des Kommandeurs.

Alexander füllte eine Schüssel mit Wasser. Mit einem Schwamm wusch er Mitternachts verletztes Bein, um die Krusten aufzuweichen. Das Pferd beschnüffelte und stupste ihn immer wieder. Alexander strich Isidors Salbe auf die Wunde, gab dem Hengst zwischendurch immer wieder eine Handvoll süßes Heu und stellte ihm zum Schluss als Belohnung einen Eimer mit warmem Getreidebrei vor die Füße.

»Glaubst du, du kannst gehen?«, fragte Alexander und griff in Mitternachts Mähne. Wie zum Beweis streckte der Hengst das rechte Bein aus und zog das linke nach.

Alexander ließ das Pferd keinen Schritt weitergehen. »Sie dürfen nicht sehen, dass du hinkst.« Er legte die Hand auf Mitternachts Hals, ertastete dort den langsamen, gleichmäßigen Puls und spürte, wie sein eigener sich ebenfalls beruhigte.

»Wir müssen drinbleiben, solange du noch humpelst, aber das heißt nicht, dass wir nicht weiterarbeiten können.« Alexander verließ die Box und kehrte mit dem Sattel des Kommandeurs zurück. Er ließ ihn ins Stroh fallen und hoffte, dass er Mitternachts Neugier wecken würde. Der Sattel war aus braunem Leder, der Sitz aus weichem Wildleder mit dem gleichen Farbton. Ein Adler und ein Hakenkreuz waren ins Leder eingebrannt und auf den Steigbügeln war das Datum der Herstellung eingraviert: 1940. Das Jahr, in dem Alexanders Vater verschwunden war.

»Es tut nicht weh«, sagte Alexander. Er nahm einen Steigbügel und drehte ihn um. Mitternacht senkte den Kopf und schloss halb die Augen.

»Wir lassen ihn im Stroh, bis du dich daran gewöhnt hast.« Alexanders Augenlider wurden ebenfalls schwer. Er wünschte sich, wie ein Pferd im Stehen schlafen zu können und dass zwei oder drei Stunden unruhiger Schlaf reichen würden, um den nächsten Tag zu überstehen. Gähnend kauerte sich Alexander auf der Suche nach Wärme neben das Pferd. Er dachte an seine kleine Schwester und daran, wie sie einmal vermisst worden war und er sie gesucht und schließlich im Hühnerhaus gefunden hatte, wo sie mitten im Stroh schlief. Er gähnte wieder. *Ich will gar nicht schlafen,* dachte er und lehnte sich gegen das Pferd. *Ich will nur einen Moment ausruhen.* Die Lider fielen ihm zu und eingelullt von Mitternachts Herzschlag und dem warmen Atem an seiner Wange schlief Alexander ein.

✡

»Au! Was soll das?« Alexander schreckte hoch und rieb

sich den Nacken. Mitternacht hatte ihn gestupst und den Kopf zur Tür gedreht.

»Nur eine Minute.« Alexander stand auf und strich das Stroh von den Kleidern. »Oh, du bist es«, sagte er errötend, als die Tür aufging.

»Ich dachte, ich komme mal vorbei und sehe nach, wie's deinem Pferd geht.« Isidor streckte lächelnd die Hand aus, um Mitternacht zu tätscheln.

»Nicht den Kopf anfassen!« Alexander stieß Isidors Hand beiseite. »Du kannst seinen Hals streicheln und seine Nase, aber nicht weiter oben. Er ist kopfscheu.«

Isidor vergrub die Hände in den Hosentaschen und bückte sich, um Mitternachts Bein anzuschauen. Alexander holte eine Bürste aus dem Regal und fuhr damit über den Rücken des Hengsts. *Was willst du von mir?*, dachte er und beobachtete Isidor misstrauisch. »Warum hast du das gemacht? Warum hast du mir die Medizin besorgt?«, fragte er schließlich.

»Weil ich es *kann*«, antwortete Isidor. Alexander verschränkte die Arme vor der Brust und wartete.

»Ich mache das eben.« Isidor zuckte mit den Schultern. »Ich beschaffe den Leuten, was sie wollen.« Er nahm einen Kamm vom Regal und zog ihn durch Mitternachts Schweif. »Deshalb bin ich überhaupt noch hier. Der Kapo mag Wodka, und die Wachen wissen, dass ich ihnen alles beschaffen kann, was sie brauchen.«

»Aber warum ich?«, fragte Alexander. »Warum ich?« Er dachte an die vielen Male, als Isidor ihm einen Gefallen erwiesen hatte. Er hatte ihm die Strickjacke besorgt, die er unter seiner gestreiften Häftlingsjacke trug, und auch die Medizin gegen seine Magenkrämpfe. Er hatte ihm Karpowski und Weisz vorgestellt. Die Liste war lang.

»Du bist der Einzige, der mich nie um einen Gefallen gebeten hat.« Isidor ließ den Kamm sinken. »Der Einzige, der nicht vorgegeben hat, mein Freund zu sein, weil er etwas von mir will.«

Eine Zeit lang sprach keiner der beiden ein Wort.

»Nachdem man meinen Vater umgebracht hatte, war es meine Aufgabe, meinen Bruder zu versorgen«, sagte Isidor, ohne zu blinzeln. »Meine Mutter konnte sich nicht um uns beide kümmern, also musste ich schnell lernen.«

Er hat einen Bruder. Alexander war nie auf die Idee gekommen, Isidor nach seiner eigenen Geschichte zu fragen.

»Wie sich herausstellte, war ich ziemlich gut im Handeln und Feilschen. Ich hatte den Plan, nach Hitlers Sturz ein Geschäft aufzumachen und gebrauchte Kleider zu verkaufen. Ich hatte mir sogar schon einen Namen dafür ausgedacht: *So gut wie neu.*« Isidor lachte bitter. »Was für ein Dummkopf ich doch war.«

Alexander ließ die Bürste fallen und ging zu Isidor. »Meines sollte *Reiterhof zum Galoppierenden Hengst* heißen.«

»Der *was?*«

»Ach nichts.« Alexander schwieg einen Augenblick. »Deine Idee mit dem Geschäft ist nicht dumm. Dumm ist es, wenn man der eigenen Mutter erzählt, dass man sich freiwillig melden will.« Alexander füllte einen Eimer mit Wasser und stellte ihn vor das Pferd. Die beiden Jungen standen nebeneinander und lauschten, wie Mitternacht das Wasser schlürfte. »Ich war überzeugt, dass ich ein großartiger Soldat werden würde. Ich prahlte sogar damit, dass mein Pferd das beste im ganzen Regiment sein würde. *Gott helfe den Deutschen, wenn sie gegen uns zwei antreten müssen,* habe ich gesagt.« Er errötete. »Ich habe mir vorgestellt, wie ich in Uniform aussehen würde. *Das* habe ich mir nicht vorgestellt.« Er blickte auf seine ausgemergelten Arme und die fleckige Hose.

»Weißt du, was du dir nicht vorgestellt hast? Dass wir zwei uns mal unterhalten.« Ein Lächeln erhellte Isidors Gesicht. »Aber ich wusste von Anfang an, dass ich dich irgendwann rumkriegen würde.«

Kapitel 19

Vier Tage vergingen. Die Temperaturen sanken unter den Gefrierpunkt. Die Wachen zogen den Kragen ihrer schweren Wintermäntel über den Nacken und vergruben ihr Kinn in warmen Schals, während die Häftlinge des Stalltrupps sich erschöpft durch den schweren Schnee vom Lager zu den Ställen und wieder zurück schleppten. Alexander tauschte seine Zigaretten gegen ein Paar Wollstrümpfe ein, aber die Kälte drang durch die Löcher in seinen Schuhen bis zu seinen Zehen und Füßen. Der einzige Weg, sich warm zu halten, war, sich an Mitternacht zu schmiegen. Sie standen Wange an Wange und warteten ungeduldig darauf, dass die Beinwunde heilte. Der dampfende Atem des Pferds hüllte Alexander ein und wärmte seine durchgefrorenen Glieder. Während so die Stunden vergingen, tauten sie immer mehr auf, und zwischen ihnen entstand eine Freundschaft. Alexanders Herz schlug schneller, wenn er die Box betrat. Er wusste, dass Mitternacht ihn mit aufgestellten Ohren begrüßen würde, und er verspürte jedes Mal Dankbarkeit, wenn er die Tür aufmachte und Mitternacht auf ihn zuhumpelte. Hier war jemand, der sich freute, ihn zu sehen.

Wenn die Wachen ihnen den Rücken zukehrten, schlich sich Isidor oft zu Alexander in die Box, und Alexander ließ ihn gewähren. Er sagte nicht viel, aber hörte gerne zu – der Klang von Isidors Stimme füllte seine Gedanken, sodass kein Platz für Erinnerungen war. Und auch nicht für Schuldgefühle. Alexander erfuhr, dass Isidors bester Freund Erich hieß und dass sein kostbarster Besitz ein Dreigangfahrrad gewesen war. Beide hatte er am selben Tag verloren, als Erich mit der Hitlerjugend im Park aufgetaucht war und Isidors Fahrrad gegen einen Baum geschleudert hatte. *So verschieden sind wir gar nicht,* dachte Alexander. Das half ihm zwar auch nicht weiter, aber zumindest fühlte er sich nicht mehr so allein.

Draußen fiel der Schnee in dicken Flocken auf die Erde. Die Kälte machte die Wachen übellaunig und die Häftlinge reizbar.

Alexander versteckte sich in Mitternachts Box und brachte dem Pferd des Kommandeurs bei, auf seinen Pfiff hin zu ihm zu kommen und stehen zu bleiben, wenn er die Hand hob. Dabei war er sich ständig bewusst, dass die Zeit verstrich. Er berührte mit dem Sattel Mitternachts Flanke und ließ ihn das Leder der Steigbügel ablecken. Er hievte den Sattel beim Ausmisten über seine eigene Schulter oder legte ihn neben den Futtereimer, damit der Sattel zu einem gewohnten Anblick wurde. Er schleppte Eimer mit warmem Getreidebrei heran, die er sich mit Mitternacht teilte, und er kümmerte sich um das verletzte Bein, bis die Wunde heilte und der Hengst nicht mehr humpelte. Einen Tag bevor der Kommandeur das Pferd reiten wollte, war es dann so weit. Alexander legte die Satteldecke auf Mitternachts Rücken und drückte sich und dem Pferd die Daumen. Er strich die Decke glatt, und als Mitternacht stillhielt, holte er tief Luft und nahm den Sattel vom Haken.

»Die Zeit läuft uns davon«, erklärte er dem Hengst, bevor er ihm vorsichtig den Sattel auflegte. Dann schob er das Zaumzeug über die Ohren, zog die Riemen an und ließ die Steigbügel baumeln. »Morgen kommt der Kommandeur. Lass uns nach draußen gehen.«

Mitternacht stand am Stalltor. In seinen großen glänzenden Augen spiegelte sich das kalte Morgenlicht. Er machte einen Schritt in den Hof hinaus, senkte den Kopf und schnüffelte an dem gefrorenen Boden. Der weiche Schnee hüllte ihn ein wie Puderzucker. Er beäugte die weißen Flocken, stampfte mit den Hufen und war erstaunt, als der Schnee darunter nachgab. Alexander führte ihn über den Hof, damit er die anderen Pferde kennenlernte und sich an die Kälte und die Helligkeit des Schnees gewöhnte.

Plötzlich drehte sich Mitternacht zum Stall und sog die Luft ein.

»Was ist los?«, fragte Alexander und versuchte, im

Nebel etwas zu erkennen. Als zwei Häftlinge beiseitetraten, sah Alexander einen der Stallburschen. Er hing an einem Haken, den man in die Stallwand geschlagen hatte. Die Lippen des Jungen waren festgefroren, aber die Augen waren geöffnet. Seine Hose war auf die Knöchel heruntergerutscht und vor seinen Füßen lag ein umgekippter Milcheimer im Schnee. Alexander hatte ein schlechtes Gefühl. Er kannte den Jungen. Er wusste zwar nicht, wie er hieß, aber Alexander war jeden Tag in seine Box geschlichen, um die Stute zu melken. *Ich habe ihm gezeigt, wie man sie melkt, damit er mich nicht verrät. Ich habe ihm gesagt, dass er von der Milch trinken soll.* Alexanders Blick fiel auf den verbeulten Eimer mit dem roten Griff. Es war der Eimer, den sie beim Melken benutzt hatten. *Ich habe ihm gesagt, dass er keine Angst zu haben braucht.*

Er brachte Mitternacht wieder in den Stall zurück. Als sie in der Box waren, machte Alexander sofort die Tür hinter sich zu. Er fragte sich, ob es ihm je gelingen würde, diese Erinnerungen durch neue zu ersetzen. Wenn er es tatsächlich schaffte, irgendwann nach Hause zurückzukehren, würde er dann überhaupt noch in einem Stall arbeiten können? Oder würde er beim Anblick eines Eimers an ein Abendessen denken und beim Anblick einer Gerte an zwanzig Peitschenhiebe?

»Wie geht es ihm?«, hörte er jemanden fragen. Der Kapo spähte über die Tür. »Ist das Pferd des Kommandeurs gesund?«

»Natürlich. Warum auch nicht?«, antwortete Alexander, aber sein Unterkiefer zuckte.

»Sein Bein …« Der Kapo hielt Alexanders Blick fest. »Ich war mir nicht sicher …«

»Es geht ihm gut.«

»Schön. Der Kommandeur wird morgen um acht Uhr hier sein.« Der Kapo ließ seine Worte wirken. »Dann muss das Pferd gesattelt sein und für ihn bereitstehen.«

✡

Im Stall war es ruhig. Die Männer waren beim Mittagessen, und die Wachen hatten sich vor der Tür versammelt, um die Häftlinge im Auge zu behalten. Alexander stellte seinen linken Fuß in den Steigbügel und wagte es kaum zu atmen. *Du hast keine andere Wahl,* sagte er sich. *Wenn du Mitternacht dem Kommandeur übergibst, ohne dass er weiß, wie es sich anfühlt, einen Menschen auf dem Rücken zu tragen, wird er buckeln, und dann werden wir alle beide erschossen.* Aber das allein war es nicht. Alexander wollte der Erste sein, der auf Mitternachts Rücken stieg. Er hatte ihn gezähmt und trainiert und dieses Vorrecht würde er sich nicht einmal vom Kommandeur streitig machen lassen. Dafür hatten das Pferd und er sich zu sehr geplagt.

Alexander hielt sich am Sattel fest, stemmte sich im Steigbügel hoch und verharrte eine Weile in dieser Stellung, damit der Hengst die neue Situation kennenlernte. Er sollte sich an das fremde Gewicht gewöhnen und daran, dass jemand ihn überragte.

»Ich werde mich nicht in den Sattel setzen, sondern mich nur auf deinen Rücken legen«, versprach Alexander leise, als er sich mit pochendem Herzen quer über den Sattel legte, sodass seine Beine auf der einen Seite und sein Kopf auf der anderen Seite herabhingen.

Es war ein gutes Gefühl, wieder einmal auf einem Pferd zu sein, dessen klopfendes Herz zu spüren und den staubigen Geruch in sich aufzunehmen. Alexanders Haut prickelte. Er zupfte Eiskristalle aus der Mähne und versuchte, nicht zu weinen.

»Braver Junge«, gurrte er, weil der Hengst ruhig stehen blieb und ihn auf seinem Rücken duldete. Er berührte Mitternachts samtene Nüstern und war froh, dass es dem Pferd zu gefallen schien.

Als sich ihre Herzschläge wieder beruhigt hatten, schwang er sein rechtes Bein über den Pferderücken, um sich richtig in den Sattel zu setzen. Er schmiegte sich an Mitternachts Hals, damit man ihn von draußen nicht sehen konnte, und dachte an Sari, die im Gregorweg auf ihn wartete. Zum ersten Mal seit langer Zeit ließ er einen Funken Hoffnung zu, dass er den Krieg vielleicht überleben würde. Und seine Eltern ebenfalls.

»Wir stehen das gemeinsam durch.« Alexander nahm die Zügel und zog behutsam daran. Der Kommandeur, das wusste er, würde sehr viel stärkeren Zug ausüben und vielleicht sogar seine Reitgerte benutzen. »Wenn du morgen das tust, was der Kommandeur dir sagt, wird uns nichts passieren.« Alexander streichelte Mitternachts eleganten Hals und schloss die Augen. Er drückte seine Füße gegen die Flanken und stellte sich vor, wie sie zu zweit über Land ritten, dahinflogen, ungehindert und frei, wie Mitternachts Hufe auf den Boden trommelten, die Wolken über sie hinwegzogen und sie das Lager weit hinter sich ließen. Alexander ließ die Zügel fallen und schlang die Arme um den Leib des Pferds. Ihm war klar, dass es besser wäre, sich nicht an etwas zu klammern, das er im nächsten Moment schon wieder verlieren könnte. Aber er hatte es satt, vor seinen Gefühlen davonzulaufen, er hatte es satt, sie immer wieder zu unterdrücken. Als er seine Wange an Mitternachts Hals schmiegte, spürte er, wie sich etwas in ihm öffnete, das bisher verschlossen gewesen war.

»Ist er bereit?« Die Türangeln quietschten, als Isidor in die Box geschlichen kam. »Ich habe gehört, dass der Kommandeur –« Er blieb mit offenem Mund stehen, als er sah, wie Alexander rasch vom Pferd stieg. »Du hast doch nicht etwa –« Isidor griff nach dem schwingenden Steigbügel und hielt ihn fest.

»Nein«, unterbrach ihn Alexander. Sein Herz hämmerte, als er nach hinten ging und einen Eimer holte.

»Oh.« Isidor klang enttäuscht. Er griff in seine Jacke, zog eine Kartoffel hervor und reichte sie Alexander. »Ist er nun bereit oder nicht?«

»Das kann ich dir nicht sagen.« Alexander biss gierig

in die Kartoffel. »Wenigstens hat er mich nicht abgeworfen.« Er versuchte zu lächeln. »Aber morgen …«

»… wird alles gut gehen«, beendete Isidor den Satz. »Du hast ihn gut erzogen. Er weiß, was er zu tun hat.«

»Er vertraut mir«, sagte Alexander und hielt Mitternacht den Futtereimer hin. »Ich möchte ihn nicht enttäuschen.«

»Das liegt nicht in deiner Hand.«

»Heißt das, ich soll tatenlos zusehen, wenn der Kommandeur seine Gerte oder seine Pistole zieht?«, begehrte Alexander auf.

»Du kannst nichts dagegen tun.«

Mitternacht vergrub seine Nase im Heu und fraß, während die Jungen auf beiden Seiten des Pferds standen und schwiegen.

»Viel Glück dann«, sagte Isidor und wandte sich zum Gehen.

»Meine Schwester Lili war zehn, als sie starb«, begann Alexander leise. Er hatte eigentlich gar nichts sagen wollen, aber jetzt war er froh, dass er ihren Namen laut ausgesprochen hatte. Sie hatte sein Schweigen nicht verdient. »Ich habe nichts dagegen unternommen«, fuhr er fort. »Ich habe nichts gesagt.«

Isidor drehte sich zu ihm um.

»Wir sind aus dem Viehwaggon gestiegen«, fuhr Alexander fort. »Lili weinte. Sie fürchtete sich vor den Pistolen und den Kettenhunden.« Er schloss die Augen und versuchte, seine Trauer in Worte zu gießen. »Natürlich hatte sie Angst. Die hatte ich auch, aber ich wollte sie mir nicht anmerken lassen. Diese Genugtuung wollte ich ihnen nicht geben.«

Isidor nickte.

»Sie weinte …« Alexanders Schultern sackten herab. »Ich sagte ihr, dass sie sich wie ein kleines Baby benahm und sich endlich zusammenreißen sollte. Sie weinte nur noch mehr. Und ich war so gemein und habe sie nicht getröstet. Danach wollte sie nicht mehr mit mir reden. Nicht einmal, als wir uns an der Rampe anstellen mussten. Frauen und Kinder auf der einen Seite, Männer auf der anderen. Meine Mutter schickte mich zu den Männern.« Die Worte sprudelten jetzt nur so aus ihm heraus. »Zuerst weigerte ich mich, denn ich hatte meinem Vater versprochen, mich um meine Schwester zu kümmern. Aber Lili wollte das nicht. *Nein,* protestierte sie, *ich kann mich um mich selbst kümmern.*« Er verlieh seiner quälendsten Erinnerung endlich Ausdruck und sagte: »Also bin ich gegangen. Ich bin nach links gegangen und sie nach rechts. In die Duschen mit dem Gas. Wir haben uns nicht einmal voneinander verabschiedet.«

»Du konntest es nicht wissen«, sagte Isidor leise.

Ein Pfiff ertönte. Schritte hallten durch den Gang.

»Es ist besser, wenn du jetzt gehst.« Alexander öffnete die Tür.

»Mein Bruder hieß Isaac.« Nun war es Isidor, der die richtigen Worte für seinen Schmerz zu finden versuchte. »Er war zwölfeinhalb. Er spielte gerne Fußball. Isaac war ein kluger Kerl, aber er hasste die Schule. Er konnte es nicht leiden, wenn man ihm Vorschriften machte. Diesen Ort hier hätte er gehasst.« Isidor blickte durchs Fenster auf die weißen Wolken. »Vielleicht haben sie sich ja kennengelernt.« Er rang sich ein Lächeln ab. »Mein Bruder Isaac und deine Schwester Lili.«

Kapitel 20

Alexander schlang das Führseil um die Hand und trat in den Hof hinaus. In seinen ausgebeulten Hosen konnte man nicht sehen, dass seine Beine zitterten. Er verabscheute es, das Pferd in die Hände des Kommandeurs geben zu müssen. Es kam ihm wie ein Verrat vor, obwohl der Hengst ihm gar nicht gehörte und wohl auch niemals gehören würde.

»Komm, mein Junge«, flüsterte Alexander und stupste Mitternacht, damit er sich in Bewegung setzte. Er hätte ihm gern versichert, dass alles gut werden würde, aber er brachte es nicht über sich. Nach allem, was sie durchgestanden hatten, konnte er Mitternacht nicht anlügen.

Insgeheim wünschte er sich, es wäre möglich gewesen, ihn besser darauf vorzubereiten. Wie gewöhnt man ein Pferd daran, wenn man nicht die Knie gegen seine Seiten drücken und zu den Hügeln reiten kann? Auf Alexanders Augenbrauen schimmerte Schweiß. Der Kapo war bereits nach draußen gegangen, um dem Kommandeur seine Gerte zu bringen. Mitternacht schnaubte und warf den Kopf zurück. Inzwischen war Alexanders Nervosität auf das Pferd übergesprungen.

Alexander atmete tief aus. Wenn er den Hengst beruhigen wollte, musste er zuerst dafür sorgen, dass sein eigenes Herz nicht so schnell raste. Er wischte die Eiskristalle von Mitternachts Flanke, lehnte sich an ihn und atmete möglichst langsam und gleichmäßig. Der Hengst wich nervös einen kleinen Schritt zur Seite.

»Bitte.« Alexander schmiegte seine Wange an Mitternachts Hals.

Langsam ging er auf den Kommandeur zu. »Braver Junge«, sagte er leise und tätschelte das Pferd.

»Das reicht«, blaffte der Kommandeur und scheuchte Alexander mit seiner Gerte weg.

Mitternacht versteifte sich und wich nervös einen Schritt zurück. *Ist schon gut.* Alexander blickte in seine dunklen Augen und wünschte mit aller Kraft, dass der Hengst ihn verstand. *Lass ihn einfach aufsteigen, dann haben wir beide nichts zu befürchten.*

Alexander überließ dem Kommandeur das Pferd und zog sich zurück. Er konnte kaum zusehen. Der Kommandeur nahm die Zügel in die Hand und stellte seinen schwarzen Stiefel in den Steigbügel. Alexander spielte mit dem Gedanken zu beten, aber wenn Gott schon seine kleine Schwester nicht beschützt hatte, wie hoch standen dann die Chancen bei einem Pferd? *Sorgt dafür, dass er sich benimmt,* flehte er stattdessen die Wolken, den Himmel und die Bäume an. *Er darf nicht enden wie Serafin.* Der Kloß in seinem Hals wurde immer dicker. Er hatte Serafin weder beschützt noch um ihn getrauert. *Ich hätte freundlicher sein sollen,* dachte er wehmütig.

Kommandeur Ziegler stieß sich mit dem linken Fuß ab, schwang sein Bein über den breiten Pferderücken und setzte sich in den Sattel. Seine Gesichtszüge entspannten sich und er lächelte. Dass Mitternachts Nüstern sich gebläht hatten, als er in den Sattel gestiegen war, hatte der Kommandeur nicht bemerkt, wohl aber Alexander. Er sah auch, wie die Augen des Hengsts hervortraten und seine Ohren zuckten. So hatte sein Hund Spitz immer ausgesehen, wenn er darauf gewartet hatte, dass Alexander mit ihm Ball spielte: der Hals gereckt und der kleine Körper gespannt wie eine Sehne.

»Bin in zwei Stunden wieder da«, rief der Kommandeur über die Schulter. Er straffte die Zügel und ritt zum Tor.

Zwei Stunden! Alexander schloss die Box und ließ sich gegen die harte Holzwand sinken. *Mitternacht war von ganz allein in einen Trab gefallen, ohne dass es ihm jemand gesagt hätte. Aber würde er auch auf die Anweisungen des Kommandeurs hören? Was, wenn der Kommandeur ihn mit der Reitgerte schlug?* Alexander nahm eine Mistgabel in die Hand. Wenn er den Stall ausmistete, würde das Geräusch in seinem Kopf vielleicht verstummen – das Hämmern von Mitternachts Hufen im Schnee, als er im leichten Galopp im Nebel verschwunden war.

Alexander wechselte das Stroh und bereitete eine Wanne mit Getreide für Mitternachts Rückkehr vor. »Er kommt wieder«, sagte er sich. »Dann ist ihm bestimmt kalt und er ist müde.«

Er nahm eine Decke aus dem Regal und trug sie nach draußen. Schneeflocken umwirbelten ihn, sie setzten sich auf seine Schultern und rutschten in seinen Kragen. Seine Finger wurden blau und sein Atem färbte sich weiß. Der Kapo hatte ihn nicht angewiesen, draußen auf den Kommandeur zu warten, aber Alexander hielt es keine Sekunde länger in dem stickigen Stall aus. Er klemmte die Hände unter die Achseln und wartete.

Er hörte Mitternacht kommen, noch ehe er ihn sah. Das gedämpfte Trappeln der Hufe im Schnee, der Dreitakt seines Gangs, dann ein schwarzer Fleck im hellweißen Gelände, und schließlich stand Mitternacht vor ihm, keuchend, mit funkelnden Augen, schweißnass glänzendem Fell und dampfendem Atem.

Der Kapo stellte sich neben Alexander, und gemeinsam sahen sie zu, wie Mitternacht vor ihnen zum Stehen kam.

»Das nenn ich ein Pferd!«, dröhnte der Kommandeur. Sein Blick war voller Bewunderung. »Innerhalb von Sekunden im gestreckten Galopp. Ich musste nicht einmal die Gerte einsetzen. Ich werde ihn *Blitz* nennen. Der Name passt zu ihm.« Er glitt aus dem Sattel und ließ die Zügel fallen. »Halte ihn morgen um zwei

Uhr für mich bereit. Und kürze die Steigbügel. Ich werde mit ihm springen.«

Alexander nahm die Zügel, warf die Decke über Mitternachts nassen Rücken und brachte ihn in die Box zurück. *Blitz! Ausgerechnet das, wovor Mitternacht sich am meisten fürchtet!*

»Er kann dich nennen, wie er will«, sagte Alexander leise. »Aber dein richtiger Name ist Mitternacht.« Er blickte auf seine eintätowierte Nummer. »Und mein Name ist Alexander«, fügte er hinzu, weil ihm in diesem Moment klar wurde, dass Mitternacht seinen richtigen Namen noch nie gehört hatte. »Alexander Altmann.« Er blickte in die dunklen Pferdeaugen. *Wie soll ich dir das Springen beibringen, wenn ich nicht auf deinen Rücken klettern darf? Der Kommandeur ist entweder ein Narr oder er will uns scheitern sehen.*

Alexander nahm dem Pferd die Decke ab. Mitternacht atmete schwer, aber es ging ihm gut. Er war nicht geschlagen worden und – Alexander fuhr über Rücken, Bauch und Beine – er hatte auch keine Kratzer oder Beulen davongetragen. »Du hast mir heute einen Schrecken eingejagt.« Alexander legte seine Stirn an Mitternachts Nüstern. Der Hengst wieherte und fuhr dann mit seiner sandpapierrauen rosa Zunge über Alexanders Wange. Es war wie ein Kuss. Alexander berührte seine nasse Wange und verspürte plötzlich einen Kloß im Hals. Dass ein Pferd etwas anderes leckte als einen Salzblock, hatte er noch nie erlebt.

Er nahm eine Handvoll Stroh. »Wir müssen dich trocken kriegen«, sagte er und rieb Mitternacht mit den Halmen ab. »Danach denken wir übers Springen nach.« Alexander löste den Nasenriemen und nahm Zaumzeug und Trense ab. Dann wuchtete er den schneebedeckten Sattel vom Rücken, wischte mit einer festen Bürste die Eiskristalle von Mitternachts Beinen und kämmte die Knoten aus dem Schweif.

»Hast du Hunger?« Er schleppte einen Eimer Wasser heran und einen Kübel Mais.

Mitternacht beugte sich über den Kübel und stupste ihn in Alexanders Richtung. »Was machst du da?«, fragte Alexander verblüfft. *Diesen Trick habe ich dir nicht beigebracht. Und den Kuss auch nicht.* Plötzlich dämmerte es Alexander: Jemand hatte dem Hengst beigebracht, sein Futter zu teilen. Jemand, der ihn gekannt hatte, als er noch nicht kopfscheu und ohne Namen gewesen war. Natürlich. Jemand hatte den Araber geliebt, vor dem Krieg, vor Auschwitz. Er hatte für ihn gesorgt, ihm Kunststückchen beigebracht, ihn gerngehabt und ihn dann verloren. Alexander blickte in Mitternachts schwarze Augen. Auf dem Weg nach Auschwitz war dem Pferd etwas Schlimmes zugestoßen. Etwas, das ihm das Vertrauen in die Menschen geraubt hatte.

»Du kannst springen, nicht wahr?« Alexander erinnerte sich an den Tag, als die Blitze den Hof in grelles Licht getaucht hatten, und daran, wie Mitternacht zum Stacheldrahtzaun geflohen war. Mit langen Schritten hatte er Anlauf genommen und dann die Muskeln angespannt, um zu springen. »Die Leute, bei denen du warst, haben es dir beigebracht, nicht wahr?« Alexander lächelte und vergaß für einen Moment, dass das Pferd kopfscheu war. Er streckte die Hand aus, um mit den Fingerspitzen die weiße Blesse zu berühren.

»Brr!« Alexander taumelte rückwärts, als das Pferd schnaubend den Kopf wegdrehte.

»Tut mir leid, ich habe nicht daran gedacht …«, stammelte er. »Ich werde es nicht wieder tun.«

✡

Im allerletzten Tageslicht marschierten die Männer vom Stalltrupp über gefrorene Weiden und vereiste Straßen ins Lager zurück. Als sie in Auschwitz ankamen, hatte der Himmel sich bereits verdunkelt. Die Sterne hatten keinen Grund zu funkeln, und der Himmel war schwarz, aber in der Baracke wies ein flackerndes Licht Alexander den Weg zu seinem Bett.

»Chanukka!« Isidor musste lächeln, als er die Ratte mitten im Raum mit einer Kerze stehen sah. »Es ist der erste Abend von Chanukka.« Er zog rasch die nassen Stiefel aus und gesellte sich zu den Männern, die sich um den Barackenchef versammelt hatten.

»Baruch Ata Adonaj elohejnu, melech ha-oloam«, intonierte die Ratte.

»Sche-assa nissim la-awotejnu ba-jamim ha-hem ba-sman ha-se«, stimmten die Männer in den hebräischen

Segensspruch ein. In ihren rot geränderten Augen flackerte Hoffnung auf.

Die Ratte zuckte zusammen, als die bis zum Stummel heruntergebrannte Kerze zerschmolz und die Dunkelheit wieder in die Baracke zurückkehrte.

»Gelobt seist Du, Ewiger, unser Gott, König der Welt, der Du Wunder erwiesen hast unseren Vätern in ihren Tagen, zu dieser Zeit«, verkündete er die Geschichte von Chanukka, die auch Alexanders Mutter immer vorgetragen hatte, als er noch klein war. Damals war es ihm wie ein Wunder erschienen, dass Juda der Makkabäer den Zweiten Tempel von den Griechen befreite und das Öl acht Tage lang brannte.

»Ich glaube nicht an Wunder«, sagte Alexander zu niemand Bestimmtem. Aber das war nicht die ganze Wahrheit. Als Kind hatte er wundersame Dinge erlebt: aufplatzende Eier, aus denen kleine feuchte Küken schlüpften, eine Stute, die ein Fohlen zur Welt brachte, ein Regenbogen, der den Schnee berührte. Und sogar hier hatte er etwas Wunderbares erlebt: den Kuss eines Pferdes. In gewisser Weise waren das alles Wunder. Es waren Wunder der Natur, denen selbst Hitler nichts anhaben konnte.

Alexander schlief ein, träumte von Sternschnuppen und wachte auf vom Geruch ungewaschener Männer, die aus den Betten gescheucht wurden. Das Frühstück bestand aus einem kleinen Stück Brot und einem Löffel voll Schnee. Für den Kaffee blieb keine Zeit mehr, denn die Männer des Stalltrupps wurden noch vor Morgengrauen in den Desinfektionsraum geschickt.

»Alle anderen machen die Baracke sauber«, befahl die Ratte. »Hier sieht es aus wie in einem Hühnerstall. Ich will nachher vom Fußboden essen können.«

»Aber wir sind doch erst vor zwei Wochen desinfiziert worden!«, beschwerte sich Isidor.

Alexander betrat den Desinfektionsraum, beugte den Kopf und wartete auf den Rasierer. Dann ging er gemeinsam mit anderen ausgemergelten Männern unter die heiße Dusche und danach in den Hof zum Trockenwerden. Er wusste, er würde sofort wieder Läuse haben, sobald er seine schmutzige Jacke anzog. Aber als er zu der Bank zurückkehrte, auf der er seine Sachen abgelegt hatte, war seine Jacke verschwunden. Stattdessen lag dort ordentlich gefaltete Kleidung, eine Schüssel ohne Rostflecke und ein polierter runder Löffel. Die Jacke hatte noch alle Knöpfe und die Hose hatte keine Löcher. Alexander runzelte die Stirn. Es würde Wochen dauern, bis er genug Zigaretten zusammenhatte, um den Schneider zu bezahlen, damit er ihm noch einmal eine geheime Tasche in die Jacke nähte. Isidor hielt ein Paar Strümpfe hoch und zuckte mit den Schultern.

✡

Beim Mittagessen entdeckte Alexander ein Stück Fleisch in der Suppe. Kurz darauf führte der Kommandeur einen Mann mit einem Klemmbrett in der Hand durch den Stall. Der Fremde trug einen schweren grauen Mantel und hatte einen rot-weißen Streifen am linken Ärmel.

»Rotes Kreuz«, raunte Isidor.

Der Mann zog den Schöpflöffel aus dem Suppenbottich und schnupperte daran.

»Fleischsuppe«, erklärte der Kommandeur. »Gestern gab es Kohl und Rüben. Wollen Sie noch einen Blick in die Ställe werfen?« Der Mann nickte, machte sich ein paar Notizen und folgte dem Kommandeur nach draußen. Alexander beobachtete ihn, wie er durch den Stall ging und sich wie bei einem Museumsbesuch benahm. Er machte sogar Fotos von den Stallburschen in ihren zugeknöpften Jacken. Von Männern, deren Haut von der heißen Dusche glänzte und deren Atem nach Fleisch roch. Er schmunzelte über eine Bemerkung des Kommandeurs, schüttelte den Kopf und folgte ihm wieder in den Hof hinaus. Kaum waren die beiden gegangen, trug der Kapo die Suppe fort.

Frag nach den Orten, die dir nicht gezeigt werden, hätte Alexander am liebsten hinterhergerufen. *Geh nach Birkenau und frag nach den Krematorien. Frag nach dem Gas.* Aber er hielt den Mund und schwieg, denn inzwischen hatten die Wachen ihre Waffen wieder hervorgeholt.

Als der Kommandeur später am Nachmittag in den Hof kam, wartete Alexander bereits auf ihn. Seine Finger waren vom Halten des Seils steif gefroren. Er reichte dem Kommandeur die Zügel und sah zu, wie er mit Mitternacht durchs Tor ritt und sich der Nebel hinter dem davongaloppierenden Pferd mit Reiter schloss.

»Eigentlich sollte ich jetzt an seiner Stelle sein«, sagte Alexander mit zusammengebissenen Zähnen. Er stellte sich vor, wie der Kommandeur zum Sprung ansetzte, sein Gewicht auf die Fersen verlagerte und sich nach vorne beugte. Wie er seine behandschuhten Hände über Mitternachts Hals gleiten ließ. *Eigentlich sollte ich derjenige sein, der bei dem Sprung im Sattel sitzt.* Alexander öffnete die Fäuste und kehrte niedergeschlagen in den Stall zurück.

Die Stunden schleppten sich dahin. Alexander polierte das Zaumzeug, ölte die Türangeln, mistete den Stall aus, bereitete Mitternachts Futter zu und ging schließlich wieder in den Hof hinaus. In der kahlen Winterlandschaft war nichts, was ihn von seinem nagenden Hunger ablenkte, nichts, was ihn wärmte, nichts außer seine Gedanken an Vergangenes. Er schaufelte eine Handvoll Schnee in seinen Mund und überließ sich seinen Erinnerungen.

Es war im vorigen Winter gewesen, Alexander war dreizehn und Lili neun. Es schien ihm eine Ewigkeit her zu sein. Mit einer Karotte in der Hand hatte Lili im Hof neben dem Schneemann gestanden, den er gebaut hatte. *Das ist seine Nase,* hatte sie gesagt und Alexander die Karotte zugeworfen. Er hatte die Karotte in das Schneemanngesicht gerammt, direkt über dem kleinen schwarzen Schnurrbart, den er aus einem alten Besen fabriziert hatte.

Er sieht aus wie Hitler, hatte Lili gesagt und in die Rosinenaugen des Schneemanns geblickt. Alexander hatte Hitler den Besen in die Hand gedrückt und den anderen Arm des Schneemanns so geformt, dass er zum Hitlergruß erhoben war. *Damen zuerst,* hatte er lachend gesagt und dann Lili einen abgebrochenen Zweig gegeben. Alexander lächelte, als er daran dachte, wie seine Schwester den Schneemann malträtiert hatte. Sie hatte ihm einen Stecken in den Bauch gerammt und einen zweiten ins Auge und dabei hatte sie vor Vergnügen gejuchzt. Der Arm des Schneemanns war abgebrochen, seine Nase heruntergefallen, und als sein Kopf davonrollte und sein Körper auseinanderfiel, hatten sie ihn in den Boden getrampelt, bis nur noch ein schmutziger Schneehaufen von ihm übrig geblieben war.

Als Mitternacht durchs Tor galoppiert kam, riss Alexander sich aus seinen Erinnerungen. Er war überzeugt, dass der Hengst den Sprung mit Leichtigkeit geschafft hatte, aber er wollte, nein er musste das selbstzufriedene Lächeln des Kommandeurs sehen, um ganz sicher zu sein. Beim Anblick von derartig vielen makellos weißen Zähnen überlief Alexander ein Schauder. *Es gibt keine Wunder,* wiederholte er im Stillen. Alles, was er sich erhoffen konnte, waren Tage wie dieser: Fleischtage, Tage, an denen er in Ruhe träumen konnte. Tage, die damit endeten, dass er das Führseil in der Hand hielt und seine Wange gegen Mitternachts Hals schmiegte.

✡

Als die Männer am achten Tag von Chanukka zu den Ställen marschierten, erhellten grelle Feuerwerksfarben den Himmel. Die schneebeladenen Zweige glühten orange und der eisige Untergrund glitzerte im ersten Morgenlicht. Selbst die Wachen ließen die Waffen sinken und blickten zum explodierenden Himmel.

»Monowitz brennt!« Ein Lächeln huschte über Isidors rötlich schimmerndes Gesicht. Alexander nahm die Hände wieder von den Ohren. Er hatte von Monowitz gehört, ein weiterer Ort auf der langen Liste von Arbeitslagern in der Umgebung von Auschwitz. Die Männer, die dorthin geschickt wurden, um in den Minen zu arbeiten, hielten keine vier Wochen durch. Jene, die in die nahe gelegene IG-Farben-Chemiefabrik geschickt wurden, hielten es länger aus.

Alexander suchte den Himmel nach Flugzeugen ab. Einige Stallburschen hatten davon gesprochen, dass die Russen kommen und sie retten würden, aber Alexander hatte nicht richtig zugehört. Ihr Geschwätz von den heranrückenden Truppen diente nur dazu, dass sie sich selbst ein bisschen besser fühlten. Verzweifeltes Gerede, mehr war es nicht. Er entschied sich, nicht zuzuhören, und schenkte auch den brummenden Flugzeugen keine Beachtung. Schon vor Monaten waren die ersten am

Himmel erschienen. Damals, vor dem jüdischen Neujahr, hatte er noch gehofft, dass der Lärm von oben ein Zeichen für den Neubeginn war. Geändert hatte sich seither nichts. Die Ratte scheuchte sie immer noch morgens aus ihren Betten, der Kapo brachte sie immer noch zum Stall, und der Kommandeur schlug sie auch weiterhin mit seiner Gerte.

Alexander rannte sofort zum Stall, als sie den Hof erreichten. Von Weitem hörte er das Poltern von Hufen, die gegen Holzwände krachten, und Mitternachts schrilles Wiehern. Er stieß die Tür auf, rannte den Gang entlang. Eine graue Stute versuchte, aus ihrer Box zu entfliehen, und ein rotbrauner Hengst preschte zur Tür. Alexander betrat Mitternachts Box und stellte fest, dass der Hengst sich in die hinterste Ecke verzogen hatte. Mit gespreizten Beinen und aufgestellten Ohren stand er da und versuchte zu begreifen, was die lauten Explosionen zu bedeuten hatten. Er atmete hektisch und zitterte am ganzen Körper. Kein Zweifel, er hatte entsetzliche Angst.

»Ist schon gut.« Alexander streckte die Hand aus, berührte ihn aber nicht. Mitternacht war seiner gewohnten Umgebung entrissen worden und mochte keine Überraschungen. Er brauchte das Vertraute: einen Geruch, den er kannte, eine beruhigende Stimme, einen Freund. Der Hengst senkte den Kopf, um Alexanders Finger zu beschnuppern. Als seine Atemzüge gleichmäßiger geworden waren, legte Alexander ihm beruhigend die Hand an den Hals, bis er ganz still wurde.

Auch als der Stall ein zweites Mal bebte und der Himmel sich orange verfärbte, riss Mitternacht verschreckt die Augen auf. Aber statt zurückzuweichen, wieherte er und streckte Alexander den Kopf hin, damit er ihn streichelte. Mit pochendem Herzen und zitternd vor Aufregung nahm Alexander die Hand vom Hals weg und berührte stattdessen Mitternachts feuchte Nase. Das Pferd ließ es sogar zu, als er die weiche weiße Blesse liebkoste. *Ich streichle seinen Kopf.* Alexander hielt den Atem an. *Ich darf seine Stirn berühren!* Er kraulte den Hengst zwischen den Ohren und den dunklen Augen und dabei rollten ihm Tränen über die Wangen. Es war gut, etwas anderes zu spüren als Schuld. Es war gut, wenn die Reue für einen Moment dem Stolz wich und wenn die Scham dem Glück Platz machte. Er hatte das Gefühl, als würde er etwas zählen. Als wäre er wieder ein ganzer Mensch. Als gäbe es tatsächlich Hoffnung.

»Sie kommen, um uns zu retten«, flüsterte er in der knisternden Stille zwischen den lauten Bombeneinschlägen.

Kapitel 21

Die Tage wurden immer kürzer und es ging auf Weihnachten zu. Birkenaus rußschwarze Kamine hatten aufgehört, Rauch zu spucken, und die Russen ließen einen Bombenhagel auf Monowitz niederregnen. Das entfernte Donnern von Geschützfeuer ließ Alexanders Herz in der Brust anschwellen.

Halb verhungert stand er neben seinem gut gefütterten Pferd, blickte hinauf zu dem wunderschönen, Furcht einflößenden Himmel und versuchte sich vorzustellen, wie er ohne ein Gewehr im Rücken auf die andere Seite des Stacheldrahtzauns ging. Er malte sich aus, wie er den Gregorweg entlangging und die eigene Haustür öffnete.

Nachts schloss er die Augen, und aus den Schritten der Ratte wurden die Schritte seines Vaters, und das Raunen von den Nachbarbetten wurde zur ruhigen Stimme seiner Mutter. »Die Russen kommen«, flüsterte er den Wänden und Böden zu.

»Sie sind schon unterwegs!«

Das Ende des Kriegs stand so unmittelbar bevor – und er war so nahe dran, wieder nach Hause gehen zu können –, dass er die Freiheit geradezu schmecken konnte. *Es ist eine Frage der Zeit,* sagte er sich. *Ich muss einfach nur überleben.*

Er pulte den Schimmel von seinem Brot und schnitt den Rest in dünne Scheiben, damit er länger etwas davon hatte. Außerdem tauschte er seine Zigaretten gegen ein Extrapaar Strümpfe und schlief Rücken an Rücken mit Isidor, damit sie sich gegenseitig warm hielten.

Alexander tat alles, um den Wachen aus dem Weg zu gehen, die inzwischen finstere Mienen machten und zu trinken angefangen hatten. Vor allem aber versuchte er, dem Kommandeur nicht in die Quere zu kommen, der mit jedem Tag jähzorniger und gewalttätiger wurde. Inzwischen verprügelte er die Stallburschen nicht mehr, weil sie Essen aus den Ställen schmuggelten, sondern erschoss sie sofort. Er fügte Mitternacht keine Verletzungen zu, aber er ritt ihn schnell und hart. Er schien auf der Jagd nach etwas zu sein. »Was auch immer er sucht«, sagte Alexander zu Isidor, »er wird es nicht auf dem Rücken eines Pferdes finden.«

Auch die Ratte ahnte, dass das Ende des Kriegs bevorstand. Während die Laune des Kommandeurs immer schlechter wurde, versuchte der Blockführer, die Seiten zu wechseln. Er nahm den Männern nicht mehr das Essen weg und verprügelte sie nur gelegentlich. Am Silvesterabend beschaffte er ein paar zusätzliche Laibe Brot und verteilte sie unter den Männern.

Den letzten Rest warf er auf den Boden, damit die Häftlinge sich darum balgen konnten.

»Gutes neues Jahr!« Er wankte auf Alexander zu und hielt ihm eine Flasche hin. Alexander führte den Wodka an die Lippen und tat so, als würde er trinken. Er würde seinen ersten Schluck Alkohol nicht mit der Ratte trinken. Er würde ihn trinken, um den Untergang des Nazireichs zu feiern. Er würde ihn an seinem ersten Abend zu Hause trinken. Er würde ihn mit seinem Vater trinken, um einen Neuanfang zu begehen, aber er würde ihn ganz sicher nicht trinken, um die raue Wirklichkeit der Baracken oder das fiese Grinsen der Ratte erträglicher zu machen. Vergessen wollte er auch gar nicht, nicht so kurz vor dem Ende, so kurz vor seiner Heimkehr. Alexander schuldete es Lili und auch sich selbst, dass er alles, was die SS ihnen angetan hatte, im Gedächtnis behielt.

Er nahm alles wahr: die Leichen, die wie Holzklötze vor der Baracke gestapelt waren, die Schreie an der Exekutionswand, den blutgetränkten Schnee. Wenn er in Auschwitz war, wartete er nervös darauf, dass die Ratte sie aufweckte, damit er sich in den Stall flüchten konnte, wo er sich, verborgen hinter schützenden Bretterwänden, sicher und gewärmt fühlte.

Er verbrachte die Tage damit, Mitternacht zu füttern und sein Winterfell zu pflegen. Aber die meiste Zeit redete er mit ihm. Er erzählte ihm von dem Bauernhof am Gregorweg und vom Lieblingsversteck seiner

Schwester hinter dem Holzstapel im Schuppen. Er erzählte ihm von dem klapprigen Milchkarren seines Vaters und den Eisblöcken zum Kühlen der Milch. Er erzählte ihm auch von dem Tag, als der Soldat kam, um Saris Fohlen mitzunehmen.

»Ich weiß noch genau, wie er ausgesehen hat«, sagte Alexander, während er Mitternachts Schweif entwirrte. »Er hatte ein pockennarbiges Gesicht und war nicht sehr viel älter als ich. Er behauptete, die Armee bräuchte unsere Pferde. Meine Mutter erklärte ihm, dass wir ohne die Pferde den Hof nicht bewirtschaften könnten. Sie stritt so lange mit ihm, bis er die Pistole zog. Erst dann schickte sie mich in den Stall, um die Pferde zu holen. Sie sagte ihm, dass wir vier Pferde für ihn hätten.« Alexander hielt mit dem Bürsten inne. »Wir hatten einen Ackergaul, eine Stute, die den Milchkarren zog, einen Araber, den mein Vater gekauft hatte, um das Vieh zusammenzutreiben, und schließlich Sari und Paprika. Das Fohlen war erst eineinhalb – ein Jährling, der noch nicht zugeritten war. Die Armee hatte keine Verwendung für so ein Tier.« Alexander sah den Hengst an. »Ich musste dem Soldaten vier Pferde aushändigen«, fuhr er seufzend fort. »Meinen Liebling wollte ich nicht hergeben, daher schloss ich Sari in ihrem Stall ein und gab ihm stattdessen Paprika.«

✡

Alexander zählte die Tage und ritzte mit der geschärften Löffelspitze jeden Tag, der vergangen war, in ein Holzbrett seiner Pritsche. Es war ungefähr Mitte Januar, als die Ratte den Stalltrupp an der Barackentür zusammentrommelte.

»Ich habe eine Ankündigung zu machen«, rief er. Die anderen Häftlinge – die Leichensammler, Schneider, Mechaniker und Schweißer – saßen bereits auf ihren Stockbetten und warteten.

»Morgen werden wir evakuiert«, erklärte die Ratte mit verkniffenem Mund. Der Raum explodierte förmlich. Männer sprangen von ihren Betten und bestürmten den Barackenführer mit Fragen. Wohin würden sie gehen? Würden sie zu essen bekommen? Wie lange würde der Marsch dauern? Wo würden sie schlafen?

»Zurück mit euch!« Der Barackenführer ließ seine Peitsche knallen. »Euch hat nur zu interessieren, dass heute Abend der letzte Appell war. Morgen marschieren wir los.« Die Männer machten große Augen, als sie das hörten. »Wir brechen nach Einbruch der Dunkelheit auf. Nur die Leute auf der Krankenstation bleiben hier und …« Er sah sich im Raum um und fing Isidors Blick auf. »… der Stalltrupp. Ihr bleibt hier, solange ihr gebraucht werdet. Wenn eure SS-Männer mit ihren Pferden weggehen, dann gibt es keinen Grund, warum ihr …«

… am Leben bleiben solltet, beendete Alexander im Stillen den Satz.

Die Ratte wandte sich wieder an die anderen Häftlinge, die miteinander tuschelten. Er versetzte dem Mann direkt neben sich mit dem Griff seiner Peitsche einen Schlag auf den Kopf. Das Raunen verstummte. »Ich weiß nicht, wie lange wir unterwegs sein werden und wohin es geht, also fragt mich nicht.« Er stieß die Tür auf und beugte sich über die im Schnee gestapelten Leichen.

»Einer von euch muss kommen und mir helfen, den Leichen die Kleider auszuziehen. Wenn ich es schön warm habe«, sagte er und schnappte sich den Mantel eines Toten, »dann könnt ihr euch über die restlichen Sachen hermachen.« Alexander kletterte in sein Bett und schlang die Arme um die Knie.

»Das ist unser Todesurteil.« Ein Mann drei Betten weiter vergrub den Kopf in den Händen. »Ich habe nicht zwei Jahre lang ums Überleben gekämpft, nur um jetzt zu sterben«, rief ein anderer und fiel in den Chor der panischen Stimmen ein.

Ein Schneider riss ein Laken in zwei Hälften und nahm eine Nadel aus der Jackentasche, während ein anderer eine Decke um seine Schultern schlang und sie mit einem zerfransten Seil an der Taille festband. »Wir brauchen etwas, um uns zu wärmen«, sagten sie leise zueinander und stopften sich Matratzenfüllungen in die Jacken.

»Brauchst du diese Stiefel noch?« Der Junge von Alexanders Nachbarbett blinzelte bei dieser Frage nervös. »Ich gebe dir einen Mantel dafür. Einen Mantel und einen Hut.«

Alexander schüttelte den Kopf. Er zog eine Karotte aus seinem Strumpf und biss hinein. Mit oder ohne Stiefel, der Junge würde den Marsch nicht überleben. Nicht in dem Schnee. Nicht ohne Essen oder Unterschlupf. *Vielleicht war das ja der Plan.* Alexander schluckte den Karottenstrunk hinunter. *Ich war dumm,* dachte er. *Dumm genug, um die SS zu unterschätzen. Mir vorzustellen, dass sie die Waffen niederlegen und sich geschlagen geben. Zu erwarten, dass sie uns den anderen überlassen und Hitlers Auftrag nicht erfüllen.*

Isidor kletterte zu ihm aufs Bett. »Ich habe die Wachen belauscht«, sagte er leise zu Alexander. »Sie haben Befehl, alle, die im Lager zurückbleiben, zu liquidieren. In ein paar Tagen ist dieser Ort nur noch ein Friedhof. Ich werde ganz sicher nicht beim Marsch dabei sein. Aber ich werde auch nicht hierbleiben.«

Alexander drehte sich zu ihm und fragte: »Was sollen wir deiner Meinung nach tun?«

»Uns bleibt nur eines übrig: Wir nehmen unsere Pferde und hauen von hier ab.«

Alexander schüttelte den Kopf. »Die Wachen haben Waffen. Sie werden uns aufhalten.«

»Den Wachen ist das inzwischen egal. Sie wissen, dass es vorbei ist. Sie suchen jetzt nach einer Möglichkeit, um zu überleben. Ich brauche nichts weiter zu tun, als die zwei Soldaten im Hof zu bestechen. Ein paar Flaschen Wodka, das Versprechen, für sie ein gutes Wort einzulegen …«

Alexander stützte sich auf seinen Ellbogen. »Eine Flasche Wodka ist keine Garantie.«

»Das stimmt«, gab Isidor zu. »Aber wenn wir nichts unternehmen, sind wir so gut wie tot.«

»Vielleicht.« Alexander zuckte die Schultern. Er dachte an die vielen Male, als Mitternacht ihm erlaubt hatte, etwas von seinem Futter zu stehlen. Das Pferd hatte ihn an den kältesten Tagen warm gehalten und ihn aufgeweckt, wenn er bei der Arbeit eingeschlafen war. Mitternacht hatte alles getan, was der Kommandeur – und Alexander – von ihm verlangt hatten, damit weder er noch Alexander die Gerte des Kommandeurs zu spüren bekämen. Alexander würde es nicht fertigbringen. Er würde nicht in einen Wald reiten, in dem vielleicht SS-Männer warteten, und dabei Mitternachts Leben aufs Spiel setzen. Und zwar deshalb nicht, weil das Pferd *sein* Leben gerettet hatte.

✡

Er sah zu, wie die anderen aufbrachen. Sie marschierten durch das große Tor Richtung Westen: Tausende von Männern, Frauen und Kinder, mit Decken über den Schultern und zerrissenen Laken um Arme und Beine als Schutz gegen die eisige Kälte. Lauter fahle, eingefallene Gesichter mit tief liegenden Augen und papierner Haut. Er sah, wie sie alle im Schnee verschwanden, einer nach dem anderen, bis nur noch der Stalltrupp und die Wachen übrig waren. Die Dagebliebenen wanderten ziellos durchs Lager und warteten.

Vierzig SS-Männer waren an diesem Morgen in den Stall gekommen, um ihre Pferde zu holen. Vierzig Stallburschen warteten ängstlich, dass ihre Pferde am Abend wiedergebracht wurden. Nur siebenundzwanzig Pferde kehrten zurück.

»Eure SS-Männer sind fort«, erklärte der Kapo den dreizehn Häftlingen, deren Pferde fehlten. »Eure Arbeit ist getan. Ihr werdet nicht nach Auschwitz zurückgehen, sondern von hier aus den Marsch antreten.«

Sie waren nicht darauf vorbereitet. Ihre Taschen waren leer und sie hatten keinerlei zusätzlichen Schutz gegen die Kälte.

»Ich habe nichts gegessen«, wehrte sich einer der Jungen, als ein Soldat ihn packte, damit er sich bei den Marschierenden einreihte.

»Ich bin noch nicht so weit«, flehte ein anderer den Kapo an. »Du hast gesagt, wir hätten noch ein paar Tage.«

Der Kapo zuckte nur die Schultern, aber der Wachmann hob drohend die Waffe. Einer der Stalljungen war aus der Reihe ausgeschert. Der Soldat feuerte eine Kugel in den Schnee und eine zweite auf die Füße des Jungen. Aus den schwarzen Stiefeln tropfte Blut.

»Abmarsch!«, bellte der Soldat und stieß den Jungen vorwärts.

Alle anderen Stallburschen erhielten vom Kapo den

Befehl, die Pferde zu füttern und zu tränken. Auf dem Weg zu den Trögen ging er langsam neben Isidor her. Alexander beobachtete, wie Isidor in seine Tasche griff, ein Päckchen hervorholte und es an den Kapo weiterreichte.

»Dein SS-Mann wird in zwei Tagen abgezogen. Es ist ein langer Weg. Füttere das Pferd gut an. Es darf nicht hungrig und schwach sein«, hörte Alexander den Kapo sagen. In seinen Worten schwang ein Unterton mit. »Sieh zu, dass er es warm hat.« Der Kapo blickte auf Isidors Schuhe, deren Sohlen bereits abfielen. »Und denk an seine Hufe.«

Als der Kapo gegangen war, folgte Isidor Alexander in die Futterkammer und schloss die Tür hinter sich. »Sobald wir morgen hier sind, haue ich ab. Mein SS-Mann hat seinen Rückzugsbefehl erhalten und ist in zwei Tagen weg.« Er nahm eine Karotte und verbarg sie unter seiner Mütze.

Alexanders Kopf fing an zu pochen. »Du gehst also nicht auf den Marsch?«

Isidor schüttelte den Kopf und versteckte einen Apfel in der Hose.

»Nur ein einziger Soldat bewacht den Hof. Ich kenne ihn, er trinkt gerne. Für eine Flasche Wodka schaut er im richtigen Moment weg. Du kannst mitkommen, wenn du willst.«

Alexander ging nicht auf das Angebot ein. »Ich möchte dir etwas geben«, sagte er stattdessen. Er zog

Isidor aus dem Futterraum in die Box der Stute. »Ich hätte es dir schon viel früher sagen sollen.« Alexander wurde rot. Er ging zum Regal und holte einen Milcheimer. »Ich habe die Stute gemolken«, sagte er und scheuchte das Fohlen von der Mutter weg. »Ich habe niemandem davon erzählt, weil ich Angst hatte, ihre Milch könnte versiegen, wenn sie zu oft gemolken wird.« Er zog an den Zitzen. »Das war egoistisch von mir. Es tut mir leid.« Seine Stimme verebbte. Als er mit dem Melken fertig war, gab er Isidor den Eimer und eilte zu Mitternacht in die Box.

»Ich möchte mich nicht von ihm verabschieden.« Er schlang die Arme um den Hals des Pferds und schmiegte sich an Mitternachts Wange. »Und von dir auch nicht. Ihr seid meine einzigen Freunde.« *Freunde.* Nun, da das Wort ausgesprochen war, nahm es so viel Platz ein, dass es den ganzen Stall ausfüllte. Alexander versuchte sich zu erinnern, wann er zum letzten Mal etwas getan hatte, das nicht ihm selbst, sondern einem anderen zugutegekommen war. Das musste eine ganze Weile her sein. Es war seine eigene Schuld. Er hatte sich eingeredet, dass er im Lager nur dann überleben würde, wenn er genauso kalt und hart wäre wie die Männer, die ihn gefangen hielten. Wenn er sich abschotten und niemanden an sich heranlassen würde. All die Monate, in denen er seine Gefühle unterdrückt hatte – und doch hatte er es nicht geschafft, aus sich eine Festung zu machen.

✡

Als Alexander ins Lager zurückkehrte, fand er die Baracke verlassen vor. Er legte sich eine Decke um die Beine, setzte sich trotz der bitteren Kälte draußen auf die Stufen und sah zu, wie Isidor und die anderen Stallburschen das Lager nach etwas Essbarem durchsuchten.

»Sie werden uns keine Mahlzeiten mehr geben«, sagte die Ratte. Der Blockführer zog ein welkes Kohlblatt aus seiner Tasche und steckte es in den Mund. »Ihr müsst für euch selbst sorgen.«

Alexander trat in den Schnee hinaus und brach einen Eiszapfen vom Dach. Die Stille hätte eigentlich beruhigend sein müssen. Die Kapelle hatte ihre Instrumente weggepackt und die Galgen waren abgebaut worden. Auf dem Appellplatz herrschte Ruhe, die Baracken waren leer.

Er hörte ein dumpfes Grollen und duckte sich zur Tür. Ein Flugzeug kreischte am Himmel und spuckte Flammen. Er überlegte, ob er sich Isidor anschließen sollte, wenn schon nicht auf dem Pferderücken, dann wenigstens zu Fuß. Aber am Tor waren immer noch Wachen postiert und im Wald warteten womöglich weitere Soldaten. Selbst wenn sie die Wachen umgehen könnten, würden sie keine Nacht im Schnee überleben.

Er stieg in sein Bett. Seit sieben Monaten hatte er nicht mehr auf dem Rücken geschlafen, war nicht mehr eingeschlummert, ohne dass ein anderer stinkender

Körper an ihm klebte. Jetzt war die Baracke fast vollständig leer. Er hatte ein Bett für sich allein und trotzdem konnte er nicht einschlafen.

✡

»Wir hauen ab.« Isidor stand am frühen Morgen vor Alexanders Bett. Draußen war es noch dunkel, aber die Ratte scheuchte die Männer trotzdem aus ihren Betten. An der offenen Barackentür stand ein Soldat und brüllte die Häftlinge an, dass sie sich gefälligst beeilen sollten. »Heute Morgen noch«, fügte Isidor hinzu. Sein Gesicht war kreideweiß.

Alexander rieb sich den Schlaf aus den Augen und setzte sich auf. »Jetzt? Von hier aus?« Seine Stimme brach. Er hatte sich nicht von Mitternacht verabschiedet.

Isidor nickte. Er zog einen bröseligen Zuckerwürfel unter seiner Matratze hervor und steckte ihn in seine Mütze.

»Du kommst also nicht mit?« Er sah Alexander forschend an. »Solange der Kommandeur hier ist, hast du noch eine Aufgabe.« Er hob sein Kissen hoch und nahm den Apfelbutzen, der darunter lag. »Aber er wird nicht für immer bleiben.« Isidor warf einen raschen Blick zu dem Soldaten an der Tür, der auf die Häftlinge wartete. »Ich rate dir, heute noch abzuhauen. Ich habe die Wachen vor dem Stall bereits bezahlt. Schnapp dir das Pferd des Kommandeurs und mach, dass du wegkommst.« Er umklammerte Alexanders Arm. »Ich will nicht, dass du an dem Marsch teilnimmst.«

»Kannst du bei den Wachen oder beim Kapo nicht noch einen zusätzlichen Tag rausschinden?«, fragte Alexander mit einem Anflug von Panik. »Hast du nicht einen Freund auf der Krankenstation? Er wird behaupten, du seist krank.«

»Ich habe der Stallwache meine letzte Packung Zigaretten gegeben. Jetzt habe ich nichts mehr übrig, also habe ich auch keine Freunde mehr.«

»Du hast *mich*«, sagte Alexander leicht verletzt.

»Ich dachte, du willst keine Freunde haben.«

»Wollte ich auch nicht«, sagte Alexander. »Aber du hast mich rumgekriegt.« Er streckte die Hand aus und Isidor ergriff sie. »Die Russen sind schon ganz nah«, versuchte Alexander ihm Mut zu machen. »Sie werden den langen Marsch aufhalten.«

Isidor nickte. Er zog sein Laken von der Matratze, riss es in Streifen und wickelte sie um Arme und Brust. Mit dem letzten Fetzen band er die Sohle an seinem linken Schuh fest.

Alexander rang sich ein Lächeln ab. »Gregorweg Nummer sechs in Košice. Vergiss es nicht. Das ist meine Adresse. Ich rechne fest damit, dass du mich besuchst.«

»Stalltrupp, fertig zum Abmarsch!« Ein zweiter Wachmann war an der Tür aufgetaucht. Sein Bart war mit einer Eisschicht überzogen.

»Gregorweg Nummer sechs.« Isidor stand auf, zog seinen Mantel an und ging zur Tür. Der Stofffetzen um seinen kaputten linken Schuh löste sich bei jedem Schritt weiter auf.

»Isidor, warte!« Alexander zog erst den einen, dann den anderen Stiefel aus. Er wollte seinen neuen Freund nicht verlieren. Seinen einzigen Freund unter den Menschen. »Deine Schuhe fallen auseinander. Damit kommst du im Schnee nicht weit. Du hast keine Zeit mehr, um sie zu reparieren. Ich schon.« Er nahm die Stiefel und drückte sie gegen Isidors Brust. »Nimm meine. Ich ziehe deine an.«

Kapitel 22

Alexander stand am Haupttor und sah zu, wie der Nebel Isidor verschluckte.

»Gregorweg Nummer sechs«, sagte er leise zu den wirbelnden Schneeflocken. »Und bring die Stiefel meines Vaters mit. Er wird sie wiederhaben wollen.«

Die Ratte übergab Alexander dem Kapo und die beiden gingen in Begleitung eines Soldaten zu den Ställen. Alexander war sich bewusst, wie viel Glück er hatte. Ihm waren noch ein paar Stunden Unterschlupf vergönnt, ein paar Stunden, in denen er nach Essensresten suchen konnte. Er stand unter Mitternachts Schutz. Zumindest vorerst noch. Aber irgendwann würde auch das ein Ende haben. Der Kommandeur würde fliehen, bevor die russischen Panzer eintrafen, und dann stand es auch Alexander bevor, durch den Schnee zu stapfen, auf dem Weg ins Ungewisse.

»Der Kommandeur hat nichts davon gesagt, dass er heute ausreiten will.« Der Kapo stieß die Stalltür auf und ging an dem finsteren Wachmann vorbei. Alexander lief hinter ihm her durch die stille Küche und die leere Futterkammer. Die Boxen waren verlassen, an den Haken der Regale baumelten keine Sättel und kein Zaumzeug mehr. Vor der leeren Box des Ponys blieb Alexander stehen. Der Kapo schüttelte den Kopf. »Sie haben Kastanie im Wald freigelassen, zusammen mit dem Fohlen.«

»Und die Stute?«, fragte Alexander, der plötzlich an seine Mutter denken musste, wie sie an ihrem dritten Tag in Birkenau am Zaun gestanden hatte, der das Frauenlager vom Männerlager trennte, und wie er sich gefühlt hatte, als man sie ein zweites Mal voneinander trennte.

»Die Stute haben sie mitgenommen.«

Alexander rannte zu Mitternacht und schlang die Arme um den Hengst. »Wollen wir ausreiten?« Das Pferd spitzte die Ohren, als Alexander es sattelte, und machte einen Schritt auf die Tür zu. »Nicht da draußen. Hier drin, mit mir.« Er wusste, dass es albern war, aber vielleicht würde er nie mehr wieder reiten. Noch *einmal* wollte er auf dem Rücken eines Pferdes sitzen. Er wollte die Zügel ergreifen und seine Fersen in Mitternachts Seiten drücken und für einen Augenblick so tun, als wäre er ein ganz normaler Junge auf einem Pferd.

Zuerst zurrte er den Gurt fest, dann steckte er die Trense in Mitternachts nasses Maul. »Wo soll's hingehen?« Alexander stieg in den Sattel und machte die Augen zu. Mitternacht wieherte sanft und trat auf der Stelle, während Alexander sich vorstellte, wie die Hufe das Gras niederdrückten. Er hörte geradezu, wie der Wind durch die Bäume strich.

Alexander packte die Zügel fester, stemmte die Fersen in die Steigbügel, bis er stand. Er spürte die Sonne auf seinem Gesicht, sah die Weiden vor sich und den Gregorweg. Er fiel in einen Galopp. Seine Beine fingen jede Unebenheit des Untergrunds auf, jedes Schlagloch, jeden Stein. Seine Mutter wartete zu Hause am Hoftor, wischte die Hände an der Schürze ab. Neben ihr stand Lili und winkte Alexander zu.

Nach Hause… ich muss nach Hause! Alexander glitt vom Pferd. Er nahm eine Decke, die im Stroh lag, schlang sie über seine Schultern und band sie an der Taille mit einem Seil fest. Dann stopfte er sich die Taschen mit Zuckerwürfeln voll und steckte die Reste von Hafer, die er aus den Trögen zusammengekratzt hatte, in seine Strümpfe. »Vielleicht schicken sie mich heute fort.« Alexander zog Isidors Schuhe aus und rannte zum Schuppen des Hufschmieds. Er drehte Isidors linken Schuh um, holte einen Hammer von der Werkbank und klopfte ein Dutzend Nägel in die Sohle. Dann feilte er die Kanten ab und kehrte wieder zu Mitternacht zurück.

»Sie setzen die Vorratslager in Brand und jagen die Baracken in die Luft. Ich will nicht mehr ins Lager zurück«, sagte Alexander und drückte seine Stirn an Mitternachts Hals. »Isidor wollte, dass wir fliehen, aber für dich ist es besser, wenn du beim Kommandeur bleibst. Bei ihm bist du sicher.«

Als es dunkel wurde, klopfte der Kapo ans Tor. Alexander schmiegte sich gegen Mitternacht, lehnte seinen Kopf an die weiße Blesse und verabschiedete sich.

»Lass uns ins Lager zurückgehen.« Der Kapo senkte die Stimme. »Vielleicht kommen sie heute Nacht.« In seinen Worten schwang Hoffnung mit. Er sagte nicht, wer hoffentlich nach Auschwitz kam, aber das war auch gar nicht nötig. Alexander blickte hinauf zum blutrot erleuchteten Himmel. *Beeilt euch,* flehte er die Russen an. *Wir haben nicht mehr viel Zeit.*

✡

Als Alexander in die Baracke zurückkehrte, war die Ratte verschwunden. Er setzte sich im Dunkeln auf seine Bettkante und überlegte, ob Mitternacht vielleicht schon die Flammen riechen konnte, die an den Baracken hochzüngelten, oder ob er hörte, wie die Mauern der Vorratslager einstürzten. Alexanders Magen knurrte, aber er wollte nicht seine Taschen leeren oder seine Strümpfe ausschütteln. Die Vorräte würde er für den Marsch brauchen. Er stieg von seinem Bett und suchte auf allen vieren den Boden nach einem Kanten Brot oder einem Stück Käse ab. Er zerrte die Matratzen von den Pritschen, tastete über die zersplitterten Bretter und kroch im Dunkeln unter die untersten Betten auf der Suche nach Krümeln. Aber der Boden war wie sauber geleckt. Er ging zur Kammer des Blockführers und öffnete vorsichtig die Tür. Er hatte sich immer vorgestellt, dass es dort einen Tisch mit einer Lampe, einen Schreibtisch und einen Stuhl, saubere Laken und ein Kissen gab. Es war ein Raum mit vier Wänden und einer Tür und es gab auch ein Bett und ein Nachttischchen. Aber abgesehen davon unterschied die Kammer sich in nichts von der Einrichtung der Baracke. Alexander hob die Matratze hoch und kippte das Nachtschränkchen um, aber die Ratte hatte nichts zurückgelassen.

Ein alter Mann wanderte zwischen den ausgebrannten Baracken umher und rief nach seinem Sohn. Alexander wischte mit dem Ärmel über das mit einer dünnen Frostschicht überzogene Fenster und beobachtete den alten Mann. Er wünschte, er könnte ebenfalls hinausgehen und nach seiner Mutter suchen. Der Kapo hatte ihm gesagt, dass seine Baracke bewacht wurde und dass er, wenn er allein nach draußen ging, sein Leben aufs Spiel setzte. *Wenn ich könnte, würde ich gehen,* sagte er sich. *Ich würde die Frauenbaracken und die Latrinen absuchen. Ich würde in die Küche gehen und auf die Krankenstation.* Isidor hatte ihm gesagt, dass es auf der Krankenstation nach Tod roch. Die Patienten waren nur noch Haut und Knochen, und die SS-Ärzte halfen mit einer Phenolspritze nach, wenn sie nicht schnell genug starben.

Alexander drückte die Nase ans Fenster und starrte zu den anderen Baracken hinüber. Ein Soldat hatte ein Feuer auf den Stufen von Block vierzehn angezündet und warf eine Kiste mit Papieren in die Flammen. Ein SS-Mann rannte an ihm vorbei und zog sich im Gehen eine blau-weiß gestreifte Jacke an. Er hatte einen Stift in der Hand und kratzte etwas in seinen Unterarm.

»Bald sind die Russen da. Damit kommst du nicht durch«, zischte Alexander dem davoneilenden Schatten hinterher. Er legte sich auf sein Bett, konnte aber nicht einschlafen. Die ratternden Lastwagen, die knisternden Feuer und das bevorstehende Ende des Kriegs hielten ihn wach. Er stand wieder auf, sammelte Schnee vom Barackendach als Frühstück und wartete darauf, dass der Kapo ihn abholte.

»Der Kommandeur hat angekündigt, dass er heute sehr früh kommen wird«, sagte der Kapo, als sie sich auf den Weg zu den Ställen machten.

»Geht er weg?«, fragte Alexander verblüfft.

»Das weiß ich nicht.« Der Kapo kaute auf einem Fingernagel. »Er hat nicht gesagt, was er vorhat.«

Sie marschierten schweigend weiter und erreichten den Hof bei Anbruch der Morgendämmerung. Kurz darauf tauchte der Kommandeur an der Stalltür auf, warf einen Blick auf seinen Hengst und ging wieder davon. Alexander blieb bei dem Pferd zurück und machte sich Sorgen, wie es weitergehen würde.

Sie verbrachten drei Tage gemeinsam im Stall und warteten auf die Rückkehr des Kommandeurs oder auf das Ende des Kriegs. Der Kapo harrte mit ihnen aus. Jeden Morgen richtete Alexander Mitternacht her, und jeden Abend nahm er ihm das Zaumzeug wieder ab, ehe er in die Baracke zurückkehrte.

»Sie haben das letzte Krematorium in die Luft gesprengt und die Vorratsbaracken angezündet«, sagte der Kapo eines Morgens, als sie zwischen leeren Trögen in der Futterkammer saßen. »Sie vernichten alle Beweise. Es ist vorbei. Bald kannst du nach Hause.«

Aber es war noch nicht vorbei. Da waren immer noch der nagende Hunger und die Kälte. Da waren immer noch die Wachen mit den Pistolen. Der Kommandeur konnte jeden Moment auftauchen und sie auf den Marsch schicken. Alexander kratzte die letzten Reste aus den Futterkübeln und fügte sie seinen mageren Vorräten hinzu. Seit die Lieferungen nur noch gelegentlich kamen, war sein Vorrat immer weiter geschrumpft, bis nur noch eine Handvoll Getreide und ein paar Kartoffeln übrig waren, die er ausgegraben hatte. Er nahm eine fleckige Kartoffel und teilte sie mit Mitternacht.

✡

»Antreten! Alles raus! Schnell! Schnell!«

Alexander hörte die schweren Schritte eines Wachmannes näher kommen.

»Raus aus dem Bett!«, brüllte der Mann und stieß Alexander seinen Gewehrlauf in den Rücken.

»Aber ich kümmere mich doch um das Pferd des Kommandeurs«, rief Alexander entsetzt. »Ich werde im Stall erwartet.«

»Nein, jetzt nicht mehr«, blaffte der Mann. »Du wirst nicht mehr gebraucht.« Er packte Alexander am Kragen und zerrte ihn vom Bett herunter.

»Das kann nicht stimmen«, sagte Alexander, während er nach seinen Schuhen griff. »Der Kommandeur braucht jemanden, der sein Pferd sattelt.«

»Der Kommandeur ist fort«, sagte der Soldat mit wutverzerrtem Gesicht. Seine Worte waren scharf wie ein Flintstein. »Und jetzt raus hier.«

Als Alexander sich auf den langen Marsch machte, war der Schnee rot von Blut. Den Weg, den Isidor vor ihm gegangen war, säumten Leichen. Alexander hatte zuvor schon den Tod gesehen, aber noch nie so – Tote waren in Gräben übereinandergestapelt, ihre Jacken waren blutbefleckt.

Alexander war noch nicht alt genug gewesen, um am Begräbnis seines Großvaters teilzunehmen, aber er erinnerte sich noch daran, wie er sich damals auf dem Friedhof hinter den Büschen versteckt hatte. Der steife Körper seines Großvaters war in ein Tuch gehüllt gewesen. Er erinnerte sich auch daran, wie sein Sejde in die Erde versenkt worden war, und an das Gebet, das sein Vater leise über dem Grab gesprochen hatte. Alexanders Lippen formten die Worte auf Hebräisch. *Jitgadal we-jitkadasch, scheme raba …*

Er stapfte mit seinen nassen Schuhen durch den Schnee und schleppte sich mit müden Beinen vorwärts. Zu fliehen war sinnlos. Den wenigen, die es versucht hatten, waren die Hunde auf den Hals gehetzt worden. Alexander konnte nur hoffen, dass Isidor dieses Risiko nicht eingegangen war. Er wandte den Blick von den schlaffen Körpern ab und richtete die Augen auf den Kapo, der vor ihm ging. Er dachte daran, was der Mann ihm gesagt hatte: Bald kannst du nach Hause. *Nach Hause,* dachte Alexander. *Ich muss nur nach Hause kommen.* Er holte einen Zuckerwürfel aus seiner klebrigen Jackentasche und schob ihn in den Mund. Als der Mond schon hoch stand, hielten die Männer an, um die Nacht abzuwarten. Alexander erkannte ein paar von ihnen – es waren Mechaniker, Küchenhilfen und Buchhalter. Männer, die der SS von Nutzen gewesen waren und die man bisher verschont hatte. Der Kapo gesellte sich zu Alexander und sank neben ihm in den Schnee. Keiner von beiden sagte ein Wort. Alexander biss sich auf die Lippen, damit sie nicht anfroren. Er kauerte im kalten Schnee und versuchte, seine Angst hinunterzuschlucken. Es war immer noch dunkel, als die Wachen den Weitermarsch befahlen. Nur die Hälfte der Männer stand auf.

»Hoch mit euch!«

Alexander verdrängte seinen Hunger und stand mit wackeligen Beinen auf.

»Vorwärts marsch! Eins, zwei …«

Als Alexander aufblickte, sah er zuerst die Umrisse des Kommandeurs, dann die vier makellosen weißen Fesseln. *Mitternacht!* Sein Herz fing an zu flattern.

Mitternacht! Er öffnete den Mund, brachte aber keinen Ton hervor.

»Eins, zwei!«

Der Kommandeur lenkte sein Pferd an Alexander vorbei und trabte ein paar Meter weiter. Dann zog er die Zügel an und ritt die Reihen ab. Er sah mit wildem Blick auf die Männer herab, als wäre er auf der Jagd.

»Eins, zwei!«

Zwei Reihen vor Alexander zügelte der Kommandeur das Pferd erneut. Er war so nahe, dass Alexander Mitternachts weiße Blesse sehen konnte. So nahe, dass das Pferd innehielt, den Kopf hob und die Beine in den Schnee stemmte. Es stellte die Ohren auf und schnupperte in der Luft. *Er kann mich riechen,* dachte Alexander erschrocken und stolz zugleich. Der Kommandeur verzog ungehalten das Gesicht und trieb Mitternacht an, aber das Pferd gehorchte ihm nicht.

»Los!« Der Kommandeur hob seine Ledergerte und versetzte dem Pferd einen Schlag auf das Hinterbein. Mitternachts Augen wurden vor Schmerz ganz schmal. Er schnaubte und warf den Kopf von einer Seite auf die andere. Seine schwarzen Augen suchten nach Alexander, nach seinen sanften Augen und den behutsamen Händen mit dem vertrauten Geruch.

Alexander roch den Schweiß an seinem Ärmel. Das war der Geruch, der Mitternacht am Weitergehen hinderte. Er verfluchte sich selbst dafür, dass er das Pferd in Gefahr brachte. *Ich muss ihn dazu bringen, sich zu bewegen, bevor der Kommandeur ihn auf den Kopf schlägt!* Alexander preschte nach vorn, stieß die Frauen, die vor ihm liefen, beiseite und versetzte den Männern, die ihm im Weg standen, einen Stoß mit dem Ellbogen. Währenddessen schlug der Kommandeur auf das Pferd ein. Sein Gesicht war zornesrot, während er dem Hengst mit seiner Gerte Schläge auf den Rücken und den Hals versetzte. *Komm schon, Junge, lauf mir hinterher, beweg dich und bleib nicht stehen.* Alexander blickte zurück und sah, wie der Kommandeur an den Zügeln zerrte und das Pferd den Kopf auf die Brust legte, um sich zu wehren.

Der Kommandeur packte den schweren Holzgriff der Gerte noch etwas fester und ließ den langen Lederriemen auf Mitternachts Kopf herabsausen. Als das Pferd den Kopf wieder hob, sah Alexander das Spiegelbild des Monds – und die Angst des Hengsts – in seinen dunklen Augen. Er konnte nicht hier stehen und zuschauen, wie der Kommandeur Mitternacht schlug. Er musste daran denken, was er dem Pferd einst gesagt hatte – *du wirst mir vertrauen müssen. Ich bin alles, was du hast.*

Alexander wusste, was er zu tun hatte. Er warf sich in einen tiefen Graben und wühlte sich in den Schnee, um seinen Geruch zu verdecken. Er schaufelte sich den Schnee über die Brust und die Beine, bis er weder seine Finger noch seine Zehen mehr spürte. Hoffentlich hatten die Wachen ihn nicht gesehen. Er wollte nicht sterben. *Nicht jetzt. Nicht nach allem, was ich durchgemacht habe. Nicht so kurz vor dem Wiedersehen mit meinen Eltern und Sari.*

Alexander schloss die Augen und lag da wie ein Toter, damit die Wachen dachten, sie hätten eine Leiche vor sich. Er hörte einen Hund bellen und die gezischten Befehle eines Soldaten. Angst und der Kälteschock jagten Schauer durch seine Glieder, aber er versuchte trotzdem ganz still zu liegen. Alexander hörte das Knacken von Leder und Mitternachts verängstigtes Wiehern. Er spürte, wie der Boden bebte und der Schnee um ihn aufwirbelte, als die langen Reihen von Häftlingen an ihm vorbeizogen. Er hörte einen unterdrückten Schrei und einen gedämpften Gewehrschuss. Die schlurfenden Schritte wurden leiser und schließlich hörte er nur noch den Wind. *Geh,* flehte er Mitternacht an. *Bitte geh.*

Er wusste nicht, wie lange er schon in seinem eisigen Bett lag. Seine Zähne klapperten, und er hatte die Augen zusammengekniffen, aber er rührte sich nicht, bis Mitternachts schrilles Wiehern verklungen war. Als er schließlich wieder aufstehen wollte, schaffte er es nicht. Er hörte einen triumphierenden Schrei. In der Morgendämmerung sah er die langen Reihen der Häftlinge und die schwarze Silhouette des Kommandeurs immer kleiner werden. Wie gern hätte er die Hand ausgestreckt und Mitternachts Hals gestreichelt und ihm gesagt, dass er ein guter Junge war. Stattdessen wollte er ihm Auf Wiedersehen sagen, aber die Worte erstarrten in seiner Kehle zu Eis.

Inzwischen war der Kommandeur nur noch ein schwarzer Fleck und dann nur noch ein Punkt. Alexanders Kopf wurde immer schwerer und seine Glieder waren taub. Der Wind zerstreute seine Gedanken. Ihm war nicht mehr kalt. Er war nur noch müde. So schrecklich müde. Seine Augen flatterten, dann fielen sie zu. *Schlafe, Alex, du bist erschöpft,* hörte er seine Mutter sagen. Sie nahm sein Gesicht in ihre Hände und legte seinen Kopf in den Schnee, der weich wie ein Kissen war. *Du bist müde, Alex, schlaf,* flüsterte sie und streichelte mit ihrer warmen Hand seine Wange. Alexander ließ die Schultern in den weichen Schnee fallen und seine Muskeln gaben der Erschöpfung nach. *Bis morgen,* sagte sie. Er konnte ihren warmen Atem auf seiner Haut spüren. Dann schaltete sie das Licht aus und es wurde dunkel.

Kapitel 23

Alexander schlug die Augen auf. Er blickte hoch und rechnete damit, den Himmel zu sehen, aber stattdessen starrte er auf die schrägen Holzbalken einer Scheune. Benommen tastete er den harten Untergrund ab und versuchte herauszufinden, wie er hierhergekommen war. Bilder der letzten Nacht flackerten in seinem Gedächtnis auf.

»Alex!« Der Kapo kam herbeigeeilt und kniete sich neben ihn. In seinem Gesicht stand Erleichterung. »Du bist wach!« Er hockte sich auf die Fersen und half Alexander beim Aufsetzen. »Hier, trink das Wasser.« Er drückte Alexander einen angelaufenen Blechbecher in die Hand und wühlte in einem Korb zu seinen Füßen. Alexander stellte den Becher weg, schnappte sich eine Rübe aus dem Korb und vergrub seine Zähne in dem dicken dunklen Fruchtfleisch.

»Wie lange habe ich geschlafen? Wo sind wir?« Süßer roter Saft lief ihm übers Kinn.

»Wir sind auf einem Bauernhof, ganz in der Nähe von Katowice.«

Alexander sah den Kapo verständnislos an. »Wem

gehört der Bauernhof? Und wie sind wir hierhergekommen?« Er schluckte die Rübe hinunter und nahm sich noch eine.

Der Kapo sah ihn an und seine Mundwinkel hoben sich. Alexander fiel auf, dass er ihn noch nie zuvor lächeln gesehen hatte.

»Mit dem Pferdekarren. Du hast zwei Tage lang geschlafen.«

»Und der Marsch?« Alexander erinnerte sich an die Hunde und die Wachen und die Leichen am Straßenrand. »Ich habe mich im Schnee vergraben, und du …«

»Ich habe gesehen, wie du dich hingeworfen hast.« Der Kapo zog einen Rettich aus dem Korb und reichte ihn Alexander. »Du wolltest fliehen.«

Alexander widersprach ihm nicht.

»Zuerst hielt ich dich für verrückt, dass du dich selbst eingräbst, aber dann sind alle an dir vorbeimarschiert. Keiner hat dich aus dem Graben gezogen und dich erschossen.«

Alexander wartete.

»Also bin ich deinem Beispiel gefolgt. Ich habe stillgehalten, bis sie weg waren. Dann bin ich hervorgekrochen und habe dich ausgegraben. Ich habe dir etwas Schnee eingeflößt und Hilfe geholt. Auf diese Weise bin ich hierhergekommen.«

»Und wie bin *ich* hierhergekommen?« Alexander blickte auf seine völlig durchnässten Schuhe.

»Ich habe den Bauern überredet, dich mit dem Karren abzuholen.«

»Ich kann mich nicht daran erinnern, auf den Karren geklettert zu sein.«

»Das bist du auch nicht.« Der Kapo wurde rot. »Ich habe dich hochgehoben.«

»Und der Bauer?«

»Zuerst weigerte er sich, uns aufzunehmen, aber dann habe ich erklärt, dass die Russen bald da sind und dass er mit dem Feind kollaboriert, wenn er uns nicht hilft.«

»Heißt das, wir sind hier sicher?«, fragte Alexander zweifelnd. »Er wird uns nicht verraten?« Alexander nahm das Brot, das der Kapo ihm hinstreckte, brach es entzwei und steckte den größeren Teil in seine Tasche.

»Du musst nichts mehr aufsparen.« Der Kapo zog Alexanders Hand aus der Tasche. »Hier gibt es jede Menge zu essen.«

Alexander stand mühsam auf, nahm eine an der Wand lehnende Schaufel, klemmte sie sich unter den Arm und humpelte zur Scheunentür. »Vielleicht sollten wir gehen. Wir kennen diesen Mann nicht. Womöglich alarmiert er gerade die Nazis.«

»Alex«, sagte der Kapo sanft. »Du kannst hingehen, wohin du willst. Die Russen haben Auschwitz eingenommen. Du bist frei.«

Die Schaufel entglitt Alexanders Griff und fiel klappernd auf den Boden.

»Du kannst nach Hause, Alex.« Der Kapo lächelte. »Wir können beide nach Hause.«

✡

Alexander stand mit tropfnasser Mütze und zitternden Knien mitten auf dem Gregorweg. Er hatte das Tor zum Haus Nummer sechs schon so oft aufgestoßen und doch packte ihn jetzt die Angst. Er hatte den Krieg nur deshalb überstanden, weil er sich immer gesagt hatte, dass seine Eltern auf ihn warten würden. Aber was, wenn sie nicht da waren? Was, wenn er den unebenen Pfad entlangging und das Haus leer vorfand? Er hatte von dieser Straße geträumt, von den Feldern, die sich ins Endlose erstreckten, und von dem weiten Himmel.

Das Haus mit dem Giebeldach war noch genauso, wie er es in Erinnerung hatte. Alexander hatte sich das so sehr gewünscht, und jetzt spürte er geradezu seine Familie, hörte die Schritte, sah ihre dunklen Umrisse und vernahm das Echo ihrer Stimmen. Er stieß das Tor auf und lief über den durchweichten Boden. *Ich bin zu Hause.* Er lächelte, dann wiederholte er es laut: »Ich bin zu Hause.«

Er rannte über den nassen Rasen, vorbei an dem Pfosten, wo die Pferde angebunden wurden, und an der hohen Birke mit der leeren Schaukel. Schließlich stand er vor der Eingangstür. Er betrat das Haus und streifte Isidors Schuhe ab. Auch drinnen sah es noch genauso aus wie an dem Tag, als die ungarische Polizei seine Familie abgeholt hatte, um sie ins Getto zu bringen. Töpfe und Schöpflöffel hingen an den Haken in der Wand. Die Spitzentischdecke seiner Mutter lag noch auf dem Esstisch mit den vier Stühlen und sogar Spitz' kleine, runde Schüssel stand in einer Ecke auf dem Boden. Nur auf das Tapsen des Hundes lauschte Alexander vergeblich. Das Haus war gespenstisch still. Die Wanduhr war um ein Uhr zweiundfünfzig stehen geblieben, der schmale schwarze Zeiger erinnerte an eine kapitulierend erhobene Hand.

Alexander ging den Gang entlang und blickte in alle Zimmer. Er öffnete die Schränke und die Schubladen, zog die Vorhänge zurück und überlegte, wo ein Vater oder eine Mutter sich vielleicht versteckt halten könnten. Aber es war niemand da. Auf Zehenspitzen ging er in Lilis Zimmer und blieb in der Mitte stehen, als hätte er Angst, einen Geist zu wecken. Ihre Schmusespielsachen waren alle noch da, sie lagen auf dem Bett und der Holzkommode verstreut. Die Schmuckschatulle, die er beim Werken in der Schule für sie gemacht hatte, lag obenauf, sämtliche Schubladen waren geleert. Er erinnerte sich noch gut daran, wie er ihr den Mund zugehalten hatte, als die Polizei das ganze Haus durchsuchte. Beim Anblick der umgestürzten Schmuckschatulle auf dem Fußboden hatte Lili losgeheult. Die Polizisten hatten in jener Nacht Lilis Silberarmband mitgenommen, die Perlenohrringe seiner Mutter, den Fotoapparat seines Vaters und die Nähmaschine. *Sei froh, dass sie nur Dinge mitnehmen und keine Menschen,* hatte seine Mutter in Lilis Haar geflüstert. *Ein neues Armband kannst du dir kaufen, einen neuen Bruder nicht.*

Alexander beugte sich vor, schlug die Hände vors Gesicht und weinte.

Seine Wut war verflogen. Er war nicht mehr wütend auf Lili, weil sie gestorben war, und er war nicht mehr wütend auf sich selbst, weil er es zugelassen hatte. Er vermisste sie einfach nur. »Du fehlst mir«, schluchzte er. »Du fehlst mir, weil du nicht mehr auf meinem Bett liegst und die Nase in meine Bücher steckst. Du fehlst mir, weil du nicht mehr an meinem Ärmel ziehst, damit ich dich auf der Schaukel anstoße. Ich vermisse deine Klavierkonzerte und deine endlosen Versteckspiele. Ich vermisse das Geräusch, wenn du mit deinem Löffel die letzten Reste deines Haferbreis zusammenkratzt.« Alexander schloss die Augen und versuchte, sich das Gesicht seiner Schwester vorzustellen, ihre Sommersprossen und die Grübchen an den Mundwinkeln. Er hatte sich lange gegen diese Erinnerungen gewehrt, aus Angst, völlig die Fassung zu verlieren. Erst jetzt begriff er, dass Erinnerungen auch Trost spenden konnten.

Der Raum war viel zu still. Alexander hatte mit einem Mal das Gefühl, sich hier noch weiter von seiner Familie zu entfernen. »Ich bin allein«, sagte er in die Stille hinein.

Plötzlich meinte er, das Knistern des Herdfeuers zu hören. Mit pochendem Herzen rannte er in die Küche.

Aber es war niemand da und auch der Herd war kalt. Er zog Isidors alte Schuhe wieder an. Über die Schnürsenkel gebeugt hielt er inne. Von irgendwoher war ein dumpfes Geräusch zu hören: ein Klopfen und dann das Rauschen von Wasser. Alexander riss die Augen auf. *Es ist nicht nur in meinem Kopf. Es ist echt. Und es kommt von draußen.* »Mutter?«, rief er laut. Eine Welle der Hoffnung trug ihn zur Hintertür. Er rannte hinaus in die Scheune und dann in den Stall. Und dort fand er sie, ganz hinten in der letzten Box. Eine Frau, kleiner als seine Mutter und auch älter, mit wächserner Haut und blutunterlaufenen Augen.

Die Frau starrte ihn an. »Alex?«

Alexander blickte in die großen runden Augen der Frau.

»Alex! Du bist am Leben?« Die Heugabel, die sie in der Hand hielt, fiel zu Boden. »Du bist am Leben!« Sie nahm seine Hände in ihre und drehte ihn zu sich, um ihn besser anschauen zu können.

»Mutter?«

Die Frau lächelte.

»Mutter, bist du's wirklich?« Die Frau hatte abgeplatzte Vorderzähne, aber ihre Lippen waren eindeutig die blassen Lippen seiner Mutter. Es war ihr Lächeln und ihr wie eine Mondsichel geschwungener Mund. Alexander wurde ganz flau im Magen.

»Du bist zurückgekommen.« Sie drückte seine Hand. »Ich wusste es.«

Er hatte einen Berg von Fragen, aber seine Mutter wollte nicht über das Lager reden, es war zu schmerzlich für sie. »Wir sind wieder zusammen, und das allein zählt«, sagte sie und zog ihn in ihre Arme. »Du bist so dünn. Hast du Hunger?«

Alexander schüttelte den Kopf. Er hatte seit Stunden nichts mehr gegessen, aber er wollte sie nicht loslassen, konnte sie nicht gehen lassen, und sei es auch nur ins Haus. Er wollte sie nach seinem Vater fragen, doch er wusste nicht, wie. Seine Mutter war so fragil, er hatte Angst, sie zu zerbrechen. Sie standen da, klammerten sich aneinander, und die Stille zwischen ihnen wurde immer lauter, bis er die Ungewissheit nicht länger aushielt.

»Erzähl mir von Vater«, sagte Alexander und trat einen Schritt zurück, um seine Mutter anzuschauen.

»Er ist noch nicht da«, antwortete sie. »Aber er wird bald kommen.« Ihre Augen waren trocken und ihre Miene zeigte Entschlossenheit. »Du hast eine lange Reise hinter dir.« Sie hob die Heugabel auf und lehnte sie gegen die Wand. »Du bist bestimmt erschöpft, komm mit ins Haus. Ich werde dir etwas zu essen machen.« Sie wollte nicht, dass er sie nach seinem Vater und nach Lili fragte. Sie wollte ihm etwas zu essen geben und so tun, als wären sie immer noch eine Familie. Sie wollte, dass es ihm gut ging. Eine Mahlzeit konnte sie ihm geben, aber seine Schwester konnte sie ihm nicht zurückbringen.

Alexander nickte. »Ja«, sagte er. »Ich komme gleich nach.«

Seine Mutter beobachtete ihn, wie er den Blick über die leeren Boxen schweifen ließ und vergeblich nach Sari Ausschau hielt. »Natürlich«, sagte sie leise und legte ihre Hand an seine Wange. »Lass dir Zeit.«

Alexander ging zu Saris Box und fragte sich, an wen sie der Nachbar verkauft hatte. Er nahm eine Handvoll Stroh und schnupperte daran. Ihr Geruch war noch da, und Alexander meinte fast, sie schlafend auf dem Boden liegen zu sehen. Er befeuchtete die Lippen, steckte zwei Finger in den Mund und pfiff, einfach so. Nur um sich ins Gedächtnis zu rufen, wie man ein Pferd herbeiholte.

Er stellte sich vor, wie ihre Hufe den matschigen Untergrund aufwühlten, hörte im Geiste das Klirren der Steigbügel und das Knirschen des Leders. Er spürte ein Beben unter den Füßen und begriff schlagartig, dass er sich das alles gar nicht einbildete.

»Brr! Langsam, altes Mädchen!«

Alexander wirbelte herum und blickte zur Stalltür. Zuerst erkannte er die Stimme des Nachbarn nicht, doch dann tauchte Radomir Hudak mit Sari am Zügel in der Tür auf. Er stemmte die Fersen in den Boden, konnte die Stute aber nicht zurückhalten.

Sari stürmte auf Alexander zu und zog Radomir hinter sich her.

»Sari!«, rief Alexander, als er seine Stimme wiedergefunden hatte. Die Stute blieb mit aufgerichtetem Schweif vor ihm stehen und spitzte die Ohren.

»Da bist du ja!« Alexander machte einen Schritt auf sie zu und die Stute kam ebenfalls einen Schritt näher.

»Alex, wie schön, dass du wieder da bist!« Radomir streckte die Hand aus, aber Alexander ergriff sie nicht. Er stand Nase an Nase bei seiner Stute und streichelte ihren schweißnassen Hals. Sie schnupperte an seinen Schuhen, dann an seiner Hose. Schließlich hob sie den Kopf und schmiegte sich an ihn.

»Sari«, sagte Alexander heiser. Er blickte in ihre braunen Augen, wischte die Regentropfen von ihrer Stirn und strich durch ihre nasse Mähne. Sari wieherte leise und legte den Kopf auf seine Schulter.

»Du hast ihr gefehlt.« Radomir nahm Sari Sattel und Zaumzeug ab. Er behandelte die Stute, als wäre sie sein Eigentum. *Aber das ist sie ja auch,* wurde Alexander plötzlich klar. Nachdem die Regierung beschlossen hatte, alle Juden zu enteignen, hatte sein Vater den Hudaks den Hof überschrieben. Das Haus, die zehn Morgen Land und alle Tiere mit dazu. Allein der Gedanke tat Alexander weh.

»Radomir, da bist du ja wieder.« Alexanders Mutter war mit einem Teller Kekse in den Stall gekommen. Alexander nahm den Teller und stellte ihn auf einen Hocker, außer Reichweite des gierigen Nachbarn. Seine Mutter errötete.

»Alex!«, rief sie tadelnd.

»Ist schon gut, Frau Altmann.« Radomir reichte ihr das Führseil. »Ich wollte ohnehin gehen. Sie beide haben sich bestimmt viel zu erzählen.«

Radomirs Verhalten reizte Alexander zum Widerspruch. *Der Hof gehört zwar dir,* hätte er am liebsten gerufen, *aber das heißt nicht, dass sie für dich arbeiten muss. Und ich auch nicht.*

»Danke, Radomir.« Dass seine Mutter auch noch eine kleine Verbeugung andeutete, brachte Alexander in Rage. »Du ahnst nicht, wie viel das für uns bedeutet«, fuhr die Mutter fort. »Wir haben wieder ein Heim. Jetzt muss nur noch mein Mann nach Hause kommen.« Sie wandte sich an ihren Sohn. »Radomir hat letzte Woche die Papiere unterzeichnet. Der Hof gehört wieder uns.«

Alexander traute seinen Ohren nicht.

Radomir errötete. »Ich wollte ihn nie behalten. Er gehört euch und niemandem sonst.« Er machte eine kleine Verbeugung vor Alexanders Mutter, nickte Alexander zu und ging fort.

Alexander wartete, bis Radomir die Tür hinter sich geschlossen hatte. »Gehört der Hof wirklich uns?«, rief er. »Und er kann ihn uns nicht mehr wegnehmen? Hat er ihn auf deinen Namen überschrieben?«

»Er gehört uns.« Seine Mutter ergriff Alexanders Hände. »Aber die Papiere sind nicht auf meinen Namen ausgestellt. Nicht mehr.« Sie reichte Alexander Saris Seil und lächelte leicht. »Der Hof gehört dir. Gregorweg Nummer sechs ist dein Eigentum.«

✡

Der Tisch war mit dem besten Silber gedeckt.

»Isst Radomir mit uns?«, fragte Alexander, als er die drei Gedecke sah. Seine Mutter schüttelte den Kopf und nahm eine rot-weiß karierte Schürze mit Spitzensaum aus dem Schrank. Sie hatte Lili gehört.

»Mutter, Lili kommt nicht mehr zurück«, sagte Alexander heiser.

»Ich weiß«, erwiderte seine Mutter und band sich die Schürze um. »Ich ziehe die Schürze gerne an, wenn ich koche. Dann habe ich das Gefühl, dass sie bei mir ist.« Sie schöpfte Suppe in einen Teller. »Das dritte Gedeck ist für deinen Vater.«

Gemeinsam brachen sie das Brot und aßen zwei Teller Blumenkohlsuppe und danach einen Teller Kohlrouladen mit Soße. Alexander leckte den Teller sauber und bat um eine weitere Portion.

»Ich möchte dir etwas zeigen«, sagte die Mutter, als er schließlich mit einem Stück Brot den letzten Tropfen Soße aufgewischt hatte. Sie ging in die Speisekammer, stieg auf einen Küchenstuhl, tastete das oberste Regalbrett ab und zog eine zerdrückte Schachtel hinter einer Obstschale hervor.

»Bevor wir ins Getto gebracht wurden, habe ich ein paar Dinge versteckt«, erklärte sie Alexander und öffnete die Schachtel. Alexander erinnerte sich daran. Es war in der Nacht gewesen, nachdem die Polizisten Lilis

Armband gestohlen hatten. Er war hochgeschreckt, weil seine Mutter mit einer Taschenlampe in seinem Zimmer gewesen war. Sie hatte den Finger an die Lippen gelegt und gesagt, er solle weiterschlafen.

»Den habe ich für Lili aufgehoben.« Seine Mutter nahm einen Stoffhasen aus der Schachtel. »Und hier ist mein Ehering.« Ihre Stimme erstarb. Sie nahm den goldenen Ring aus dem kleinen Samtbeutel und steckte ihn an den Finger. »Er ist zu groß«, sagte sie überrascht. Sie legte den Ring wieder zurück in den Beutel. »Das Gebetbuch deines Vaters und die Kerzen sind auch noch da.« Sie wühlte in der Schachtel. »Und das hier …« Sie zog ein altes Holzschild aus dem Karton.

Reiterhof zum Galoppierenden Hengst, las Alexander die Inschrift. Es schien eine Ewigkeit her zu sein.

Er nahm das Schild und klemmte es sich unter den Arm.

»Ein Letztes noch.« Alexanders Mutter zog ein Bündel blaue Banknoten aus einem Lederbeutel. »Es ist nicht viel, aber es ist ein Anfang. Genug, um ein paar Fohlen zu kaufen und dir etwas Eigenes aufzubauen.« An ihren Wimpern hingen Tränen. »Sie haben deinen Kopf geschoren und dir deinen Namen weggenommen, aber du bist immer noch Alexander Altmann.« Sie gab ihm das Geld. »Du hast das Recht, deine Träume zu verfolgen.«

Alexander gab ihr einen Kuss auf die Wange. »Du hast hier auf mich gewartet, also sind meine Träume schon in Erfüllung gegangen.« Er steckte das Geld in Lilis Schürze. »Verwahre es für mich.« Seine Mutter nickte und ergriff seine Hände. Er blickte auf ihre mageren, vom Alter fleckigen Hände und dann auf seine eigenen. Er war überrascht, wie glatt seine Haut war. Seine Handflächen waren nicht mehr schwielig und die tiefen Fingernagelabdrücke waren verschwunden. Sie waren nicht mehr zornesrot, sondern blassrosa.

Er dankte seiner Mutter für das Essen und ging in den Stall. Den Kopf zur Tür gewandt, wartete Sari schon auf ihn.

»Wie wär's mit einem kleinen Ausflug?« Alexander holte einen Sattel aus dem Stroh. Sari antwortete mit einem Wiehern und senkte den Kopf, um sich das Zaumzeug anlegen zu lassen. Alexander zurrte den Gurt fest und führte die Stute ins Freie. Mit der einen Hand hielt er die Zügel fest, mit der anderen griff er in die Mähne. Er stellte den Fuß in den Steigbügel, schwang sein Bein über Saris Rücken und setzte sich in den Sattel.

Alexander duckte sich nicht, um sich klein zu machen, und er sah sich nicht ängstlich um, ob ihn jemand beobachtete. Er setzte sich aufrecht hin und bat Sari loszulaufen. Auf eine leichte Berührung seiner Fersen hin durchquerte sie den Hof und blieb am Tor stehen.

»Spitz!«, rief Alexander beim Anblick seines Hundes, der am Zaun stand und in der Erde scharrte. Er stieg sofort ab und lief zu ihm. Überglücklich schloss er den

Hund in die Arme. Nachdem er ihm den Rücken und den Bauch gekrault hatte, setzte er ihn wieder ab.

»Such deinen Ball. Wenn ich wieder da bin, spielen wir.« Alexander stieg in den Sattel und ritt los. Sari trabte den furchigen Feldweg entlang und fiel dann in einen leichten Galopp. Sie kamen an Bauern vorbei, die ihre Felder bestellten, und an Frauen, die sich über Körbe beugten und Gemüse ernteten. Alexanders Nachbarn starrten ihn an wie einen Geist.

Er strich durch Saris windzerzauste Mähne und überredete sie zu einem schnellen Galopp. Sari wusste, wohin er wollte, ohne dass er es ihr eigens sagen musste. Sie jagte den Gregorweg entlang in den Wald hinein, dass sogar die Vögel in den Bäumen hochschreckten.

»Brr.« Alexander packte die Zügel fester und brachte die Stute vor einer leeren Koppel zum Stehen. Mehr als ein Dutzend Mal war er mit Anton hierhergekommen.

Er sprang aus dem Sattel, nahm ein Jagdmesser aus der Satteltasche und legte das Schild, das seine Mutter für ihn aufbewahrt hatte, auf einen Zaunpfosten. Dann ritzte er den Namen seines Freundes in das Holz – eines Jungen, der seine Träume mit ihm geteilt und sich gemeinsam mit ihm den Dämonen entgegengestellt hatte.

Er nagelte das Schild an das Tor der Koppel und trat einen Schritt zurück, um sein Werk zu begutachten. Der schwarze Hengst, den er als Zwölfjähriger in das

Holz geschnitzt hatte, flog im gestreckten Galopp über die Großbuchstaben.

»REITERHOF ZUM GALOPPIERENDEN HENGST«, las Alexander laut vor. »INHABER: ALEXANDER ALTMANN UND ISIDOR FINKLER.«

Er stieg wieder in den Sattel und deutete auf eine Ecke der Koppel. »Hier wird der Auslauf sein«, sagte er. »Und da drüben«, er zeigte auf die andere Seite, »kommen die Ställe hin.«

Alexander schloss die Augen und stellte sich die Pferde in den Boxen vor: schwarze, weiße und rotbraune. Und in der letzten Box, direkt neben Sari, einen schwarzen Hengst mit einer weißen Blesse und vier makellos weißen Fesseln.

Nachwort

Jedes Buch hat eine Geschichte. *Was dir bleibt, ist dein Traum* nimmt seinen Anfang im Jahr 2012 bei einem Vortrag im Jewish Holocaust Centre in Melbourne. Am Ende der Veranstaltung meldete sich ein älterer Herr zu Wort und fragte, ob der Redner jemals einem freundlichen Deutschen begegnet sei. Der Mann trug ein kurzärmeliges Hemd; die Nummer, die die SS ihm in die Haut tätowiert hatte, war als schwarzer Fleck auf seinem hellen Unterarm immer noch sichtbar. Der ältere Herr kam dem Redner zuvor und beantwortete seine Frage selbst, als er leise sagte: »Ich nämlich schon.«

Nach dem Vortrag suchte ich ihn auf und stellte mich vor. Ich fragte ihn, ob wir uns am nächsten Tag zu einem Gespräch treffen könnten. Ich wollte seine Geschichte hören. Gerade hatte ich mein Buch *Der Klang der Hoffnung* fertiggestellt, in dem es um Hanna geht, ein jüdisches Mädchen in Auschwitz, das sich mit dem Sohn des Lagerkommandanten anfreundet. Mir war wichtig, dass der Junge darin, Karl, ganz anders als sein Vater ist. Ich ließ ihn freundlich und hilfsbereit sein. Er gibt Hanna heimlich etwas zu essen und die beiden verlieben sich sogar ein wenig. Mir war natürlich klar, wie unwahrscheinlich es ist, dass der Sohn eines hochrangigen Nazis seinem Vater auf diese Weise die Stirn bieten würde, aber ich wollte das Unmögliche denken.

»Ich erzähle täglich meine Geschichte im Holocaust-Museum«, sagte der alte Mann. »Kommen Sie morgen einfach dorthin.«

Sein Name war Fred. Er war auf einem Bauernhof aufgewachsen und hatte viel Zeit mit Reiten verbracht. Als die Nazis Häftlinge für die Pferdeställe der SS suchten, hob Fred einfach die Hand und meldete sich. Er wurde Mitglied des Stalltrupps in Auschwitz, und wenn er die Kinder der SS-Leute auf einem Pony herumführte, gaben die Männer ihm Zigaretten, die er gegen etwas eintauschen konnte.

»Waren das die freundlichen Deutschen, von denen Sie gesprochen haben?«, fragte ich ihn.

Er schüttelte den Kopf. »Eines Morgens nahm der Kommandeur mich in seinem Auto mit, damit ich bei ihm zu Hause Holz hacke. Als ich in der Küche allein mit seiner Frau war, gab sie mir Kaffee und Kuchen.« Er lächelte. »Sie fragte nach meinem Namen. Meinem Namen«, wiederholte er. »Sie wollte wissen, wie ich heiße.«

Der Kommandeur schlug Fred grün und blau, fast alle Männer des Stalltrupps bekamen irgendwann seine

Reitgerte zu spüren. Aber seine Frau hatte Fred Kuchen gegeben und nach seinem Namen gefragt.

Was dir bleibt, ist dein Traum greift das auf, was Fred Steiner mir in den darauffolgenden Monaten erzählte. Vieles, was Alexander zustößt, ist auch Fred widerfahren. Manches habe ich dazuerfunden. Fred hatte keine tiefen Abdrücke von den Fingernägeln in seinen Handflächen und er hat auch nicht seine Gefühle unterdrückt oder sich von den anderen Männern des Stalltrupps ferngehalten. Vor allem hat er nie die Hoffnung verloren.

Fred zählte zu denen, die Glück hatten. Er überlebte den Krieg und fing in Australien ein neues Leben an. Er ist mit einer französischen Frau verheiratet und hat drei Kinder. Aber auch nachdem er längst in Sicherheit war, hat er keinen Schlaf gefunden. Die Albträume hörten erst auf, als er Führer im Holocaust-Museum wurde und über das sprach, was er erlebt hatte.

1997 besuchte Fred Steiner mit der Schulklasse seines Sohnes Auschwitz. Neben seinen Namen im Gästebuch schrieb er: *Ich war als Sklave hier. Heute bin ich mit meiner Familie und einer jüdischen Schulklasse hier. Ich habe gewonnen.*

Auch heute noch erzählt Fred anderen Menschen von seiner Zeit in Auschwitz. Er setzt seine Arbeit als Führer im Holocaust-Museum fort, weil er auf diese Weise die Albträume in Schach halten kann und weil er genau weiß, wie wichtig es ist, darüber zu reden. Es ist der beste Weg, um sicherzustellen, dass sich so etwas nie wiederholt.

Dass du dieses Buch gelesen und etwas von seinem Leben und vom Holocaust erfahren hast, ist ein weiterer kleiner Sieg.

✡